闲说

荡不尽千古风流

历史上的边缘人物

郁馥／著

上海社会科学院出版社
SHANGHAI ACADEMY OF SOCIAL SCIENCES PRESS

图书在版编目(CIP)数据

时光荡不尽千古风流：历史上的边缘人物/郁馥著.
—上海：上海社会科学院出版社，2017
ISBN 978 - 7 - 5520 - 1927 - 8

Ⅰ.①时… Ⅱ.①郁… Ⅲ.①历史故事-作品集-中国-当代 Ⅳ.①I247.81

中国版本图书馆 CIP 数据核字(2017)第 047606 号

时光荡不尽千古风流：历史上的边缘人物

著　　者：郁　馥
责任编辑：冯亚男
封面设计：周清华
出版发行：上海社会科学院出版社
　　　　　上海顺昌路 622 号　邮编 200025
　　　　　电话总机 021 - 63315900　销售热线 021 - 53063735
　　　　　http://www.sassp.org.cn　E-mail：sassp@sass.org.cn
照　　排：南京理工出版信息技术有限公司
印　　刷：上海龙腾印务有限公司
开　　本：710×1010 毫米　1/16 开
印　　张：14.75
字　　数：218 千字
版　　次：2018 年 6 月第 1 版　2018 年 6 月第 1 次印刷

ISBN 978 - 7 - 5520 - 1927 - 8/I·246　　　定价：46.00 元

版权所有　翻印必究

目　录

流光易逝，长歌一梦　　　　　　　　　　　　　　1

第一章　一戟赴亡，遗恨古今　　　　　　　　　1

　　长城紫塞寒鸦啼，秋风紧，晴波散。怅望昔年秦时月，鹰犬啄日，公子命绝，几时丝泪断。　秦陵阿房空灵秀，一盆劫火留笑看。千秋长恨犹不竭，哀矜不幸，悲怒不争，掩卷兀自叹。

　　　　　　　　　　　　　　——青玉案·扶苏

第二章　生于富贵，卒于小人　　　　　　　　25

　　独立博望泪纵流，风静溢清寒。抚节悲歌声自哀，长恨对月看。　而立年，始得子，亲爱长相伴。难抵得小人佞言，逼迫黄泉岸。

　　　　　　　　　　　　　　——阮郎归·刘据

第三章　王室仙才，超逸出世　　　　　　　　52

　　婵娟凄其千里寒，骚屑求一醉。红蕤四散残叶冷，浮生长自忧恨，独憔悴。　泼墨引伴扬声锤，举酒往事回。青衫和泪湿满襟，当时逸乐畅意，惹心碎。

　　　　　　　　　　　　　　——虞美人·曹植

第四章　仁厚爱民，虔诚佛徒　　　　　　　　80

　　摇风齐卷，敧阳已避，乱花点点雨沥沥。垂头又见青衫湿，幽恨从来无处匿。　沙场点兵，边声紧促，胡虏坠马血满地。西邸八友齐欢颜，好梦一向容易逝。

　　　　　　　　　　　　　　——踏莎行·萧子良

第五章　孝以为质，忠而树行　　　　　　　　　　　　　　104

惊飙电至松林晓，松林还记昔少年？珠玑秀山川，歧嶷绝才艳。　兄友弟狷介，北国风光暖。可怜东风恶，魂断三五年。

　　　　　　　　　　　　　　　　　——菩萨蛮·元勰

第六章　才德无瑕，千古《文选》　　　　　　　　　　　131

残阳斜照雁南飞，叶落萧萧，花神今何处？阑风凄切犹不尽，无端更添轻薄雨。　迢迢往事回思量，香魂梦断，化作红豆去。对镜自照我不识，风刀霜剑近归路。

　　　　　　　　　　　　　　　　　——蝶恋花·萧统

第七章　绕梁战鼓，至今犹闻　　　　　　　　　　　　　158

朔风急入邙山关，铁甲冰寒心不战。三军勇冠，貌比瑶华，只作狰狞扮。　破阵古乐冲云霄，虏敌逡巡莫敢犯。震主劳功，一朝成罪，兰烬摇落断。

　　　　　　　　　　　　　　　　　——雨中花·高长恭

第八章　文武双全，物情所向　　　　　　　　　　　　　179

长安严宵，素影微晕夜阑珊。寂寞空枝独凄怆，霏霏漠漠未干。沧海明珠降凡尘，子都避席羞潘安。才兼文武度宏远，恪谨天命尚夷简。　叔旦望，物情向，却道祸已沾。难容得权臣目，罗织得罪名千。一声儿喝朝堂，一划儿只相迎，血染桃花艳，悲损何忍堪！

　　　　　　　　　　　　　　　　　——玉交枝·李恪

第九章　母为子纲，生不逢时　　　　　　　　　　　　　204

西风伏雨折群芳。簌簌落木，棱棱晚霜。陋室空廖，寒扰惊梦，流光冥茫。我何辜上玄何负帝皇？恨娘亲为权听谗将我谤！浊酒一杯，人世看尽，长别离矣，风月凄怆。

　　　　　　　　　　　　　　　　　——蟾宫曲·李贤

流光易逝，长歌一梦

　　金戈铁马，几番征战。弹指繁华，总随流水。须臾恍惚间，一切皆成历史。

　　在历史的时光里，有这样的一群人：他们英姿翩翩，儒雅温润。他们才兼文武，贤名远播。他们是皇子，也是文人、将军、艺术家。他们行走于历史的边缘，却迸发着比主角更耀亮的光芒。然而，木秀于林，风必摧之，他们的结局无一不令人扼腕叹息。

　　总爱在夕阳西下的时光里斟一壶清茶，酝酿一段浓墨重彩的旧时光阴。我喜欢在最简洁的史书中找寻那一段段最动人心魄的传奇，更愿意提笔写作，讲一段故事，诉一种情怀。

　　那一年，戍守长城的扶苏突然接到了一纸诏书，以不孝的罪名勒令他自裁。边关的风中带着些许黄土的气息。扶苏深深地吸了一口气，又缓缓地舒出。他屈膝，叩首接旨，仿佛上面所写的只是无关生死的小事。帐外的燕雀停驻树梢。转眼，又一飞冲天。

　　那一年，刘据受小人所陷，被逼穷途。他在锋利的长剑中看清了自己的眼，褪去了所有的不甘和愤恨，所留下的只有平静，毫无波澜的平静。是非对错，终将留于后人。枯叶争先恐后地落在泥沼之中，任人践踏。那个初秋，分外得萧索。

　　那一年，曹植怀着满腔壮志未酬的悲愤徘徊洛水，做着与神女畅诉古今的幻梦。梦醒时，独留下更深一重的怅然。原来所谓的希望，竟从来也没有存在过。他驱马向前，却回头，再望一眼洛阳，这个永远不再属于他的地方。泪落，却又很快被风吹得干透。

　　那一年，萧子良在鸡笼山下与挚友谈诗论赋。满山杏花开遍，散发着阵阵沁人心脾的香气。然而他并不知道，在他生命的岔路口，背叛他的正是那个他最信赖的人。从天而降的白雪轻轻覆盖着大地，亦覆盖在他的心上。

所谓情义，终究抵不过利益。

那一年，元勰在松林之中十步成诗，唯有皇帝听出了潜藏在这其中的真正含义。兄弟俩相视一笑，心灵相通。原来生于帝皇家，也能拥有如此纯粹的手足之情。手足，手足……这个植根于他心灵的词，束缚了他一生。回头所见，早已物是人非。

那一年，萧统缠绵病榻，久久凝望着天边那一丛丛被夕阳染得火红的云。他是那样温和善良的君子，却被有心之人冠上了谋害君父的罪名。他无从分辩，正如同他从来无法选择自己的出身。那一曲悲伤骊歌，诉尽了人世间多少的离愁别恨。

那一年，高长恭在战场上指挥若定。鲜血染红了他的战袍，亦染红了那个狰狞可怖的面具。他笑着昂首，和煦的阳光照在他的身上。他享受这份温暖，仿佛只有这样，才能使他的心不再冰凉。无奈，他所要的，从来也不曾得到过。

那一年，在盛开的桃花树下，李恪舞动长剑，一曲剑舞，震惊众人。他一生清白狷介，俯仰无愧，临了却陷在了这天下尽知的冤案之中。好在，他相信命运，也相信因果。一舞罢，桃花落。他嗤笑，长剑划过脖颈，染透遍地落红。

那一年，在冰天雪地的巴州，李贤提笔写下一首打油诗。正是这首诗，送他去了不归路。在权力的诱惑之下，虎毒亦食子。母亲，母亲……生养之恩，李贤当以血偿还，只愿生生世世，你我再无瓜葛。天伦悲剧，几时能休？

这一年的我们，饮罢清茶，平静地看着那一年他们的故事。不愠不伤，唯有那一声悠长的叹息凝结于空中，经久不息。

流光易逝，长歌一梦，红了樱桃，绿了芭蕉。历史的年轮飞速地转动着，握不住的是时光，留得住的却是那一曲曲用生命谱写而成的凄美挽歌。

郁馥
2016年9月1日

第一章 一载赴亡，遗恨古今

陌上人如玉，公子世无双。他是秦始皇的长子，才德兼备的大秦公子。万马齐喑里，他喊出了诤语阵阵。寂寥边陲中，他犹记得最初的信仰。一朝为奸人所迫，他举剑自刎。不为忠孝，只为那不可侵犯的人格尊严。

一

登山远眺，碧天白云，峰峦如聚，绿树成荫，清新之气迎面拂过。耳畔时时回荡着那美丽的诗句："山有扶苏，隰有荷华。不见子都，乃见狂且。山有乔松，隰有游龙。不见子充，乃见狡童。"

千年逝去，追忆昔时，心依旧禁不住隐痛着。

秦国公子，名唤扶苏。

他的父亲，是御宇海内，千古一帝的始皇。

两千多年前的阳光，是否亦如同此刻照于我身上的那般温暖？是否可以在落日晚霞的香草佳木旁遇见这样一位女子，唱着这一曲悠扬婉转的《山有扶苏》？想来，那景象必然是袅袅曼妙的。

我无法想象那个怀揣着一统江山的美好希冀的君王初为人父时的心境，大约，是一种忐忑的欢愉吧。那双拿惯了刀剑的双手是怎样小心翼翼地怀抱着他的爱子？孩子很安静地躺在秦王的怀中，秦王的脸上所浮现的是鲜见的温柔。此刻的他，只是一个再平凡普通不过的父亲。一如这咸阳城中每一户人家的男主人一般。

可惜，在那样一个战火纷飞的年代，终不能让他只是这般奢侈地扮演着父亲的角色。彼时的秦国正稳稳地占据着霸主之位，并且秋风扫落叶般地推倒了六国防备坚固的城墙。这位十三岁登基,经历了种种磨砺的君王长长地吐出了一口气,他看着那闪着荣耀的天下共主的宝座,无法掩饰地露出了胜利的笑容。他该笑呀!他成了千年来的第一位皇帝。皇帝,他细细地咀嚼着这个由他新创的名号,他喜欢这个名号!多么好听!那是属于他的时代,属于他的荣光!他说,朕为始皇帝。后世以计数,二世三世至于万世,传之无穷。

那样的自信!那样的霸道!

那一年,扶苏十六岁。

十六岁的大秦公子,是这般神采奕奕,文武兼备,生于皇室,却又有着一颗天生的悲天悯人之心。战争的硕果,尽管丰盛,却是苦涩。当胜利者摆开那丰盛的宴席一品佳肴的时候,可否会想起那被征服者正面对着皑皑白骨,咽下苦涩的泪珠?

扶苏掩卷自思。北风其凉,雨雪其雱。他的心,也像窗外这冰天雪地,凛冽极寒。他的忧心太重,思虑过深。安享富贵,纸醉金迷的贵族生活注定无法属于他。他只是在期待,期待盗窃不作,外户不闭的那一天。会有那么一天吗?无人可以给他答案,就连他自己,亦是迷茫的。唯有等待,等待时间去慢慢医好那些伤痛的灵魂。

只是他不知道,正在他遥望苍穹,祈求平安的八九年后,在中原大地上所发生的是怎样的一场浩劫!甚至比战国时代在刀光剑影下的血肉之战更为残酷。

二

焚书坑儒。这是史家给这场灾难所起的名字。

那是文学史上第一次大规模的浩劫。时至今日,依旧可以想见当时那种草木皆兵的恐惧!那是侵入骨髓的疼,疼到一触碰,便是钻心。熊熊烈火中所燃烧的不只是列国经典,也是一段段历史,没有历史的国家是脆弱的,不懂历史的国家是可怕的。秦灭六国,所征服的不过只是土地,没有降服的是更为重要的人心。

他们不需要历史,他们的历史,就是秦国的历史。始皇傲慢而固执地想道。

满朝大臣纵有顾虑,却不敢言半句反对之语。始皇独断,李斯擅权。万马齐喑,大秦王朝,那是死一般的沉寂。他们不知道,星星的怒火已然种进了百姓的心田,所缺的,不过是几根助燃的枯草而已。扶苏的心几乎是要被那滚滚的忧思淹得喘不过气来。他要救那颗心,要救他的国,他的父,亦要救这天下的万民。

他是那样毫不留情面,一针见血地向始皇谏言。废除峻法,与民休息。他说的是那样简单直白。可每一个字,都如同那磨得光溜的长剑,紧紧地扼住了始皇的喉颈。他几乎是用难以置信的惊异眼神望着扶苏。习惯了一言九鼎,习惯了群星捧月,哪能就这般轻易地容忍反对的意见?何况那样貌似是义正辞严的意见还是出自这个他给予了无限希望,打小就宠信非常的儿子。

始皇走下那高高在上的皇帝宝座,上下审视着扶苏。第一次,那样用心。岁月的荏苒,时光的匆匆,扶苏的容貌出落得益发昳丽俊朗。黝黑的眼睛中闪着稳重而沉毅的光芒,只是为臣为子,他到底还是不敢直视父亲的面庞的。低头所见,不过是脚下的方寸之地。

秋风吹过,扫落墙边一片金黄。侍从们安静地立在一旁,天气渐凉,哆嗦的双腿不听使唤地抖动着,不知是咸阳的天过分地凉,还是见惯了杀伐的他们过分地惶恐。他们缩着脖子,带着些微视死如归的心境迎接着始皇的雷霆之怒。南飞的雁结队成群而过,发出了嗷嗷的鸣声。

始皇伸手轻轻抚拍着扶苏的肩膀,却只是无比平和地说道:"朕不愿意再听到这样的话,尤其是出自你的口。"

淡淡的语气,听不出半分的喜怒。说完,便转身大跨步地离去。他特地拖长了那个"朕"字。天下,唯他一个人有资格用这个字。他在提醒他,也在提醒自己皇权不容轻觑的强势。哪怕他是天子之子,亦无法逾越半步自己的本分。

三

  寂寥的大殿,阴郁的天。不经意地轻咳一声,四周已传来了阵阵回音。是大殿太空旷,还是他的心太空旷?扶苏终究是蹉跎不安的,为臣之忠,为子之孝,孰轻孰重?他始终无法掂量出来。他所害怕的是到了最后,他既无法做到忠,也无法做到孝。

  他不懂得进谏不是靠着满腔的热血和勇气就可以打动人心的。让一个父亲低头难,让一位君主低头则更是不易。他的率性是危险的。可他不知道这危险,也不知道如何去保护自己。他不知是怀着怎样的五味杂陈回到自己寝殿的。侍从们小心翼翼地看着他的脸色。尽管公子的性子向来是再温文尔雅不过的,可这依旧无法冲刷掉飘浮在他们心头的忧心。

  他感到泄气极了,也失望极了。对自己的泄气,对父亲的失望。或者相反,或者都是。谁知道呢?他不会用迁怒去缓解他内心那汹涌翻转着的波涛,所做的也不过是捧着一卷卷厚重的竹简细细翻看。从正午的阳光到夜晚的星辰,席地坐久了,双腿便由不得生出一阵酸麻,深秋森寒,再起身时,竟没有站稳。他忍不住打了个喷嚏,方想唤人去生上些炭火来,才觉四周空荡,这才记起自己早就打发了他们下去了。他从不喜在读书时身边站着人,侍从们都晓得这规矩。所以尽管心下担心,却不敢违了公子的意。

  好在,他到底还是静下了心。他不后悔对父亲说了那些话,他也不管这些话会不会让父亲感到愤怒和难堪,会不会就这样失去了父亲的信赖。他认定了自己是对的,他也的确是对的。他唯一还不确定的是,他是否要再次将这些他认为是对的话去说服他的父亲。他不会忘记父亲强忍着火气拂袖而去时扔下的那句话。反复掂量,还是没有个决定。他的优柔寡断绝非是因着他自己的荣辱得失,只是珍视着他与始皇的那份父子亲情。这个"孝"字始终都是锁在他脖子上的那个枷锁,沉甸而不容摘除。

四

　　乌云蔽日,天上忽落下了几滴雨珠。多变的天不觉让人心生厌烦,坐于书台前,我的目光顺着钻入衣领的风的方向向外移去。大雨压弯了那两棵长得甚好的槐树,不知道它们会不会感到疼痛?用手拨开了飘散到面颊上的几缕头发,伸伸懒腰,低头翻看史书:

　　始皇有二十余子,长子扶苏以数直谏上,上使监兵上郡,蒙恬为将。

　　扶苏到底还是没有将始皇的警告听进去,直面君父,依旧是那样直言不讳地批判秦朝的律法国策。他说亲眼所见大秦治下的百姓是多么地人心惶惶,繁重的赋税是怎样榨吸着百姓的血肉。他说得如此激动,仿佛他不是衣食无忧,身享富贵的王朝长公子,只是平瓦败屋下的贫民。贫民自是不敢讲这话的,而他,却敢。

　　始皇震怒。为政数十载,灭六国,定法度,焚诗书,坑书生,每每都是这般雷厉风行,说一不二,哪容得下这样的反对之声。是爱子又怎样?是太子又怎样?太子?不错。即使他没有发下诏书,可他心里知道,满朝公卿大臣也都知道,长公子早晚都得是大秦王朝的二世皇帝。

　　可是,这就能成为扶苏恃宠而骄的资本了吗?就能这样当着众人的面说出这些目无君父,不知轻重的狂谬之语吗?始皇可以容忍一次两次,他会认为这是他年轻气盛,亦或是道听途说,受了哪个尚未清除干净的儒生的蛊惑。可是他无法容忍他一次又一次地犯着他的忌讳。他毕竟是越三皇超五帝的千古之圣呀!

　　众臣们伏拜屏息,唯恐略响一些的呼吸声都会引来始皇的注意。始皇重重地一甩衣袖,霹雳的怒火比焚烧典籍时那真实的火焰还要猛烈地灼烧着人的肌肤!这声音振聋发聩般地响彻了云霄。扶苏似乎是全然地不在意,他倔强的目光毅然地视向了前方,朗声道:"臣求陛下废止严法,休养恤民,薄征缓刑。非此,则天下危矣!"

这一次的四目相对，他却没有再回避。始皇亦有些震惊于这目光中的凛然不惧。只要他肯低头，哪怕是出于敷衍的认错，这一次，依旧可以不了了之。始皇如是想着。他所需的不过是一个让他走下来的阶梯，他甚至已然迈开了脚步。始皇的心，扶苏是明白的，可他却不愿违了自己的意。众臣皆在心中惋惜呐喊，那唾手可及的天下王座，公子竟这般轻易地让与了旁人。

　　此时，却唯有丞相李斯的心波澜不惊，甚至还藏着些连他自己都未必所知的庆幸。扶苏继位，他必无立锥之地。

　　"从今往后，朕再不想看到你！"始皇怒极。他的话说得很重，仿佛是亲手斩断了父子君臣间的情分，犹如一盆凉透了的水从头浇灌到了扶苏的全身。他握紧了拳头，指甲嵌得手心生生的疼。面上却是如常，恭敬守礼地一叩首。始皇接过侍从递过来的茶鼎，刚想喝上一口，便极不耐烦地将它砸到了地上。他看了一眼身旁的心腹赵高道："拟诏，派长公子监军上郡。"

　　匈奴彪悍，屡犯边境，大秦刚得一统，根基不稳，尚没有实力真正与之正面相抗，不过只是兵来将挡，水来土掩。监军上郡，几乎就是将扶苏送到了骁勇善战的匈奴兵的铁蹄之下。从小养尊处优，长于京都的公子能够抵挡得住吗？可始皇却管不了这些。

　　或者是借匈奴人的手除去公子也未可知吧。已有大臣面面相觑，在心中如是想着。想着想着，便又情不自禁地在心中深深地哀叹了一番。

　　不过，并无人可以揣摩到这位喜怒不定的强势天子此刻真正的心思。他大约的确是反感于扶苏屡屡与他政见相左的谏言，不过若是他有心要置扶苏于死地的话，又何必去绕这么大的弯子呢？始皇的果决是在战争的血与火中炼就的，他不会在意背上逼杀亲子的名声。他所在意的是这个他早已认定了的皇帝是否是太过于妇人之仁了。他需要长大，需要历练。

　　战场，大概是最能锋利性格的地方吧。

五

　　延绵万里的长城巍峨雄壮，每一块的砖瓦上都凝结着一段辛酸的故事。

扶苏背手立于城墙之上,俯瞰着远方。黑夜中,大秦的江山依旧锦绣富丽。曾经,他想过也许有朝一日他也会如同他的父亲那样,享受着执掌江山的权力。可这绝不是他的野心,只是因为他从小受到的灌输,来自周围人,更来自他的父亲的灌输。

而今,这片山河再不可能属于他了。扶苏苦笑了一下,可是,这样也好。当一位将军,总好过禁锢在咸阳宫室中无所事事的富贵公子。至少,此刻,他的心不再如昔时那般压抑矛盾。

"露重天寒,公子回营去吧!"扶苏回身,月光散在蒙恬那棱角分明的刚毅面庞上。这位令"胡人不敢南下牧马,士不敢弯弓抱怨"的大将军手握长剑,关切唤道。三月有余,当夜深无人,士卒安歇之时,扶苏总爱一人登高而立。他会独自去想许多的事情,得到的,失去的,喜的,或忧的。不知不觉中,又已是过了半个多时辰。

"劳将军忧心了,走吧。"扶苏轻握住了蒙恬的手臂,并排下了城墙。两人相视一笑,莫逆于心。扶苏刚毅,蒙恬爽直。三个月,足以让他们建立起忘年的深厚情谊。蒙恬父子为秦国兴盛立下过大功,故而与始皇也是关系密切,对扶苏公子之名已是如雷贯耳了。虽早想结交,一来是因为长年领兵在外并无空暇,二来也是顾忌着君臣身份之别,便只是在心中存下了几分好奇。而如今能够共守上郡,也算是缘分了。

蒙恬也是一早就听得了种种流言,他想扶苏必然会是义愤的,不甘的。因为那也是人之常情。不过,偏偏就不是。扶苏公子真的是名不虚传。当他面对着军士慨然训诫时,那是傲然铮铮,而待他请教自己军中巨细杂事时,那又是谦和婉婉。他不知道这样的一位公子如何会失了皇帝的意。若真是只为了不能接受扶苏的屡屡谏言的话,那也未免是太失天子的气度了。以臣论君,即便是没有说出口,那也是不忠。蒙恬明白,可他,还是如此想了。

春夏秋冬很快就在天地间轮回了三次。这一年,扶苏刚过而立。将兵三年,与士卒同食同卧,同甘共苦。他早已不曾记得彼时的咸阳宫殿是何等的精英灵秀,也不再去想他的父亲和兄弟姐妹。他的眼里心中,唯有那坚固的长城万里,唯有那些与他休戚与共,共守边关的军士们。那不是他的寡情,只是三年,足以让他变得更加坚忍澹泊。

当年的几度直谏或者真的是毁了他的政治前程,可是,他依旧是无悔的。如若不是因为他的直谏触怒了父亲,他又何尝能知道征战沙场,为国拼杀的士卒们的生活是怎样艰辛困苦!他喜欢做这样的一位将军,他知道他想要的是什么。他会用他的全部力量去保护这个国家的安定,他不会让大秦的土地沾上丝毫匈奴人的足印。

始皇总是固执地认为扶苏的性子过柔,若真是如此,扶苏又怎会在匈奴兵进犯之时面不改色,勇而不惧,又怎么能在军中树立起如此威望呢?他只是珍存着一颗悲悯天下的善心。对父亲兄弟,也对士卒百姓。士卒们敬他信他,因为他不仅有着不输一位打小从军的真正将军的智慧和魄力,更是在于他的这份礼贤下士,一视同仁的善心。甚至于当扶苏与他们一道席地而坐,杀猪烤羊之时,他们真的忘记了他是生于帝皇家的公子。

"陛下近年来只知遣人遍寻长生之药,绝口不提太子之事,公子,您不为自个儿考虑吗?您真的想在边关军营中待一辈子吗?"厚厚的云层包裹着圆月,随着清风慢慢地飘动着,虽是闪亮,却不大让人看得真切。蒙恬执着酒杯微微地抿了一小口,酒香醇厚,虽已下肚,香气却依旧停留于口中久散不去。他这话是对扶苏而言,眼睛却如痴地凝望着那通往咸阳的悠长的古道。他与扶苏早已是无话不谈,这话虽是对上峰的逾矩,但也是对知己的一片殷殷关切。

"将军是嫌扶苏这监军做得不够格,要赶扶苏回去吗?"扶苏将酒一饮而尽,豁然一笑,说道。他信赖蒙恬,如兄如父般的信赖。蒙恬是安邦定国的王佐之才。只是,这个王不是他而已。

"公子说笑了,公子天性纯善,心怀天下。若得即位,是万民之幸!"蒙恬回神,真诚说道。他从未去想着若公子登基,他能得到的是什么。他向来是不在意这些浮于身外的富贵荣华。他不过是觉得扶苏适合。一位连受伤的普通小卒都会亲自过问的公子怎会不是贤明仁厚的一代贤主?

"将军醉了。"扶苏再无过多的话语,唤来远处两个守夜的卫士送蒙恬回去,自己则独自一人走往归营之路。那条路并不长,却足够让他静静思索。心怀天下?他情不自禁地自嘲地笑了一下,他又有何资格去心怀天下呢?

他不过是被父亲遗忘了的儿子而已。他看不清自己,他不晓得自己是否真如蒙恬说得这般好。也许,只是挚友间的一种自然而然的偏私也未可知。

他想或者父亲多年来锲而不舍的执着追寻真的可以感动上苍,能够落下长生不老的仙丹灵药。这样,也许能天下安定。他至今仍是不赞成始皇奉法家为正朔,一味施用严法的治国方略。不过,不可否认,始皇的确是令人敬而生畏的,他自有能力有威魄去压制住百官黔首。罢了,何苦又去费着心力想这些呢?月落乌啼,该是安寝的时候了。

六

通往国都咸阳的这条道很陡,车夫握着缰绳,小心翼翼,循循善诱着白马前进。始皇坐于车内,穿着一袭暗黑色捻金丝龙袍,自负地拉开帘子看着周遭的一切。天气闷潮,长途奔袭,他的面庞少了惯常的威风凛凛,反是一种难掩的疲惫困倦。他憎恶这疲惫,他不甘心就这样失去了他一向的刚武英姿。

可惜的是,上苍不会因为他的不甘而有分毫的怜悯之心。病来如山倒,日复一日,他终于清晰地感受到了这病的来势汹汹。他想站起身来斥退那些弓着身子,两鬓苍苍的大夫们,他恨他们,他不想将生命轻易地交到他们的手中。无奈他发不出声来,甚至连身子也是再无法动弹得了了。

当死亡的脚步渐渐临近,当无常拿着铁链的"叮叮当当"的声音愈来愈近地响彻在始皇的耳畔时,他终是妥协了,向自己妥协,向命运妥协。他开始相信了天命,天地万物,有生必有亡,有存必有灭。他忽觉将生命寄托于那大约永远也找寻不到的长生之术上,是何等的可笑之极!

始皇吃力地睁开了双眼,眼前是一片朦胧。不知是天真的黑了,还是因为他的头已是晕眩得看不清眼前的景致了。他原是不相信真有什么存活万世不灭的灵药的,要不然,在即位之初,他如何会自称为"始皇",如何会让自己的子孙称为"二世三世",如何会修建那豪华奢侈的始皇陵墓,又如何会如此精心培养着长公子扶苏?可是,究竟从何时起他开始了这样近乎疯狂的寻药之旅?他不知,也许他早已是存了这个念头了,对皇帝宝座的留恋唯有皇帝自己才能知晓。

然而,当他决意让扶苏监军上郡之后,长生不老的念头却愈发得强烈了。他从未真正对扶苏失望过,他只是担心扶苏身上还是褪不去那份儒生之气。他向来极厌儒生。可是,除了扶苏,别人,更是不堪担此大任的庸碌之辈。于是,唯有自己来。他不立太子正是自信自己可以万世而为君,不是不愿,而是用不着。只是如今,这一切仿佛都成了一个大笑话。

七

夏日的太阳升得极早,不过才卯时出头,阳光却已然从窗户的缝隙中钻了进来。这样炙热的温度终于让始皇恢复了些神智。他轻咳了一声,身边站立着的侍人立刻又跨上前一步,会意地将他稍扶起了些后,便又恭敬地弯下了身子静候吩咐。

"速叫中车府令赵高来见朕!"始皇的话说得很轻很弱。可这丝毫也无损于他与生俱来的天子气势。一旦出口,便是威严。赵高一接到传旨便匆匆而来,他有些弓背,汗水从他的发间一直流到了脖颈,却顾不得去擦拭一下。这些年,始皇对他的宠信尤胜李斯。不过,赵高的内心却全没有些所谓忠君感恩之类的信仰。他可不愿像儒生那般的酸腐,赵高总是这样想着。始皇的嘴微微地蠕动了一下,听不真切他的话语。赵高跪下身子,将头稍向始皇靠近了些许。

始皇紧紧地抓住了赵高的手臂,虽已是奄奄一息的垂死老人,可还是让赵高的身子颤动了一下。虎老余威在,他毫不怀疑这只阴晴不定的老虎在此刻仍有着置人于死地的能力!

"马上去为朕拟一道诏书给长公子!"始皇的脸似乎是比着先前要红润许多,话也说得比方才要爽利一些。那么多年以来,他第一次说出了这个称呼,以至于连他都觉得这三个字是那样的陌生。他的脸上露出了从未有过的淡淡悔意。他未料到上天会如此急促地收回他的命。若能再多给他一些时间,他多希望可以再见扶苏一面,与他平静地促膝而谈,如同他少时那般,仿佛,从来也未有过嫌隙。

赵高低头称是。旋即,便默默地倒吸了一口凉气。他不曾预见,始皇在迈出人间的最后一道门槛之时,所想到的依旧是长公子扶苏,而不是那个就伴在他身边,他满心疼爱的少子胡亥。赵高与胡亥过从甚密,关系非常。他原已认定了胡亥就是他能够拥有至上权力的最好的倚靠。可是,他到底还是低估了始皇。哪怕当他病入膏肓,难以自由行动时,他依旧有着异于常人的理性头脑,依旧还是那个横扫六国,一统河山的伟大帝皇。绝不会因为他的好恶而将王朝托于非人,何况,他虽甚喜胡亥,对于扶苏,也未必就是真的厌恶了。

八

以兵属蒙恬,与丧会咸阳而葬。

始皇给扶苏的旨意,只是这短短数字。或许是因为他太累了,无法再想到别的什么话,又或许,是真的不必了。父子一脉相通,他想说的话,扶苏必是深谙的。始皇松开了手,深深地呼出了一口气。似是了了一件大事,是呀! 怎不是一件大事? 只是,真的是"了了"吗? 始皇自是觉得是了,他毫不怀疑面前这个鞍前马后尽心效劳的心腹。

可是,他不曾看见赵高在听完他最后的旨意时那汗如雨下的苍白面庞。这旨意无情地撕碎了赵高心中的那份侥幸。素白的绢布上满是他手心的汗渍,沉甸甸的传国玉玺在他的手中仿若是千斤之鼎,他几乎用尽了全部力道去盖下了这玺印。玉玺下压着的,是他后半生的荣华,甚至是生命。"受命于天,既寿永昌"八个字与他体内流淌着的血液一样鲜红!

赵高的手发抖得厉害,颤颤巍巍地将圣旨递到了始皇的手中。始皇睁开了双眼,他的视线愈发得模糊,再看不到上面写的究竟是什么。不过,他还是觉得安心了。他将这圣旨紧紧地贴在了胸膛之上,温热的气温让他的心从未有过地感到放松。他听到了心脏不规律的轻轻的跳动声。他在等待,所有的人都仿佛在等待着什么。

"轰"的一声,天空中猛烈地炸出了一个响雷。殿中人均被唬了一大跳,不约而同地向那明明还是碧空万里的晴天望去。若非是因惊吓而被滚汤烫得通红的手还在微微地发疼,是真的疑心那不过是太过真实的幻觉而已。

始皇躺在床榻上,慢慢地合着自己的眼睛,是何处的鬼魂在向他招着手?又是谁用绝望凄厉的声音向阎王控诉着什么?他不知,也不想去知。可是,他分明又闻到了大火燃尽时那刺鼻的烟焦味和成堆尸首的腐败之气!这气息无孔不入地争先恐后地钻进了他的体内,这一次,他无处可逃!

始皇猛然间又瞪大了双眼,尽管那双眼看上去是那样的空洞无神。他缓缓地用胳膊撑在床榻上,挣扎着想要靠自己的力量起身,企图将这尘世的一切都深深地印刻在脑海中。这样,至少他在踏入碧落天际之时可以记得他的人生曾是如此轰轰烈烈!无奈,上天是公允的,上天也是残忍的,他不会瞻情顾意,不会为任何人在通往死亡之路上设下个关隘来歇息一时半会儿。

似乎是有一双无形而有力的手在向下拽着他的身子,始皇重重地倒了下来,床榻传来了一声响动。他隐约觉察到殿中的侍从们慢慢地围到了自己的身边。他的嘴唇微微地动了一下,无人听得见这话,也无人会去在意他此刻的所思所讲。他们只是不知要如何去藏觅他们惊恐无措的目光。始皇走了,不知道他们是否也已经走完了人间的这一遭。

"扶苏,你是对的……"这六个字悄无声息地融合在这温湿的空气中,随着那一抹漫不经心的微风不知飘向了哪一个角落,无人知道它曾经存在过。一切,就那么轻易地结束了。始皇走得如此的彻底,带走了他所能带走的全部。连同他的奇珍异宝,连同他的嫔妃侍从,连同这个曾经强霸的帝国,甚至也连同他绝不愿意带走的那个人!

没有人可以阻止日落山坳时的那片漆黑。只是,那冉冉升起的太阳会在第二日的清晨如期而至吗？会不会？会不会？回声嘹亮，那执着追问的三个字竟被简略成了斩钉截铁的两个字——不会！淫雨霏霏，遥亘千里的万丈深渊，无舟可渡。

九

窗外的风刮得愈发得大了，只得探出头用手掩了窗户，老旧的窗户发出了刺耳的"嘎吱嘎吱"的响声。细雨打湿了我的衣襟，风将我面前的书连连地往后翻了好几页。本也只是为着打发时间，随便哪页都好吧。

"高曰：'君侯自料能孰与蒙恬？功高孰与蒙恬？谋远不失孰与蒙恬？无怨于天下孰与蒙恬？长子旧而信之孰与蒙恬？'斯曰：'此五者皆不及蒙恬，而君责之何深也？'"

无法不去握拳咒骂！典型的小人的心思，小人的话语！赵高是可厌的，而李斯却是可恨的！"助纣为虐"，孰不知这助纣之人要比真正的"纣"还要令人愤恨发指！"于是斯乃听高"。司马迁这短短六字读之令人心寒。不知道这赵高是不是真的有苏秦张仪般的辩才，还是李斯本就是个毫无节操，唯利是图的阴险之人？

不过，这已经不重要了。那曾经让赵高忧心恐惧的传国玉玺此刻正被他牢牢地握在了自己的手中。他握着它，仿佛已是握住了执掌天下的权力！从袖口中掏出了那份诏书——以兵属蒙恬，与丧会咸阳而葬。他轻笑了一声，心满意足地看着火苗慢慢地将它燃烧得只剩下一点灰烬。

几乎是不假思索地写完了他想要的东西。矫诏而发，实在算不得是什么高明的伎俩，也绝不是一个完美的计划。不知道这位手握重兵的扶苏公子会不会率着他的三十万大军气势汹汹地向他袭来，此时还精神抖擞的身子会不会就在下一瞬丧命于千军万马的铁蹄之下。他不是安心的。不过，他宁愿为自己赌一把，也坚信他可以赌得赢。扶苏的性子，他了解。

十

　　虽是夏日,上郡长城的风依旧可以吹得如此透凉清澈,让人在这烦闷的天气中慢慢地平静下来。晚间,将士们脱去了厚重的铠甲,只穿着单衣在各自的营帐内外三五成群地欢畅地聊着些什么。他们不会知晓千里之外的沙丘此刻正在暗中进行着什么肮脏的交易,表面平和的大秦王朝早已经是千疮百孔,甚至是蚍蜉之撼都能让帝国这一庞然大物轰然倒地。

　　扶苏站在营外,向前跨了一小步,拔剑而出,似行云布雨般地在空中肆意地挥舞着,剑花朵朵,筋斗翩翩。他的身子与长剑紧紧地相融在一起,早已分辨不出是他舞动着剑还是剑带着他在飞扬。他向后弯腰伏地,剑擦着地面发出了清脆的声音,轻柔地往回收住最后一剑,如释重负般地松了一口气。擦擦额上的汗珠,将剑交给了身边的小卒,微笑说道:"将军觉得扶苏尚可教化吗?"

　　蒙恬颔首,他记得这套剑法不过只是在扶苏面前舞过一次,究竟是哪一次,他倒是真忘记了。扶苏的记忆和悟性都让他惊叹,更重要的是,全然不见任何仿效的痕迹。他与扶苏原已是挚友知己,而今更是又平添了一份师生之谊。

　　"公子谦逊,末将深佩。"

　　"只愿将军勿要觉得扶苏是班门弄斧才好。"

　　蒙恬朗声而笑,躬身一拜,迎着他进了营。地面上铺着的是一张巨幅的战略要塞图。这些年来,匈奴人虽偶有小规模的挑衅,却忌讳这坚固雄武的长城,又忌讳能征善战的蒙家军们,到底还是不敢轻易正面来攻。二人边观看着这图,边议着将兵御敌之法。

　　正谈到兴头处,扶苏倏地站起了身子,宽大的衣袖打翻了放在案板上的一盅清酒,酒顺势流到了地图上,慢慢地沁了进去。那份胆颤就写在了他的脸上,让人惊诧于他的失态。在旁侍立的士卒们很快就将一切收拾干净。

蒙恬亦起身,见扶苏仍是怔怔的,关切地问道:"公子何惶如此?"

"一声震雷,猝不及防。将军竟未觉吗?"扶苏轻咬了下嘴唇,眼光有些涣散地朝前望着。蒙恬一脸疑惑地看着他,两旁的士卒们也都是茫然地面面相觑。今晚的夜空分外清澄,连常喜停于树梢歌唱的知了们也安静了许多。

蒙恬回道:"无事,近来事繁,公子许是累了。"

"是吗?"扶苏悠悠然地吐出了这两个字。风吹树摇,他的心没来由地泛起了一阵酸疼,眼眶中已是隐隐有泪。今晚蓦地有些想家了,离都三年以来,第一次那么强烈的思念。他的骨子里是绝对的坚毅和执拗。他与他父亲的矛盾不是不能够调和,而是不愿意调和,至少是不愿意由他先服了软。

已近子时,扶苏侧躺于榻上,仍是不觉有多少的睡意。大概是先前那一声莫名的雷还在他的脑海中胡乱地撞击。案上堆着几卷兵书,烛光在黑暗中随风摇曳着,闪得他有些晃眼。柔和的光亮唤起了些许他心底深处的记忆。这记忆已不再清晰,如今想来,还觉陌生,仿佛只是他闲下心时,在书中寻得的一件轶事。

十一

扶苏记不得他当时是七岁还是八岁,大约总是这样一个不大不小的年纪。那一日,廷尉李斯带着几个小吏提着一大摞的卷宗面见秦王,因秦国一贯奉行商鞅"行刑,重其轻者"的法制思想,故而这些卷宗中的人多是犯了重罪而要被处以重刑的。秦王顺手解开了一卷竹简,皱了皱眉,读出了声——

"城北有老翁名唤子穆者,儿从军三年未得归。一日,见外有投书,惊,欲迅燔。寻又疑乃小儿家信,故发。适路人从门前过,捕之送于府衙。郡丞谳之,坐投书罪①,处劓为城旦②。"

---

① 投书罪:秦罪名。指投递有害于封建统治秩序,或者陷无辜者于罪的匿名信件。见投书而拆之者,与投书者同罪。

② 处劓为城旦:秦刑名,指割掉男犯的鼻子,从事城墙修筑。

15

"其情可谅,其罪可轻。"扶苏在旁忍不住轻声地嘀咕了一句。秦王原是并不会在意此等孤立小案,心下也并未觉所判有什么不妥之处。忽听见扶苏此语,才引得了他的注意,便又重新再看了一遍卷宗,抬头饶有兴致地向扶苏问这缘由。

扶苏微愣了一下,想来也没有料到父亲会将这不经意的一句话听入耳中。思索片刻,还是直言道:"老翁之子从军为国而战,是为忠。老翁思子,是为天性。虽行为有所失当,却无恶意,不可依常理而判。父亲觉得可对?"

秦王将卷宗慢慢地卷了起来,脸上露出了一丝并不太为人所见的笑意,边轻抚着扶苏的头,边将卷宗扔回了李斯的手中:"吾儿果宽仁慈爱,明辨是否,将来必可托大事!廷尉是制法执法之人,寡人欲征询你的意见。"

李斯只思了瞬息,旋即便去劓面城旦,改判为隶臣之刑①。走出大殿的时候,他回头望了一眼这位才七八岁的秦国公子,见他目若朗星,也正有些好奇地望着自己。李斯心中拂过一阵说不出来的异样,如鲠在喉般地不适。这么小的孩子,何来这般强烈的儒生之气?

或许,在李斯默认赵高矫诏而发之时,也会想起这事,尽管它已经过了很久很久。那时的秦王正是雄姿英发,想着统一的千秋大业,为了笼络人心,在不动摇法家根本的大前提下,稍稍行些宽仁之政也是有的。至于后来,天下变了,人心变了,可不变的依旧是扶苏公子的那颗仁人之心。

十二

烛灯灭了,消散了黑暗中最后的一丝光亮。扶苏坐直了身子,也无意再去点亮它。不经意地轻轻用指头在床沿上击打着,过了许久才意识到这调子是《山有扶苏》,那是郑国的名歌,据说他的母亲还是少女的时候就喜在高高的山头朗声吟唱着这首曲子。会不会她也曾无比娇俏地用"不见子都,乃

---

① 隶臣之刑:秦刑名。指男犯到官府服各种杂役的一种徒刑。

见狂且"来打趣她的丈夫？扶苏不知,他很少会想起他的母亲,对于母亲的记忆也不过是这首声动梁尘的美妙之曲而已。

扶苏随手披了一件衣裳走出了门,夏日温柔的清风吹得他神清气爽,更加让他不想入睡。不远处有一个小卒正手握长枪,挺直身子,目不转睛地看着前方,许久才转过头来,忙将长枪竖了起来,躬身弯腰唤了一声"公子"。扶苏看了他一眼,一脸的天真稚气,面庞圆润白皙,浓眉大眼,不过才十五六岁的样子。

"想家吗？"扶苏不知道他为何会有此一问。他的头脑有些混乱,好像是有万千的思绪横亘于其间,越想理却越觉得胡乱无比。那小卒摇了摇头,将头深深地埋进了衣襟中,半晌,却又不禁颔首。扶苏微微一笑,少年离家,哪有不想的道理。他单手解下系于腰际的玉佩："想就回去一次吧！拿着它,无人敢拦阻了你。"

小卒惊得脸倏地变了色,屈膝而跪,自是不敢接这玉佩的,守卫边关是为国尽责,为君尽忠。家？在他从军的那刻早已没有了自己的家了。扶苏边扶着他起来边将玉佩递到了他的手心中。小卒颤颤地抬起头,正巧撞到了扶苏柔和的笑,见他正朝着自己点头,又立刻俯下身子拜了一拜。

扶苏目送着他离去,看了一眼扑腾着翅膀冲上蓝天的那只鹰。违反军规,擅自做主,怎么能是一个将军所为？扶苏明白,只是,若是明知不可为而真的就不为了,怕就不是他了吧。这个世上,本是没有是与非的界限的。所有的是非都只存在于自己的心中。

天渐渐地亮了,扶苏不知道他是一夜未眠,还是忘记了他曾经睡着过。他可能是真的累了,忽觉周遭的一切都是那样的令他觉得无趣。这样低落的情绪一连纠缠了他许多天。他无法排解,也不能解释这情绪。

十三

那一日的倾盆之雨飘散去了整片土地上的燥热。只是那厚重的乌云却压得天地一片昏暗，几乎让人喘不上气来。鸦雀胡乱地叫着，吵嚷着叫人不得安生。扶苏望了一眼这位到军中宣旨的使者，见他个头矮小，生得甚是委琐，满目的倨傲不屑。

不知道在他貌似正经肃穆地诵读着手中的这份伪诏的时候，心中会不会掠过一丝的恐惧与罪恶？手中握着的那柄明晃晃的利剑之光会不会刺痛了他的双眼？呵！怎会？赵高手下如何会有这样胆小庸碌的懦夫？从头到尾，都是从容镇静，波澜不惊。使者上前一步，咧开了那原本就有点上扬的嘴巴。

"朕巡天下，祷祠名山诸神以延寿命。今扶苏与将军蒙恬将师数十万以屯边，十有余年矣，不能进而前，士卒多耗，无尺寸之功，乃反数上书直言诽谤我所为，以不得罢归为太子，日夜怨望。扶苏为人子不孝，其赐剑以自裁。将军恬与扶苏居外，不匡正，宜知其谋。为人臣不忠，其赐死，以兵属裨将王离。"

这份颠倒黑白的遗诏荒唐得令人发笑。他们当真是急不可耐到连审度一下的时间都没有。

"将师十有余年"？扶苏公子从咸阳至上郡，不过也才是三年有余。"无尺寸之功"？究竟怎样才能算有功？举全营之军出关与匈奴拼个你死我活，两败俱伤吗？这些年来抵挡住了匈奴来犯，便是大功！"为人子不孝"？怎样才算仁孝？昧心阿谀，不问是非地言听计从吗？"上书直言诽谤"？据实而说，据理力争，何言诽谤？况扶苏已经为此被贬出京师，监军上郡，何苦还要苦苦相逼？"日夜怨望"？那更是不知从何而来的无稽之谈！莫非他们有着能耳听千里的异能不成吗？

那使者自然是绝不会想到这些，他的体内早已经被生生地植入了赵高的思想与灵魂，他早已不是他自己，不过是个比飞禽走兽更加可怜可哀的提线木偶而已。他将手中的那柄早就沾满了他汗水的长剑举高了些许，仿佛他的身子也瞬时高大了不少，竟也产生了一种居高临下的优越感。

"请公子奉旨自裁！"

若非是听到使者这一字一顿、步步紧逼的清晰话语，扶苏是真的疑心自己犹在梦中。他以为三年的军营锤炼，他的心早已是如钢铁般的无坚不摧。

他以为他尽心竭力地守边御敌自是衾影无惭，俯仰无愧。他以为他的父亲虽对他有诸多的失望不满，却还不至于如此毫无征兆地通知他去死。

他确实不过是"以为"。他的委屈伤心从来都在，只是他绝不会为任何人所探得。他渴望被了解，却从不希望被人看透全部，就算是与他亲厚如蒙恬，也不行。长城万里，他抚摸过那一块块坚硬冰凉的砖石，在寂寞中坚守着这块他所珍视热爱的土地。时间如流水，却不是什么都能够冲散得了的，如同海岸礁石，经过数年冲击，仍是纹丝不动。

扶苏聪慧，他怎么会听不出这旨意中申斥之语的绵软无力，怎么会不知道这些都仅仅是冠冕堂皇的漂亮借口？他苦笑了一下，何苦呢？他的生命原是父亲所给，如今想收回，便收回吧。他本也不惧死，监军上郡，他也未想过要活着回到咸阳。马革裹尸，葬身黄土，许是他料定了的结局。

料不到的是他的父亲对他的恨意竟过了三年还未曾消退。他微微地昂起了头，强压住几乎是要倾泻而下的泪水。他不是不疑心这突如其来的诏令的真伪。只是那柄剑，他记得。那是始皇每次出巡的时候必要随身携带的。

十四

骤雨初歇，盛夏的风居然让人打了个寒颤。扶苏隐约听到了远处将士们练兵的声音，那样的排山倒海，气势恢宏。而他，是这三十万大军的监军。他蓦地自以为是明白了些什么。或许，父亲不是为了恨要去结束他的生命，而是为了这千秋万代的大秦基业。

"陛下已立太子。是吗？"

使者恍惚了片刻，旋即不假思索地称了一个"是"。扶苏深深地舒出了一口气，缓缓地站起了身。他丝毫也不想知道这位太子是何人，想来必是比自己要好的吧。扶苏是永远也改变不了自己的，也不能做到他的父亲希望他做到的那种人。他的性子中原本就带着一股烈火焚烧般的毁灭性。若是他的死真的可以换得始皇和这位太子的"放心",他也算得上是死得其所的。

扶苏做梦也不会想到他的父亲已经不在,不会想到这位太子就是他自己,也不会预见得到他这一死,天下将要掀起一股怎样的血雨腥风。扶苏到底是太过于纯善。他根本不会料见这个世上除了真与善,还有着见不得人的阴谋与诡计!他想了太多,也误了太多。

扶苏接过了长剑,拔出剑鞘的那瞬,他见到了剑中的自己,眼泪已是情不自禁地顺着他的鼻梁流了下来。纵是他想通了,想透了,在离开人世的这一刻,依旧还是不舍。可不舍,又如何?他是心甘情愿的。有遗憾,却无怨。

"公子糊涂!怎可枉死!"蒙恬自军中而归,几乎是千钧一发,他冲上前去紧紧地按住了扶苏将要举剑的手。这份诏书原本是给他与扶苏两人的。可那使者肩负的使命太重,不能忍受须臾的等候,未待他回来便迫不及待地先宣了这诏书。蒙恬的目光直刺使臣,那使臣当真是有几分胆识,仍旧纹丝不动,目不转睛地正视前方。

"是扶苏连累了将军,三年前,扶苏便该死了。将军松手吧。"这话语如此凄然绝望,蒙恬心中一阵不忍。他方才的力道太大,剑锋将他的手心划出了一道大口子,可他还是不敢松手,唯恐一松手,便是无可挽回的惨痛结局。他了解始皇,他的确有时有些蛮横,可还不至于不讲理到随便派个人来就杀了他的长子。可是,他也太了解这位公子,他至忠至孝。而且,不怕死。

"蒙恬亦不惧死!只是现今陛下身在国外,公子与蒙恬守卫边关责任重大,如今就凭着他一个使者就想让公子自裁,这世上哪有这样荒唐的事情!公子应赶紧去面见陛下!若陛下执意要让公子死,蒙恬绝不拦着公子!"

扶苏更加紧紧地握着手中的长剑,上面的雕文硌得他有些发疼。蒙恬不明白他明白,他记得三年前始皇在雷霆之怒时说出的一句话,他说,他永远也不愿意再见到他。他懂得一位帝王一言九鼎的不容更改。

那使者见他略有所思地不说话,有些疑是他看出了什么破绽来,便又上前来一步,强作镇定地躬身拜了一拜,一连催促了好几遍。天渐渐暗下来了,他心下所想只是能尽快了结了此等苦差,回到住所去好吃好睡一番。

"君要臣死,父让子亡。哪能这般再三地去请求?陛下英明,扶苏当死!"扶苏的话不急不缓,像是在诉说着一件事不关己的事情。他听着使者显然是有些不耐烦的语气,他是如此的迫不及待。是否,他的父亲也是这样的急切呢?罢了,如今去想这些有什么意思?

"你的性命没有那么轻贱!"蒙恬几乎是脱口而出地怒骂道。他全然忘却了为人臣子的礼数,只是真的被这听上去迂腐混账的话给逼急了。他的孩子与扶苏差不多的年岁,他虽常年领兵在外,却常有家书关爱督教孩子。他也是父亲,什么是舐犊之情,他知道。人同此心,他就不信始皇当真是这般冷酷无情!可是这位公子偏生就这么地不惜命!

"扶苏生于王室,别无选择。陛下生我育我,恩重如山,扶苏无以为报,所能还的,亦不过是这条命罢了。只是将军三代忠良,于国于民有大功。陛下不该因扶苏而迁怒将军,不该……"最后的这几个字,他说得极轻,轻到连自己都觉得是不知所云。他的胸膛中永远高高悬着的那颗心似是终放下了,却忽又觉空落愧疚得难受。他的一生光明磊落,敢作敢为,宁人负我,毋我负人。不料临了却还是有人要为他所累。他轻摇了摇头,他乏了,无力再去怨天尤人,也无力再去说些什么矫情的临别之语。他所想要的,唯有结束。这个人间,已无他的容身之所。

利剑般的银白色闪电迅速划过,点亮了这昏暗沉闷的天空。那样刺目,仿佛是进入无边黑暗前最后的那一点释放。小鸦雀们早已吓得往各自的巢中躲去,老雀展开了翅膀,牢牢地将稚儿们护在怀中。简单的温暖,奢侈的爱……

扶苏趁着蒙恬远望天际愣神的瞬间,猛然间用力把长剑从他的手中抽了出来,猝不及防,直刺而出,一贯的潇洒快意,连死都是那样从容淡然,容不得半分的犹疑慌乱。举剑刎颈,那样自然流畅,似乎这就是这套剑法既定的招式!触目的鲜血染在他水绿色的锦袍上,如同暮春时节散落草丛中的朵朵残花。

最后的一滴泪落到了他沾血的手上,怎能冲刷得尽这猛火般的红。他出手太快太狠,一剑致命。喷涌而出的鲜血模糊了他的视线,他看不清使者那如释重负的丑恶笑意,也看不清蒙恬那交融着震惊悲痛的复杂神情。他唯一所知道的是他倒地的那刻面对的方向是咸阳。生不得归,愿魂有所依。

扶苏小论：在死亡面前，他别无选择

秦始皇三十七年，公子扶苏为赵高等人矫诏逼杀，年仅三十一岁。

翌年九月，成灾的暴雨落到了一片蛮荒的贫瘠之地，动摇了这个帝国的根基，险些让它支离破碎，土崩瓦解。那个地方叫大泽乡，那里，出了两个足以载入史册之人，一个叫陈胜，一个叫吴广。

一切都来得那样急，那样猛。秦始皇合上眼睛的时候不会想到，扶苏公子举剑自刎的时候不会想到，就连赵高李斯胡亥在欢庆他们的计划完美收官的时候也定然不会想到，陈胜吴广的揭竿会犹如那星星之火，短时间内燎原遍整个大秦帝国。秦二世二年，李斯为赵高所嫉，被处具五刑①而死，并夷三族。次年，赵高将二世胡亥逼杀于秦宫，旋即又立嬴氏宗亲子婴为帝。四十六日后，刘邦带兵首入关中，子婴献玺投降，秦亡。四年后，汉立。

秦朝，这个中国历史上第一个大一统的王朝，秦始皇"奋六世之余烈，振长策而御宇内"所建立起来的这个庞大帝国仅仅只存续了十四年，令后世人扼腕叹息。如果扶苏还活着，能挽救这一切吗？他果真仁懦得不配担起帝王重责吗？恐怕并不是这样的。

哀其不幸，怒其不争。这是很多人对于扶苏之死捶胸顿足时留下的一句无可奈何的叹息。愚忠愚孝，政治幼稚。这似乎已是牢牢地打在他身上的性格烙印。只是，若真的只是"愚忠"，他就该严格地恪守着秦始皇帝的既定国策，支持他所做出的每一个决定。严刑峻法，治的又不是他，焚书坑儒，又关得了他什么事？若真的是"愚孝"，他就更应该绝口不言。孝顺两字，"孝"是侍奉，"顺"是服从。扶苏既不能日夜侍奉于始皇左右，又屡次不分场合地直言犯上，陷父亲于尴尬难堪之地，又如何谈得上是"孝"？

如此，他岂不是真的如赵高所制的伪诏那样"不忠不孝"？这当然是荒谬的，因为在这狭隘的"忠孝"之上还有正义，还有大爱。这是经过深思熟虑后的对"是"的坚持，是将天下百姓福祉放于心中的拳拳之情。

---

① 具五刑：秦刑名。先黥面，再割鼻，后斩左右趾，杖毙后割下首级，将尸首剁成肉酱后示众。

有此等宽阔襟怀的公子,若能活着,必是能成为将万民拯救出水火的一代明君。况扶苏为帝,必会以蒙恬为相,这点赵高李斯在密谋之时,早已有预料。名将辅国,军心得稳,外患能除。虽然我也从来不认为秦帝国真的可以"至万世而为君"。天下分合,朝代更迭,这是天下大势。莫消说是万世,中国历史上还没有一个王朝可以超越千年的。但是,可以肯定的是,秦朝必然不会如此快速地走向灭亡。

扶苏对于秦朝未来的走向是有他自己的想法的,他对当时的局势有着十分敏锐的洞察力。秦国自商鞅变法起,就坚持"重刑轻罪,以刑去刑"的法家思想,正是在这样思想的支配下,秦国在六国中迅速地崛起,为日后的统一大业打下了坚实的基础。秦国受益于法家思想的统治理念,公卿大臣们也认可了这种理念,丞相李斯更是这种观念的集大成者。

可是,扶苏偏就能够看出重法灭儒的大害,提出若要让国家长治久安,则必须采纳,或者至少包容儒家思想。扶苏在给秦始皇的奏章上这样说道,"天下初定,远方黔首未集,诸生皆诵法孔子,今上皆重法绳之,臣恐天下不安。"事实上,在秦始皇统治的后期,天下确实已经"不安"了。这个时候,若是及时地以温和的儒家思想安抚民心的话,是可以转危为安的。可惜,扶苏身死,即位的胡亥变本加厉地施以苛政,剥削百姓。司马迁在《史记》中这般沉痛地写道:"蒙罪者众,刑戮相望于道,而天下苦之"。

扶苏确实是死得不值,他既有看透朝局的能力,按理说在接到赵高等人的伪诏的时候是不应该如此"迫不及待"地奉旨自裁,甚至丝毫没有理会身边这位久经沙场、经验丰富的大将军蒙恬的一再阻止。这或许是他人格的矛盾,抑或是历史本身的矛盾。可是,当我们真正静下心来细细分析的话,就会发现,在当时的那种信息完全不对称的情况下,他除了那么做,真的是别无他法了。他说的那句"父而赐子死,尚安复请",真的不只是迂腐之论,而是事实。他是天子之子,又是监军将军,难道真的要率军问问君上为什么赐他死罪吗?这岂不是成了变相的逼宫吗?以扶苏的教养,是断然不会做下如此糊涂之事的。

退一万步讲,就算扶苏当时真的"抗旨"不死,他就真的可以活下去了吗?怕也是不能的。因为和他一道在上郡将兵的将军蒙恬最后也没有逃脱死亡。尽管他始终都怀疑这份言辞古怪的诏令,在扶苏死后仍旧不肯认命赴死,最终被押解至阳周安置。他不是没有能力领兵去抗争,他的三十万大军对他是绝对忠诚的,他不是没有能力,终究还是因为不敢,不敢以臣犯君。他至死都没有想明白缘何始皇会杀他,后来他在狱中替始皇想了一个足以治他死罪的理由,说是他为了抵御匈奴北筑长城,继而毁坏了秦帝国的地脉,令王朝基业有所松动。说实话,这还不如赵高等人为他罗织的罪名。

　　因而我才一直认为,在秦始皇病死沙丘而无人知晓之后,在赵高李斯胡亥设下惊天阴谋之后,扶苏的死是必然的,不是他抗不抗争就能改变得了的。可是,扶苏虽死,他的影响力却远远没有退却掉。陈胜吴广在大泽乡起义的时候用的就是公子扶苏的名号:"吾闻二世少子也,不当立,当立者乃公子扶苏。扶苏以数谏言,上使外将兵。今或闻无罪,二世杀之。百姓多闻其贤,未知其死也"。并且自信地预言这支打着公子扶苏旗号的义军应该能令百姓云集响应,历史证明了这一点。

　　可惜,扶苏是看不到这一切了。好在,历史记住了他,后人也没有忘记他。永远莫要去在意结局,有些景物,曾经引得万人翘首而看,有些生命,曾经让无数人哀然默泣,广袤的人间,漫长的生命,有过这样一刻的绚烂,终是不枉了。

第二章 生于富贵，卒于小人

  他是大汉帝国的储君，有着宽厚仁爱的性格，悲悯天下的胸怀，本可以成为一代治世贤君。可恨一朝为佞人所迫，在无路可退的绝境中，凄惶地走完了人生之路。他的死亡令一代霸主汉武帝痛彻心扉，写下令后世人唏嘘不已的《轮台罪己诏》。

一

  月落乌啼，声声低鸣。长安的雨已经不记得连续下了多少日子。落在人身上的水珠，是上天所落的泪，上天是坚强而自负的，他不会轻易地让人感受到他的脆弱与无助，除非是真正到了伤心之时，再难掩饰，再难伪装。正如同这位叱咤风云数十载，铁面铮骨的帝王此刻正独自立于博望苑中，听着这震耳欲聋的雷声雨声，老泪纵横，捶胸痛悔。

  "朕潜心培养，视若掌珠三十余载的皇太子，竟然死在了朕自己的手中。天伦相残，妻离子亡。上苍，这是你对朕一生杀戮的报应吗？报应？可这样的报应，未免也太过残忍，太过残忍了！这究竟是谁的错，谁的错呢？"

  上苍听不到这来自他心底深处的撕心裂肺般的呐喊，没有人能够回答他，正如没有人知道，长安的雨还要下多久才能够停下……

二

汉元朔元年二月,卫夫人在汉宫之中为年近而立的皇帝刘彻生下了他的第一个儿子。合宫宫人都无法忘记刘彻那几乎是失了态的欢喜之情。他抱着孩子,连声问身旁的老宫女:"这孩子怎生得这样小?"

老宫女赶忙屈膝叩首:"皇子未足月,故而较通常婴儿要小一些,但却一切安好。请陛下放心,皇子会慢慢长大的。"

刘彻朗声而笑,抚了抚孩子白嫩的面颊,将他交到了乳母的手中,低声地叹了一句:"是啊,太子会慢慢长大的。"

宫女们相互对看了一眼,确信了自己不曾听错后,都露出了惊喜的神色。主贵仆荣,这是再简单不过的道理了。

这年三月,刘彻就将皇长子生母卫夫人立为皇后。直到今日,他都忘不了他在十八岁时邂逅卫氏的情形。她的歌声曼妙,舞姿绰约,惊鸿一瞥间牵动了这位情窦初开的年轻帝王的柔肠,他第一次为一个女人动心。他说他会一辈子爱她,他会牵着她的手登上大汉最高的城墙,与她分享这万民称颂的喜悦。他果然做到了,他望着她,四目相对间流淌着的是一个男人兑现诺言后的骄傲与释然。

那一日,刘彻揽住卫皇后的肩膀,看着在两位宫女的扶持下蹒跚学步的小刘据。孩子很用心地在学着,宫女们慢慢地放开了他的手,怎料他却忽的一个趔趄,膝盖结结实实地磕到了地上,孩子本能地哭喊起来。两宫女吓得面容失色正欲伸手去扶时,却听得刘彻说道:"你们下去!让他自己站起来!"

两宫女松了口气,畏畏缩缩地退后着出去了。刘据的哭声渐渐小了,他用手撑着地,试图站起来,可一连试了数次,都未能成功。卫皇后心疼地正要上前一步,却被刘彻拦住了,他握着她的手坐了下来,微笑地对她摇了摇头。直到孩子终于摇摇摆摆地走向他时,他这才伸手将他抱到了他的膝上,正看见他的眼角带着几颗将落未落的泪珠。

"知道朕为何还不昭告天下立据儿为储君吗？"刘彻轻轻地拍着刘据的后背说道。其实昭不昭告已经并不重要了。刘据是皇帝最爱的女人所出，是名正言顺的嫡长子，于情于理都是不言自明，所缺的，真的只是那一卷盖着玺印的圣旨而已。这些，卫皇后心中自然清楚，她靠在他的肩上，并不说话，只是带着些许疑惑含情脉脉地看着他。

"朕是在等据儿长大，朕七岁为储，等据儿七岁时，朕就下旨立储，这会给据儿带来福气的，你明白吗？"

卫皇后颔首，却似懂非懂。

三

七年后，刘彻再一次兑现了他的承诺。他亲自书写册封诏书，册立其嫡长子刘据为太子，改元元狩。这一年，是为元狩元年。

他毫不掩饰自己对太子的宠爱，他为他请了王朝最好的大儒，教授他先人留下的经典著作。他惊异于太子所表现出来的异乎寻常的聪颖。他高兴极了，高兴得暂时忘却了北方那桀骜不驯的匈奴带给他的无比恼人的情绪。等到太子二十岁加冠成人的时候，他又下诏为太子开辟博望苑，说朝中的大臣，但凡有他看得上的，尽可挑选入博望苑成为自己的幕僚。

此举不由得又引得朝内一片慨叹之声，自古做君王的，哪一个能够允许臣下公开地培植自己的势力呢？刘彻原不是个心胸宽广如斯的人，早年的窦婴田蚡们，那都是他的长辈，可一旦他们结党触及了他的权威，他对于他们，亦是毫不手软的。

当年是这样，而今又是那样。这是他以一个君王和父亲的心对于他的臣下和儿子的毫无保留的信赖之情。这份信赖，令刘据深受感动，每一次当他卷轴凝思的时候，他都会暗暗地发誓，他要成为像他父亲这样的人，勇武、刚毅、威风凛凛。

可自古而今，又能有几个汉皇刘彻呢？

随着刘据的心智逐渐成熟，他看待事物的眼光也慢慢变得和从前不大一样了。他发现，那位从小被他视作神明般敬仰的父亲的身上所具有的一切美好的品质也慢慢地变了样，勇武刚毅变成了独断专行，威风凛凛变成了穷兵黩武。他不敢怀疑父亲，只能怀疑自己，是不是他的性子过于软弱，是不是他害怕沙场上的杀伐，他不知道。他唯一清楚知晓的是这么些年来大汉与匈奴之间的打打杀杀，的确是已经到了两败俱伤的地步，谁都无法彻底消灭谁，谁都无法使谁心悦诚服地低头。是不是，该有所改变了呢？

当刘据第一次向父亲坦言他心中的困惑的时候，刘彻竟然哈哈大笑："你是说朕在重蹈秦亡的覆辙？"

刘据不敢抬眼，只是躬身长拜道："父亲非秦始皇所能比肩得了的，始皇肆意用兵，滥杀无辜。而我大汉所对抗的是搅我边境，杀我百姓的匈奴。只是父亲，这些年，匈奴疲了，大汉也累了。若能息兵停战，与民休息，对敌对我都有好处。"

"那是你的事情！朕现在所做的一切，都是为了将来你所治的是一个太平江山。朕不是秦始皇，你也不是扶苏。朕相信你，喜欢你，也愿意听你的话，可你也得为朕想想，朕一生征战，只为能够彻底歼灭匈奴，为无数丧生于匈奴铁蹄的大汉百姓报仇！现在他们已然成了奄奄一息的强弩之末，你说，若换了你，你能甘心吗？"

刘据不说话，他只是点了点头，算是对这话有了些许的理解。可理解绝不是代表着认同。刘据能够保持着和他的父亲截然不同的政治主张，而不会遭到他的斥责和反对的原因，是两个人之间有着足够彼此信赖的基础。虽然组成这基石的砖石，来源是多元而复杂的，但是没有人怀疑它的坚不可摧。没有人会，也没有人敢哪怕只是轻轻地试着推动它一下。

四

时间会改变一切看起来是美好的东西，岁月会磨砺所有当初深信不疑的东西。寻常百姓一旦富足了尚且会抛下曾经对枕边妻子许下的铮铮诺言,而移情于年轻貌美的女子,更何况是御宇天下的帝皇?历史没有能够记下刘彻是在何时遇见这位令他生死难忘的女子,也没有能够记下她的名字和年纪,却记下了这首至今听来仍让人醉心酥骨的诗:北方有佳人,绝世而独立。一顾倾人城,再顾倾人国。宁不知倾城与倾国?佳人难再得!

他动了情,是那种深入心肠的真情。他将她立为夫人,绝对宠爱。给她的长兄李广利以兵权,封侯拜将,出征匈奴。这就是这位雄才帝王表达爱意的近乎盲目的方式。爱她,就爱她的整个家族。就像当初对卫皇后家族的卫青和霍去病一样。可幸的是,他们因外戚受任,而留名中外的原因却是因为他们的赫赫战功。李广利却不同,他由一个街头倡人一跃升至王侯大将,既无才,又少德,就算是在匈奴内乱之时,举大汉倾国精兵,依旧没能讨得半分便宜。刘彻尽管盛怒,却终究没能硬下心来过分处置于他。

这样的爱屋及乌不由得不使卫皇后心生忧虑,却不全是为了自个儿。色衰爱弛,这是她第一日进宫时便懂得的道理。作为一个女人,她享受过君王的独宠,登临着天下女人最高的地位,还能有什么可求的?她只是为着他的儿子,现在能够支撑她在这寂寞深宫中活下去的力量也就只有她的儿子了。刘据在她的心目中是那么样的好,温厚、孝顺、博学。她亲眼看着他从一个歪斜着身子,小心翼翼前行的孩童,长成了一个风度翩翩的少年。她太高兴了,她一直以为刘彻会和她一样的高兴。

直到有一天,刘彻在她的寝宫中,挑灯批阅奏折的时候,脱口而出地感叹了一句:"这孩子,怎么就这样不像朕呢?"卫皇后知道他说的是刘据,虽只是云淡风轻般的淡淡一语,却足够让她感到心冷。她不会不晓得,当年开国高祖曾言惠帝不类己,而喜其宠姬戚氏所出的赵王如意,欲行废立之事。亏得有那雷霆铁腕手段的皇后吕氏和朝中数位重臣的力谏,才保住了惠帝的太子之位。可卫皇后当不了吕氏,在朝中,她唯一可以依靠的也就只有她的同母弟弟大司马大将军卫青了。

卫青战功卓越,又迎娶了刘彻的长姐平阳长公主为妻,在刘彻的心中,卫青的地位自然是举足轻重的。只要有卫青在,便定能保他们母子无虞。想到这些,卫皇后慢慢地松下了一口气,可到底还没有完全地放下。她本是个纯善女子，藏不住事，也耍不得手段，以至于在刘彻鲜有几次来她宫中看望她时，她也总是一脸心事重重的模样，刘彻看着心烦，从此就更少踏足了。

"陛下让臣与姐姐说，太子好学宽仁，正是守业之良主，在他所有的子侄中，没有一个能够比得上太子的，叫姐姐不必过虑。"卫青的脸色并不好，许是早年的连连征战，终弄坏了身子，除非是皇帝召见，他本是受了允许安心呆在府中养病的。他坐于席上，依旧保持了一位百战将军的习惯，挺直着脊背。

"不是姐姐杞人忧天，是陛下对姐姐，对太子，早已是和从前不一样了。"卫皇后依旧是一脸的心事重重。

"可陛下不是说……"卫青望了皇后一眼，并不甚了解这话中的含义。他揣摩不出帝王的一句话中所包含的百转千回的心思。他正直，所以他不谋私利，不结私党。所做的无非是他应该做的，所得的也无非是他应该得到的。因而到了元封五年，卫青因病离世之后，纵观朝内，卫皇后竟找不出一个可以说得上话的人。就像是一个游不了水的人，突然间就掉入了深潭，无法自救，也无法指望他救。

卫青的死让刘据感到万分悲恸。虽然这悲恸中并没有含着诸如卫皇后那般对自己前途和命运的忧心。他的人生终究是太过顺畅，不似他的父亲那般在一群女人的相互倾轧之中学会了心机和诈术。帝王之术，先生和书本并非没有教过他，他也很认真地去学了，可学了，却不一定要用的。他只是顺着他的心，任着他的情活着。

五

那一日，刘据来到椒房殿给皇后请安。方才虽下过场小雨，可地面的热气积聚不散，经雨这么一打，全飘到了空中，倒是更觉得不好受的。卫皇后正躺在榻上小憩，有两个侍女在旁拿着蒲扇轻轻地扇着风。刘据不便打搅，便在外间顺手拿起本书静静地候着。

"殿下请喝茶，刚加了冰块的，也好驱驱热气。"刘据抬头，见一个不过十三四岁的小宫女正羞怯浅笑着说道。好个白净机灵的丫头！刘据在心中暗叹，想着便多与她攀谈了几句。可令他没有想到的是，正是这几句话，却在他与刘彻这原本亲密无间的父子关系中扯开了一个口子。

刘据凡事皆以宽仁为本，经他手中处理的政事自不必说，有时见御史台审理的案件中有可宽恕者，也总亲笔改判。这样一来，便不能不与尹齐、杜周等那些号为"酷吏"的官员们生出了不可调节的矛盾。他们不信因果，也不怕报应，他们的心里只有皇帝一人，只要能讨得皇帝欢喜，他们就愿意去做，包括为夺不畏强权的虚名而去构害太子。

第二日一早，刘据才起身，便听得外头有些嘈杂之声。出去看时，才见他的殿中多了近两百名宫女，见他来了，都一齐向他屈膝叩首。问之才得知是昨日晚些时候皇帝命人到各宫去选派宫女增补至太子宫中。刘据摆手叫她们下去，也并未放在心头。直到有一日，他对卫皇后谈及此事，卫皇后蓦地变了神色，忙忙拉着刘据的手道："这是有人在陛下面前诋毁你贪恋女色啊，不是那宦官苏文就是常融。据儿，你得快向陛下表明心迹，让他惩处了此等嚼舌之徒！"

刘据并不甚在意地微微一笑，反握住卫皇后的手，像是个孩童般地靠近了她说："母亲想得也太多了些罢！孩儿胸怀坦荡，不怕人诋毁了去。孩儿是什么样的人，父亲他明白的。"

刘据这话并不能完全算是错的。刘彻的确是了解他的，可是这份了解是建立在长期的见面和交流之下的。然而随着刘彻一天天地老去，对于死亡的恐惧愈发得深重。不知不觉，他越来越像那一直为他所鄙夷的秦始皇，不但听不得逆耳真言，还仿效着始皇请所谓仙道去四处求得长生不老之药。

六

那一年，深受刘彻宠爱的李夫人香消玉殒，令刘彻的心受到了严重的创伤。在某一次的出巡途中,他遇见了一位美貌的二八少女,据说她自幼紧握双拳,无人可使得它张开,直到皇帝驾临。刘彻以为她是吉人,故将之纳入宫中,册封婕妤。不久后竟生一子,起名弗陵。刘彻偏宠娇妾幼子,又常听得朝臣侍从耳语太子失德,终于渐渐开始疏远太子。

"烦请公公通禀陛下,说臣有要事与陛下相商。"刘据已是连续第五日前来宫门口求见皇帝了。

内侍苏文很快地瞥了他一眼,长拜行礼,语中略带有些懈怠,懒懒地回说道:"太子殿下还是请回吧!陛下政务繁忙,恐无暇与殿下相见。"

"可孤要说的也是要事!今日孤必要见到陛下不可!"刘据对他这千篇一律的回答显然是腻烦透了。说完,他便上前一步,欲强闯而进。

苏文向后退了几步,似笑非笑地道:"殿下且慢,陛下此刻正与江都尉谈话,殿下若真要进,小人自是拦殿下不住,可这对殿下而言,恐怕不善吧!"

"江充?又是这个小人!"刘据原本就带着一些不耐,一听得"江充"的名字,便再难抑制心中的火头,疾言咒骂,拂袖而去。若非是到了忍无可忍的地步,这位谦和仁善的太子是断然不会说出如此直白的话的。朝中存着诸多与他政见相左的人,他知道他们在暗地里给他下过不少的绊子,说他不在意,那是矫情的话,可他不会去随意评价一个人的是非对错。除了一个人,那就是江充。

刘据在回宫的一路上,脑中就一直闪着江充这个名字,很久很久,都没法平静下来。江充其人原为他的伯父赵王刘彭祖的座上客,后因告发赵国太子刘丹与姐妹庶母乱伦而得到刘彻的青睐,拜官绣衣使者,后又授水衡都尉。江充为官期间,大胆弹劾重臣宗亲,看似是铁面无私,实则沽名钓誉。在其权力达到最顶峰的时候,任人唯亲,不但为其亲友谋取官职,连其家奴也是一副狐假虎威的样子,欺凌百姓,无恶不作。

此时的刘据还不知道,他对江充的怨恨只是逗于口舌之间,而江充却在谋划着要取他的性命。苏文与他狼狈为奸,各司其职,配合得相当默契。

"哦?是吗?他是这么说的吗?"江充往那玉杯中倒了些酒,递到了苏文的面前,四目相对中传递着只有他们两个人才能体会到的含义。苏文颔首。两人捧杯而饮,酒的清香之气直通心肠,无比的舒适和惬意。

"太子对您恨极,若是将来……"苏文故意不将此话挑明,而是等待着江充去接。

果然,江充重重地将酒杯放了下来,眼光中闪着胸有成竹的噬人的光道:"没有将来了……陛下前番刚给赵婕妤的宫门赐号'尧母门'。谁是尧母?尧又是谁?陛下如今喜欢的是谁,想立的太子又是谁,这不是明摆着的事情吗?刘据这太子……做不了多久了。"

苏文摸了摸他那光溜溜的下巴,低头做思索状,他问江充需要他做些什么。他明白,他们如今已经是一船之客,一旦有一个人不小心失了平衡而跌下去,江水入侵,所累及的不可能只有他一人。江充说苏文唯一能做的也是最有用的事,就是阻止皇帝与皇后太子见面,日久生疏,所缺的无非就是一个有利的外部契机而已。他叫苏文不要着急,他有预感,这个契机,马上就要从天而降了。

七

当千年后我们品读史书的时候,依旧不得不为历史的荒谬而扼腕痛惜。可历史终究是历史,尽管荒谬,却不能不相信它是曾经那么真实地发生过的。

光凭着苏文一己之力,自然不能阻止帝后储君,夫妻父子相见。可于刘彻而言,他已入耳顺之年,想得最多的不是他一生想要歼灭的北方匈奴,也不是他曾经爱的女人和给予厚望的儿子,而只是他的生命还能够延续多久,他重用和相信一切可以帮助他实现那一愿望的人,疏远一切可能会向他泼来一盆盆凉水的人。这是刘据的悲剧,可当刘彻在生命的最后一刻回忆起这些不堪回首的往事的时候,想着他自己,何尝又不是这悲剧的另一个主角呢?

江充没有等待太久,他所翘首盼着的那个契机终于在征和二年降临到了大汉的都城长安。听那些幸存下来的老人们回忆,这一年,鲜血将整个长安城染得火一般的红,死尸发出的腐臭味道数十日都未完全地散去。讽刺的是,这一整年都是风调雨顺,农人的田地中长满了金灿灿的饱满谷粒,可是没有多少人会真正陶醉于这丰收的喜悦之中,人们怀着各式的悲伤,在颤颤巍巍中艰难地熬过了这不寻常的一年。后世史学家们给这一场浩劫起了一个特定的名词——巫蛊之祸。

事情的源头可以追溯到一个名唤朱安世的江洋大盗身上去。被捕之后,朱安世并不甘心于束手就擒。要死,也要拉着将自己送进刑场的宰相公孙贺一起死!

朱安世的黝黑凶恶的脸上露着一抹令人打起冷颤的笑。他一把扯下了身上的狱衣,将那盛水的陶碗敲碎后割破自己的手指,在朦胧绰约的月光的照射之下写了一封血书,说公孙贺之子公孙敬声与阳石公主私通,将数个木偶埋于地下以诅咒皇帝。狱卒见此事涉及皇亲和宰相,便不敢有所怠慢,立马派人飞速将其送至御前。

八

彼时的刘彻已是六十二岁的老人了,他的身子自太始四年起便不大爽利,故带着少数的嫔妃大臣在避暑胜地甘泉宫养病。虽这病不至于危及性命,可一年多来,到底也未见有多大的起色。年老体衰,这本是自然的规律,然而,这位一世雄风的大汉皇帝又怎么能够心甘情愿地接受这自然的操控呢?他想这必是有人在暗中作祟,以巫法要他的命,他越想越肯定他这个近似荒谬的想法。

所以,当这份告密血书呈递到他面前的时候,他不但未觉惊异,反而还长长地舒出了一口气。他自以为找到了病的源头,自以为只要断了这源头,他就又可以生龙活虎了。他将江充招来,对他说:"速去查明此案。凡有疑者,不必前来回复,格杀!"

刘彻这话说得斩钉截铁,带着帝王不容分说的威严与决绝。江充的身子猛地一颤，旋即却从内心涌出了一股幸灾乐祸的窃喜。上天有眼，那朱安世真是给他送来了好大的一个礼，想将来目的达成之日，必要为他上一炷香，感念他的成全之情！

当刘据从书斋中走出，得知这场可怕的变故的时候，长安城中受到波及的已有千人之众，这千余人在严刑拷打之下又牵连出了千余人。这样的你拉我拽，短短数日，长安城中的大小牢狱已全被塞满了，人人自危，以至于百姓夜晚不敢吹灯而眠，白天不敢出门而行，偶遇一两熟人，也是匆匆间擦身而过，连眼神也不敢触碰一下。江充等来势汹汹，没过多久，便蔓延到了宫中，先从宫女内侍们的居所刨起，他们倒还真有些未卜先知的能力，所到之处总能有些收获，接着是那些位份低的嫔妃们，也是成果颇丰。终于，他们把魔爪伸向了椒房殿和东宫。

当刘据身着戎装，手拿佩剑赶到椒房殿的时候，不由得被眼前的场景吓了一跳，殿中一片狼藉，只见一堆堆都是土坑，挖得竟连床具都无处安放。小宫女们吓得抱成了一团，内侍们也站在墙角直哆嗦，看来那群爪牙又已夺得了他们想要的东西了。贼喊捉贼，这出戏又是演给谁来看呢？劳心劳力，也算是难为了他们了！刘据转头向身后的东宫卫士使了个眼色，卫士们稍稍地收拾了一下，好歹也有个干净的地方可以坐。

"母亲不必惊惶，孩儿这就去甘泉宫找父亲问个明白，他怎么能够任凭着这些小人作威作福，搅得宫里城中无一刻的安宁！"刘据握着已乱了方寸的卫皇后的手，坐下言道。

卫皇后失宠已久，性子又弱，只得任凭着他们胡作非为。听到儿子的这几句话，这才仿若是从梦境中醒来一般，看到他这一身装扮，心下一颤，赶忙站起身来道："陛下让你监国，无旨怎可随意离开？再说有江充在，你觉得你能够轻易地见到陛下吗？况且你看看你这一身打扮，你是要干什么？孩子，听母亲的话，好好地呆在宫里，什么也不要做。"

"儿就是什么都不做，这才让他们欺凌到母亲，欺凌到儿的身上！父亲不是昏庸之君，只要儿说的是对的，他就一定能听得进去的！能不能见着，并非是母亲说了算的，不试一试又怎么知道不能够呢？"刘据亦起身，说罢就要向前走去。

"站住!"卫皇后上前揽住了刘据的双臂,尖锐而冰冷的盔甲咯得她很不舒服,可她还是舍不得放手,唯恐一放手就要承受剜心之痛。她说他是她唯一的儿子,只要她活着一日,她就容不得他自己往火坑里跳。

"母亲以为儿按兵不动,他们就能够放过儿吗?他们已经杀了儿的两位姐姐和卫表兄了,他们可也都是母亲的至亲骨肉啊!唇亡齿寒,母亲怎么会连这么简单的道理都不明白呢?"刘据这话伤到了卫皇后的痛处,她松开了手,眼中含泪,慢慢地落下。刘据狠了狠心,带着几名卫士径直地出了殿。

九

刘据出了宫门便直接去拜访了他的恩师,太子少傅石德,请他为自己拿个主意。那石德虽饱学博文,可到底是个未经历过大难的文弱书生,亦有些贪生怕死之念。想那江充已从皇后和太子宫中挖出诅咒木人,必会以其为证据向皇帝奏明太子谋反,一旦这罪名定下,自己这全族人的性命怕也是难保。那公孙贺父子可就是前车之鉴。他越想越觉胆寒,脖子中的汗水不多久便浸湿了他的衣襟。

想到此,他也顾不得什么君臣礼节,赶紧拉住太子的手,急切言道:"殿下,现在不是讲究仁义礼信,也不是讲究父子君臣之情的时候,这谋反的罪名,殿下绝对不能够担得。如今之计,唯有先下手为强,杀了江充!"

刘据本能地摇了摇头,他纵然是恨极此人,可他到底是皇帝宠臣,也的确是受了皇帝的旨意来彻查公孙贺一案的,他若动手,这不反也是反了啊。石德见他犹疑,便有些急了,看四处无人,低声道:"陛下养病甘泉宫久矣,如今生死不明。您不能眼睁睁地看着那江充成为又一个赵高李斯之徒。动手吧殿下,晚了一切都来不及了呀!"

刘据神色一凛,陡然一惊,他已有些语无伦次,话虽出口,却连自己都弄不明白是何意:"先生说'陛下生死不明'?陛下他……他不会的。我……我不能,不能够的。"

"殿下不能重蹈前秦扶苏公子的覆辙。您不是说您屡遣使者都见不到陛下吗？您实在不能不考虑最坏的情形啊！诛杀江充,若陛下活着,那就是清君侧,陛下圣明,他自明白。若……那殿下应立刻登基称帝,以免我大汉江山落入贼子之手！"

这一语似是将尚在懵懂迷蒙状态中的刘据给拉了回来,他单膝下跪,对着石德一拜道："多谢先生提点,刘据记下了。"

此时此刻,他心中的唯一所想就是要保护自己,保护他的母亲,他看不到前路是多么的扑朔迷离,可纵使他看到了,他也一定会走下去的,因为他早已无路可退。这本是再正确不过的想法。可惜这世间的事往往都不能如人想象的那样顺畅,不然,秦何得以二世而亡,汉何得以灭西楚而立呢？步已迈出,一切都已无法挽回。

刘据回到东宫就召集亲信,伪皇帝诏书,以谋反罪名逮捕江充及其党羽,若有反抗,即诛杀不殆。

十

那时节,正是一年中最难熬的七月酷暑。烈日直晒在人们的肌肤之上,火辣辣的疼。刘据逮捕江充的命令一下,长安城中便更加纷乱杂陈,抓人的在忙着抓人的时候,身后却已经被晒得温热的长剑刺入后背。一时间已是难分敌我,人头四窜,火花四溅,喊声冲天,血流漂杵。

这日江充正与苏文二人在府中闲叙。银盆中的冰块散发着阵阵令人舒心的凉气。无人知道他们正在谈些什么,只是间歇会有一两声笑声传出,旋即又是捧杯击掌之声。他们当然是高兴的。长安城中所斩下的每一颗头颅都是他们通往权力之巅的砖石,所流的每一滴血都是按在其间的铜钉。他们本以为会踩着这头颅和鲜血搭造而成的阶梯一路地顺利高升,却不料蓦然回首间,那阶梯早已被倾盆而降的雨水洗刷殆尽。

"都尉,不……不好了。太子他……他……"小吏汗如雨下,边狂奔着边时不时地扭过脖子往后看。待他拼尽全力说完了这句话后,便一头栽倒在地动弹不得了。江充耳听着那打斗之声愈加清晰,心知有变,想逃已是无法,正自慌乱间,只见有数十位甲士已将他的屋子团团围住。刘据手握佩剑,缓缓走至江充面前,江充依礼而拜。居高而望,刘据见他肥硕的脸上带着些难以捉摸的奇怪表情。

"江都尉,许久不见了。"刘据上前一步,将剑对着他的胸膛,却并没有出鞘。

江充用手慢慢拨开长剑。此刻,他倒像是个视死如归的真正勇士般看着刘据道:"臣身负皇命而来,殿下这是意欲何为?"

刘据向后一摆手,四位甲士一齐上前,立刻将江充按倒在地,令他动弹不得。

"孤亦是奉皇命杀你这王朝巨奸!"江充一听得此话,忽然间朗声而笑,这笑声弥漫在盛夏的闷热空气中,让人一听就觉浑身冒起了火焰。刘据拔剑而出,直刺入他的咽喉。当剑抽离出来的时候,江充尚未气绝,他使出了全身的力气抓住了刘据的袍角,说出了他死前的最后一句话。这话,从此就一直盘旋于刘据的脑中挥之不去。直到它成了真。江充说:"臣在黄泉之下等着殿下,不会太久的。"

"殿下,那宦官苏文跑了。"刘据尚未从亲诛江充的百感交集中恢复过来,便听得两位属下一前一后地来报告。长剑应声而落,刘据踉跄地后退一步。忙而出乱,怎么竟会忘了还有这么一条忠心的江氏走狗呢?他现在再也不相信石德所谓"陛下生死不明"的荒唐推测了。他愣在当地许久,诸多杂念窜来又窜去,堵塞了他本应有的理智而聪颖的头脑。思前想后,他还是回到宫中找他的母亲卫皇后求援。

卫皇后见刘据浑身血渍地来见她,便知凶多吉少。大难面前,她倒是显出了罕见的冷静和镇定。她来不及数落刘据是多么的糊涂,也来不及埋怨石德出的这荒谬的馊主意,更来不及憎恶那始作俑者江充等的无耻龌龊。她先让宫女们带刘据下去梳洗一番,随后将调动皇后卫兵的令牌交给了他。

"儿杀的是欺凌百姓、作威作福的奸臣,就算是儿假传了父亲的旨意,父亲总也不至于治儿的死罪。母亲这是作甚?"

卫皇后气急，恨不得拿起案上的茶盏砸醒他这天真幼稚的儿子："都到了此番境地，你怎地还如此糊涂！你父亲不会认为你处置的是奸臣贼首的！他们会说是江充查出了你埋巫蛊诅咒陛下的阴谋，你杀之以灭君口，打着清君侧的幌子，实则是清君啊！你说，对这么个大逆不道的人，就算他是亲生骨肉，是皇太子，又怎么可能不派兵镇杀呢？"

"可是儿从未做过任何伤害他的事情啊！"刘据冲口而出地辩解道。

卫皇后无可奈何地摇头。有没有又有什么重要的呢！只要陛下认为有，就一定是有的。现在陛下满眼就只有他的幼子。恐刘据这么做倒是给了他一个废杀太子的正当理由。这个想法尽管残忍，可是从古至今，生于王室，长于皇家，怎么能不带着些近似于小人之心去揣测君王的残忍之心呢？

刘据紧紧地将手握成了拳，指甲已然刺进了手心，他却来不及感到疼痛。手上的血腥之气还未来得及完全消散，那是他敌人的血，亦是他自己的血。真的会到兵戎相见的地步吗？不！父亲说过，他是相信自己的。这么多年，不管刘彻对他的态度如何，他都没有变，他还是愿意用那颗孩童般的心去虔诚地仰望他的父亲，努力地去做他的好儿子。这一切，并非是他希望的，也并非是他意料得到的。

十一

几乎在同一时刻，宦官苏文夺马在刀剑的碰击之中扬鞭逃到了甘泉宫中面圣。刘彻这日身子爽快了不少，一大早起身就逗着小弗陵玩了好半日。

"陛下，陛下……奴婢总算是见着你了。"苏文一路踉跄，匍匐着到了刘彻的面前。

刘彻额上的皱纹愈加深刻，他是真的已经到了风烛残年了，不论他身边的所谓道士仙人用怎么样的三寸之舌献上他们炼就的不老仙丹，终是治不得他的老。他的耐心有些被消磨掉了，前几日还一连地扑杀了两个炼丹道士。可不管杀还是不杀，日子还是一样地在过，时间还是一样地在流，他还是一样地会老去。他让赵婕妤带了孩子先下去,带着不悦的语气问道:"又出了何事?"

苏文舔舔流到了唇边的汗水,又苦又咸,他喘着粗气断断续续回话说道:"启禀陛下,太子……他带人杀……杀了江都尉,又派人包围丞相府,正想要领兵至……至甘泉宫逼陛下退位呢……"

"荒谬!是谁给了你这样的胆子敢污蔑太子?"刘彻不待他说完便拍案而起道,"来人!杀!"

苏文的肩膀蓦地猛抽了一下。在他装出惊惶不安的样子,撒下这弥天大谎的时候,他必然没有想到皇帝竟然连一句话都没有问,就简单地下了"杀"的命令。他只觉着昏天黑地,那刚从黄泉岸边逃离出来的极度窃喜很快就被这个"杀"字砸尽。他不相信这就是他最终的归路,他连连叫着"冤枉",却换不得一个同情的眼神。就在他正要被拖出门槛的千钧一发的时候,又见内侍领着那同样风尘而来的丞相刘屈氂进了殿。

那刘屈氂是刘彻兄长中山靖王刘胜的儿子,早年又与刘彻的宠臣李广利结了亲,因而颇得重用。李广利才华平庸,野心倒是不小,总想着要以其亲外甥昌邑王刘髆为储,故而自是视刘据为碍。刘屈氂既与之为亲,又与刘据向来政见不合,便与江充、苏文等培养了某种政治默契。

"陛下请息怒!苏公公所言非虚。"刘屈氂不急不缓地说道。

丞相说话的分量自是不同。刘彻这才不得不重新审查苏文方才这话的意思。他让人将苏文放了回来,问两人长安城中到底是发生了什么。

"回陛下,太子谋反!"两人异口同声斩钉截铁地说了这句简单而有力的话。话一出口,两人都有些惊喜地彼此望了一眼,嘴角都有了一道小小的弯。同利者为谋,不管目的是什么,目标都是一样的。

刘彻将信将疑,信是习惯,疑是本能。可在此刻,习惯是略压过了本能的。太子恨江充,这是他早就知道的。即使太子真杀了江充,于自己而言,也没什么可惋惜的。其中,必定还是有些缘故的。他顺手指了指身边的一个内侍道:"你去把太子叫来,朕要亲口问问他。"

十二

  门外一声响雷,霎时间暴雨如注,打得地上扬起了一缕缕的白烟。闪电划过,天边时暗时亮,正如人的心,时明时晦,看不清实景,也弄不明真相。刘彻在下达这个命令的时候,依旧不愧为是一位明君慈父。只要父子两人能够见上一面,所有的误会和嫌隙都会解除。可难就难在这"只要"二字上,当回忆起过去的痛的时候,每个人都不禁会想,只要当初如何如何,现在就不会如何如何了。这是何等可笑又无奈的自我安慰。

  刘彻不知道,他随意指派的这个人,恰恰是合宫中最为胆小怕事、最难托付重任之人,以至于苏文等都不屑于将他拉入自己的阵营。可是殊途同归,结果都是一样的。他在听得苏文和刘屈氂一前一后地汇报太子谋反时,早已经吓得面如白蜡。听说自己竟被委派去那虎洞之中独自面对虎王,魂灵都不知道飘到哪一个角落里去了。于是他只在外头盘桓会,算好时间后,又重新回到了殿中,说的同样是那四个字"太子谋反",他说他去面见太子,可太子并不理会圣谕,自己还差点被用来祭旗,差点死在了他们的刀下。

  众口铄金,积毁销骨。三人成虎,假亦为真。刘彻到底还是真相信了他们的话,他对太子所有的怜惜和信赖瞬时化作了想要将他千刀万剐的愤怒和仇恨。他气极地拍案而起,震得他的手心发热。他要刘屈氂率领朝廷精兵去平叛,但凡有抵抗者,一概格杀勿论,尤其是太子。

  刘屈氂高声地应了一声"是",他脸上所扬起的那种因目的达成而生出的欢喜根本来不及掩饰,甚至连盲者都能感受到他呼吸中的那种急促与激动。可是刘彻却全然也不曾注意到这些,他的心中膨胀的全是自己亲子对他的背叛,他一生难容背叛,那是作为一位君王的极端的自负。

  刘屈氂所带的兵都是上过战场和匈奴人贴身肉搏过的精锐。刘据手中虽有东宫和椒房殿的卫士,而且城中百姓大多受过太子恩惠,知道那贼子江充已被太子诛杀,群情畅快,都自发地愿意保护太子,可终究还是以卵击石。

那些杀红了眼的卫士们,到了最后也不管是有罪无罪,甚至也不管是敌人还是自己人,只要是前头挡着的,他们的刀剑都会毫不犹豫地刺入对方的脊背。长安城活生生就是一座人间炼狱,很多人家几乎被灭了族,没有人可以抵挡得住他们!

刘据的身子不由得发颤,彻骨的冰冷,难忍的心痛,百种滋味萦绕,却连一个字都无法说出口。父亲,父亲,儿是真的没有法子了啊!儿不能眼看着他们扰乱朝纲,欺蒙君心!他们在您面前说儿什么,是诅咒君上,还是起兵谋反?您听信他们的话了吗?三十余年的父子情分,都敌不过小人的空言胡说吗?这是什么样的人间?什么样的世道?父亲,儿是不愿意,真的不愿意跟您刀兵相见的啊!

"快带着这两个孩子一起逃出去。出了城山长水阔,他们就不易找到你了,快走!"卫皇后边扶起了两个孙儿,边回头撕心裂肺地对刘据道。她亦是近六旬老妪了,时光已将她摧残得遍体鳞伤,她的双目暗淡,面容憔悴。谁还记得,她也曾美得让君王许下终生之约。

刘据走过去抚拍了一下两个儿子的肩膀,对卫皇后道:"可是儿不能撇下母亲不管,儿已经不能做父亲的好儿子了,怎么又能忘恩于母亲?大不了一死,儿早已想明白了,儿不怕!"

那是走投无路的赌气之语,也是万般无奈下的绝望之语。看淡生死,是一件多么艰难的事情,这个世上,有几人能够真正看淡生死呢?刘据也想活着,可是若要这样地活着,于他而言,又有何意思?当活着比死更可惧的时候,死也无非就是一个再简单不过的选择罢了,就像去齐州是要走水路还是走陆路那么容易。

卫皇后举起手来,恨恨地打了他一巴掌。她疼爱这个儿子一如珍惜她自个儿的性命。她一连骂了他三声"糊涂"。她说他以为这条命仅仅是属于他自己的吗?他要让她这做母亲的亲眼看着儿子死在自己的跟前吗?他要让他的儿子陪葬于他吗?还有陛下,他想将来让陛下后悔终生吗?一连四问,问得刘据毫无还口的能力。这最后的一问,几乎是她含血而诉的。就算是到了镜破钗分,恩断义绝的地步,她依旧是在意他的。数十年夫妻之情,君臣之义,如何能说舍下就舍下呢?她心若明镜,她知道刘彻此刻恨不得顷刻间就要了太子的命,她也知道,终有一日,他会想明白的,他会悔悟。为了这可能的一天,她要太子活着,一定要活着。

可是活着,哪是那么容易的事呵?若人能凭着自己的意志和意愿就能决定自己的生死的话,那这世间又何来命运一说?刘据含泪辞母,带着两个儿子和几个随从逃离了这座宫殿。他从小在这里长大,这里本是他的家,他离开了家,他要去哪里?他不知道,没有人会告诉他。城中的战斗愈发变得激烈起来,时辰已是稍晚了些,过不了多久城门就该闭了。刘据在城门不远处盘桓了良久,待到不能再拖下去的时候便只得上马往城门处走去。

是放还是不放?守门将领犹疑不绝,他亦曾受恩于太子,太子秉性谦和,为何有此大祸?他思忖着,皇帝太子再如何争斗,毕竟是父子至亲,骨肉相连,旁人纵使再亲厚,到底只能算是外人。若今日不开这城门,等到皇帝这气消了,又想起太子,追查起来,怕自己也逃脱不了。他擦擦汗水,向太子几人点了点头。那个时候的他当然不知道,就算他自认为已经将这其中的利害考虑得通透,到了最后,依旧还是未能保住自己的性命。

十三

"太子进则不得见上,退则困于乱臣,独冤结而无告,不忍忿忿之心,起而杀充,恐惧逋逃,子盗父兵,以救难自免耳。臣窃以为无邪心。"

这是壶关三老令狐茂在皇帝下令大肆追捕太子三日后的上书。说太子在进退两难的情况下带兵杀江充,又因恐惧而潜逃在外。将所谓谋反之案用了"子盗父兵"四字概述。

这份上书似一盆冰澈透骨的凉水,浇进了刘彻充盈着烈火的脑中。这是太子出事后第一个为太子说话的人。朝臣们不是不愿意,也不是看不清真相。旁观者清,哪怕是太子的政敌们都明白,太子是断然做不出这样的事情的,可是没有人敢说,他们都亲眼看到了刘彻怒极时眼光中所露出的噬人的凶光,谁若敢哪怕只是微微地触碰一下,就定会被烧得体无完肤。人都惜命,没有人敢去冒这个风险,只得任凭着这个错误越铸越大。

刘彻的手颤抖不已,他放下奏章,人早已瘫倒了下来。三天了,他虽余怒未息,到底比开始时好了些许。他抿了一口案上的浓茶,脑海中却不由自主地浮现出几年前的一件事。

那也是个夏日,他几日几夜与朝臣商讨军政事务,终病倒在了寝殿之中,太医说只是平常的小伤寒,并无大碍,安歇两日自当痊愈。刘彻点头吩咐将未处理完的奏章叫内侍常融送至东宫交由太子批阅。

常融回来后却对刘彻说道:"陛下,奴婢去东宫时,见殿下与良娣正在把酒下棋,很是高兴的样子,殿下还说……说陛下这病生得极是时候。"

刘彻脸涨得通红,剧烈的咳嗽声让他的胸口隐隐作痛,忙有侍婢上前替他捶打后背。他摆手让常融下去,对那侍婢道:"去叫太子过来。"

见到刘据后,他并未立刻问话,只从上到下细细打量了他一番,多日未见,他的面孔几乎已是瘦了一圈,眼角处尚有泪痕,眼下有两个黑眼圈,脸色甚至比自己还要苍白。刘彻动容,让侍婢扶着他坐到了自己身边,看着他道:"据儿,哭过了呀?"

刘据擦擦眼睛,嘴角勉强挤出了一缕微笑说:"儿没有。父亲想多了。"

刘彻抬手摸摸他的头发,他的头发乌黑油亮,像极了自己年轻时候的样子。他说:"朕又不是吃人的暴君!朕不会昏庸到你是哭是笑都看不出来。"

刘据屈膝跪地道:"儿悬心父亲的病情,夜不得寐,如今看父亲精神尚好,儿也就放心了。"

刘彻长叹一声,握了握他的手,他的手心里已满是汗水,他向他投去了温暖慈爱的安慰的眼神。刘据走后,刘彻重重地下了四个字的旨意:捕杀常融。

十四

常融、江充、苏文、刘屈氂……这些名字如一颗颗珠子,很快地被串到了同一根长线上,几乎是一模一样。刘彻手中的茶盖应声而落,碎成了众多的小片。他的心中升腾起一阵又一阵的凉意,霎时如同被一座硕大的冰阵困在其中,再难挣脱。从他七岁起被立为储君,几十年了,没有一刻像现在这般恐惧。尽管他一伸手就能触及到这冰冷的真相,可他还是将手缩了回来。他拒绝着真相,非是他甘心为人所欺,只是他不愿意承认这一切可能都是骗局。他是帝王,帝王的自尊和骄傲由不得践踏,就算他自己也不可以。他在犹豫,犹豫怎样才能天衣无缝地收回他既发的命令。可他万万没有想到的是,他这一犹豫,却彻底将他的爱子逼到了黄泉的岸口。从此,再不得见。

刘据等出城之后便快马加鞭地往前赶,直到到达了潼关以东的湖县,见城中尚还太平,便都下马徐行。天色已夜,几人既是逃难而出,并未带得银两,便只得随意敲开了一户百姓家的门。这户人家中只老夫妇二人,总已过了耳顺之龄,身体倒还显硬朗,见到他们一脸疲惫慌张的样子,忙忙地请他们进了来。刘据等未敢露了身份,只说是为仇家追杀,一路风尘而来。老夫妇俩心肠好,不仅让了南屋给他们住,还杀了本要等到腊八才会杀的一头猪全当给他们压惊。

他们在这里住了好一段日子,那天晚饭过后,刘据从衣兜里掏出了随身带着的帕子,交到一名随从的手中,吩咐他去寻他在当地的一位故交,请他给予他们金钱上的资助。没待那随从起身,刘据的长子刘进用手挡了他一下,回头对刘据道:"父亲这时候怎么还能派人出去?如今这生死存亡的时候,多一事可不如少一事呀!"

刘据摆摆手,那随从会意,悄悄地溜了出去。刘据对刘进说,他们逃难到这儿,借住于此,实在是逼不得已。这户人家家境并不殷实,要管他们那么多人的吃喝,也着实是难为了他们了,他说自己不想欠人太多的情,尤其是素不相识之人。只要能帮衬,这就算是跟上天赌一次了。刘进颔首,不论情况有多么的糟糕,他依旧有着少年人惯常的意气和活力,可这样的意气和活力等到了天明的时候,就会犹如荷叶上的露珠一般连同他的肉身一起消逝在了阳光底下。

刘进是被刘屈氂的卫士一刀穿胸而死的,死的时候双手还紧紧地拉住房门不让人进来。又是满室的血肉纷飞,仿佛依旧是在长安,仿佛从未离去。那已是八月，到处都四散着初秋的味道，枯黄的叶子在空中任意地打着旋儿，却不见落地。抬头看去，只见乌云厚厚地堆在天上，好似一抬手就会撞到。

卫士们发现刘据的时候，他已经是绝了气息，他的手中紧紧握着那柄日常所佩戴的长剑，鲜血从剑锋处一直流到了来人的脚下，卫士蹲下身子一摸，那血竟还是温热的。他们的脸上终露出了如释重负的微笑，像是这血液中蕴含了足以使人兴奋的药剂，像是赢得了一场无比艰巨的战争，像是手中已然握住了富贵荣华。

十五

没有人知道当刘据拔剑自刎时内心深处有着怎样的绝望和挣扎。亲人、朋友、荣耀、权力、信赖……他曾经视作瑰宝的一切，如今全都失去了，这苍茫天地之间，而今，真的只剩下他一人了。他不是不怕死的，有哪一个活得好好的人会无缘无故地想要去死呢？可他，是活得不好吗？他不能让他们的剑污了自己清白无辜的身体和灵魂，他不能让世人觉得他是真的因为所谓"谋反"而为人所诛！他是大汉天子的儿子，他既然不能死于他那天子父亲的手中，便只能死于他自己的剑下，别人，都不配！他并不恨他的父亲，不是从来不恨，而是现在不恨了。他只希望他的父亲能够从他的死之中觉醒过来，不要再迷恋于那虚妄的仙药灵丹，不要再宠信那些只会溜须拍马、口是心非的无耻小人。刘据相信，他一定会的。

他们以为将刘据自戕的消息告知皇帝，皇帝会松下一口气。他们不知道，他的这口气险些再未能缓过来。他昏迷了两日才醒过来，睁眼的时候就看见赵婕妤和四岁的弗陵在旁，赵婕妤哭红了眼睛，弗陵正踮着脚在为她擦拭着泪水。她也是个可怜人，不过才二十上下的年岁，若皇帝醒不过来了，他们这孤儿寡母的，岂不是任人欺凌吗？除非是……不！这怎么可能呢？弗陵实在是太小，太小了。她跪直了身子，唤了一声："陛下"。

"出去!"刘彻这话虽带着些许的颤音,却格外果断。两鬓的银丝在烛光的照射之下更加显出了他的苍老。短短一月间,连续丧女、丧妻、丧子,就算是主宰了世间万物的苍天亦会落下倾盆狂雨,何况,他只是"天子"。赵婕妤一向为刘彻所宠,听他如此疾言呵斥,不由得愣住了。弗陵在旁已经是吓得哭出了声。

赵婕妤强忍着满腹的委屈,行礼过后,便牵着弗陵的手出去了。刘彻歪在榻上,呆呆地望着前方,像极了一个没有生命的木偶。朕明白了,朕一切都明白了。据儿,是父亲对不起你。父亲错了!你告诉父亲,还能有补救的机会吗?可再完美的补救,终还是换不得你的命来。朕自绝臂膀,活该要受这裂心苦痛!得了天下又如何!赢了四野又如何!晚年凄凉,到头来,还是一场空……

刘彻闭了眼睛,却不得入睡。他夜夜梦魇,常常醒来时寝衣已被汗水浸得湿透。病情的反复让太医们束手无策,再上好的药材对他而言都不过是无味无效的淡水,或许,只能期冀于时间了。时间,是这个世上最为高明的医者了。

汉朝征和三年初,刘彻的病情终于呈现了意思好转的迹象,于是,便立刻下令将刘屈氂和江充灭族,将内侍苏文绑于横桥之上活活烧死,将凡与太子动过手者一齐处死,并流放一大批与他们过从甚密者,后又下诏重奖壶关三老令狐茂,提拔看守高帝之陵的郎官田千秋,一赏再赏,仅仅一年之中,竟有了丞相之尊,就是因为这田千秋曾在太子死后上书皇帝为太子鸣冤,说太子被逼起兵,其情可原,过失杀人,其失可谅。

这样的滥杀滥奖无非就是为了给太子报仇,可是,那最终下了捕杀命令的不是江充也不是刘屈氂,而恰恰是他自己。可他是天子,他能拿自己怎么样,别人又能拿他怎么样呢?与此同时,他急令人在太子殒命的湖县筑造思子宫与望思台,以哀寄自己对太子的拳拳眷恋之心。上至朝臣,下至百姓,都情不自禁地掩面自泣。可是早知如此,又何必当初呢?

刘彻这夜在博望苑中站了很久很久,在浓烈的月光之下,他看见不远处那两棵老树的树干上空落落的,底下落满了一大片的枯叶。秋落春生,失而复得。你到底是比朕幸运,朕的儿子,永远都不可能再回来了。他只觉鼻尖一阵酸楚，差一点又要落下泪来。他刚迈出一步，就觉双腿酸疼得紧，人老了，心疲了。什么长生，什么仙药，都是欺人的诈术！可笑的是，他竟在付出了那么惨烈的代价之后才明白过来。据儿，朕最终还是让你做了扶苏，但是朕不能再做秦始皇了！

　　汉征和四年三月，汉帝刘彻自泰山巡游归来，听从了大鸿胪田千秋的谏言，将宫中各处的术士方士全都遣散出去。同年，颁发《轮台罪己诏》，向天下忏悔他一生所犯的错误，包括宠信道士，大兴土木，压榨百姓，肆意用兵，提出当务之急应当"禁苛暴，止擅赋，力本农。修马政复令以补缺，毋乏武备而已"。

　　这些，都是当年太子刘据对他说过的，本想待他登基之后去实现的，而今，便只能由刘彻替他去做了。这位永远都不肯轻易认输的君王终还是在这一系列的打击下低下了他高傲的头颅，亦终于给了后世史官一个能够谅解他晚年荒唐的理由。

　　汉后元二年二月，刘彻重病时下旨立他的小儿子，八岁的刘弗陵为储，为防女主乱政，杀其母赵婕妤。三日之后，于汉宫五柞殿驾崩，时年七十岁。逝前令大司马霍光、御史大夫桑弘羊等辅佐少主。群臣谥他为孝武皇帝，故世称汉武帝。

　　刘弗陵享国日浅，驾崩时年仅二十一岁。因其膝下无子，故在群臣商议之下，以昌邑王刘髆之子刘贺为帝，刘贺以藩王身份即位，显然是没有做好当一位合格君主的准备，史书上记载他在位二十一天的时间里就做了一千一百二十七件荒唐之事，虽不免有所夸张，却也并未太过。此时的大汉王朝，似乎又一次地走到了一个重要拐点。

刘据小论：父子情深，敌不过奸人佞言

　　史书上说刘据"性仁恕温谨"，又说他见酷吏有滥用刑罚而致冤狱者，常会为之平反。见武帝晚年穷兵黩武，大兴土木，也总会直言进谏。可见他与武帝二人的性格的确是大异，武帝亦说过他"不类己"，可这绝不是导致最后

父子两人生嫌隙，进而刀兵相见的原因，或者说不是主要的原因。

汉武帝对于太子刘据的信赖从其出生之日至征和二年巫蛊之祸都未有大的改变。他或许真的对太子"不类己"的宽仁和善的性子感到一丝遗憾。可这并不等于说他就不欣赏太子所为，乃至起废立之心。武帝一生征战，拓地无数，东至朝鲜，南至百越，西至葱岭、大宛，北至匈奴，无不留下了大汉帝国的马蹄足印。大将陈汤曾对武帝说过这么一句气势磅礴的话：明犯强汉者，虽远必诛。当真是气吞万里如虎，叫人内心为之一震。

可问题在于，若一直这么打下去，大汉即使国力再强，怕也经不住这样的几线作战，到头来，不过是弄个几败俱伤。这点，武帝心知肚明。以武治国，目的是叫人畏；以文之国，结果是让人服。先畏后服，国家可长治久安。他希望留给他的继位者的是一个太平江山，他需要一个仁厚的皇帝给天下带来富足安康的生活。刘据性子温顺，却又不失主见，确实是好皇帝的不二人选，他若得即位，当又是一个汉朝文帝。

正如少傅石德所说的那样，从某种程度上来讲，刘据的确与前朝公子扶苏有几分相像。可刘据比扶苏幸运，他从小受尽荣宠，授业于当时最好的大儒，于博望苑与志同者畅谈古今。更重要的是，他的谏言虽不为武帝所纳，他的储君地位却并未有所动摇。后世司马光曾经记载："太子每谏征伐四夷，上笑曰：'吾当其劳，以逸遗汝，不亦可乎？'"一个"笑"字大体已经能够说明武帝对于太子的基本态度。

然而令人扼腕的是，他逃不过的依旧是扶苏般的命运。我觉得，史书上说武帝疏远太子的原因并非是太子本身的问题。有人说是因为他的母亲卫皇后的失宠，进而连累到了太子。这当然不能说是毫无道理，我们都知道，武帝的爱屋及乌是出了名的，对卫青霍去病如此，对李广利亦是如此。可卫皇后尽管不复当年那样的倾城之貌，武帝也的确是移情于李夫人、王夫人，乃至晚年的钩弋夫人赵婕妤。可是卫皇后在心中毕竟不是全无地位，"虽久无宠，尚被礼遇"。比当年他对他的表姐，废后陈氏的态度就可知在他心里到底还是存着夫妻之情的。

再说这位皇帝在接班人的问题上表现的绝对是够冷静和理智，从濒临死亡的关头仍从容不迫地杀母留子，立少子弗陵为储，指定托孤大臣，就可见一斑,因而才能避免像秦帝国那样二世而亡的命运。这也可以说明他绝对不会由于自己对妻妾的好恶而去做那所谓废立的愚事。更何况他的太子刘据并未有任何失德的地方,事实上,他的确是一直护着太子的。他曾派卫青传话,令太子安心,在卫青死后,小人们"竞欲构太子"的情况之下,他也一直是相信太子的。甚至到了苏文等密告太子谋反的时候,他也认定太子只是心生恐惧,又对江充心怀不满久矣才会生此变故。

　　唐代诗人郑还古有诗一首:"谗语能令骨肉离,奸情难测事堪悲。何因掘得江充骨,捣作微尘祭望思。"将太子之死的原因归结于"谗语"和"奸情"。汉武帝晚年的所为确实令人匪夷所思。他为求得长生之术,宠信众多的所谓江湖奇才,将大汉宫廷弄得神神秘秘,乌烟瘴气的。其中尤以一位名叫栾大的术士最为人所诟病。不知他有何德何能,竟唬得武帝对他言听计从,甚至竟将自己最疼爱的长女卫长公主许配于他。一个江湖药师一跃成为皇帝女婿,不可谓不奇。可这位春风得意的驸马将军没过多久就露出了狐狸尾巴,始知受骗的武帝将之施以火焚之刑以平自己的怒气。

　　就是在这样一群骗子小人的包围之下,才使得他疏远太子和贤臣,渐渐变得暴虐而多疑。就算他有心信赖太子刘据,终也敌不过一浪接一浪的污蔑之声,在穷追猛打之下逼得太子自尽。这错本非在他一人,可他确实是这场悲剧的最大责任者。他无意为之,却终为之。一朝识得真相,他也尽可能地做了他能想到的一切补偿方式。征和四年的《轮台罪己诏》也是在受了这样大的刺激之后著成的。知错能改,勇于罪己,这对于君王,尤其是对于像刘彻这样雄才大略、经纬天下的君王是非常不易的。

　　倘刘据在黄泉之下,看到他的父亲因为他伤心欲绝,因为他而重制了"与民休息"的国策,他是该无憾含笑了吧。刘据是儒家认知中的一位优秀储君,也正像武帝试想的那样,若太子继位,必然会施行仁政,以德治国,必然会将汉武盛世延续下去,成就一代伟业。可惜终为小人所累,一切的设想都付之于流水之中,终不得实现。刘据出于自保,不得已以"清君侧"之名杀江充,传出了起兵谋反的流言,最后饮恨死于异乡,年仅三十七岁。有人说刘据生于王室,长于皇宫,没有足够的危机应变能力,不论是诛杀江充,还是兵败自尽,都太过草率了一点。

可是不论是刘据,还是他的僚属,即使是汉武帝自己也料想不到结局。不杀江充,刘据在见不到父亲的情况之下,也洗刷不掉所谓下蛊弑父的罪名,结果都是君父必须除掉的心腹大患。而在湖县,当他看到他的部下和两个儿子,以及于他们有恩的屋主均被刺杀的时候,且不说他是否有生无可恋之感,那些受了太子对头刘屈氂的命令来追捕他的人,也不会允许他活着再入长安城,自尽而死,亦是走投无路时的无可奈何之举。

不过好在,历史用他独特的方式将这一场悲剧慢慢地反转了过来。汉元平元年,大司马霍光行废立之权,废荒淫无道的皇帝刘贺,迎流落民间的宗室刘病已(后改名为刘询)回宫,七月,扶其正皇帝位,史称汉宣帝。汉宣帝少小而孤,又长于民间,深知百姓疾苦,在位期间,内改弊政,外服匈奴、西羌,完成了武帝一生夙愿,是为大汉中兴之主。

他就是太子刘据的孙子,因征和二年时尚在襁褓之中,才侥幸逃过了那场巫蛊之祸。登基伊始,感念祖父当年之冤,故下旨谥其为"戾",取蒙受冤屈之意。汉朝的江山至此又重新回到了刘据一脉,这对于他而言,或许也是一种安慰。

第三章　王室仙才，超逸出世

他的名字，注定是魏晋文学史上最耀亮的符号。举盏舞剑间，他豪情万丈地念出了："举身赴国难，视死忽如归"。丢了天下，他只昂首看天，倔强的眼神中从未流露出一丝落寞。他本想马革裹尸，埋身沙场，不料，却只能在半生禁锢中郁郁而终。

一

青竹在普照的月光下轻轻地摇摆着，那风姿自是婀娜的，如同一位二八的少女在向满天的星辰深切召唤。多美的夜空，多美的景！寂静的庭院中唯有他一人对影独酌。绢帛上的墨迹犹未干透，每一个字都仿佛是一把匕首，刺得人生生的疼。

高树多悲风，海水扬其波。利剑不在掌，结友何须多？

那一声悠长的叹息，是怎样难以抑制的无奈和悲怆？倘若不是拥有过那把酒言欢、肝胆相照的深厚友谊，如今茕茕孑立的孤寂是否不再如此难捱？早知今日，当年……罢了罢了，再多的追忆也不过是为了寻得一丝心安。可明知，心，不可能再安了。风吹尘扬，带走了他不羁的骄傲和任情。

建安二十五年，曹丕废汉帝刘协，称皇帝。同年，令曹植返回藩地鄄城，杀丁仪丁廙兄弟及其男口。

曹植起身，拔剑向面前的青竹刺去，拼尽全力，却只在上面留下了一道浅浅的印迹。浓烈的杜康如火球一般在他的腹中翻滚又翻滚，他的烦恼无处宣泄，折磨它们，也折磨自己。他无能为力，他救不了丁氏兄弟，正如同当年，他救不了杨德祖。

二

　　杨修死的那年,他二十七岁。他的兄长曹丕在两年前被立为世子。曹植本也无十分的心去争位,一旦败了,倒也无十分的感伤。不过是因着他向来争强,总还带着几分的遗憾。而今已过了那么久,他的心中早已经没了任何的芥蒂。彼时曹操正出兵汉中征讨刘备大军,他缓缓地行至窗前,看一行白鹭冲上云霄,双手握于胸前,默默地祈祷着平安。只是平安。

　　正在如此想着,只听得屋外急促而凌乱的脚步声愈发得近了。曹植推开了门,丁仪见了他,尚未站稳便跪倒在地,以头抢地,呜咽不止,断断续续地连唤了三声"公子"。他原不是这样不能自持之人,如今这般光景,想来必是难掩之伤。

　　曹植双手将丁仪扶起,强作镇定地道了一声:"何事?"

　　"朝廷大军已经返都,虽未灭了刘备,他们倒也没有占到什么便宜。"

　　"既如此,那为什么……是不是父亲他……"

　　曹植一把握住了丁仪的衣袖,可他的手却如此的无力,嗓音绵软颤抖,心中一阵似被烈火灼烧着的痛与恐惧,眼眶微红。丁仪定了定心,赶紧摇了摇头,扶着他的手进屋坐定后,方才言道:"公子放心,丞相和将士们一切都安好。只是……只是德祖兄因一言开罪丞相,已被丞相所杀。"

　　曹植听罢,一口冰凉之气从心中冲出,他站起身来,紧紧地用手抓着门框,木刺刺进了他的指甲,已是有了血红的印记,却来不及感到一丝疼痛。他仰面而望,扑面而来的狂风吹散了他额前的头发,眼前的景致愈发地让他看不通透。他愣了片刻,便大步地向外跑去。

　　"公子若此刻去找丞相,必有性命之忧,请公子三思,莫要做于人于己都无益的事呀!"丁仪一见,忙冲出门追了上去,屈膝说道。他与丁廙兄弟两人会簇拥曹植,诚然是为了他们与曹丕之间不可调和的矛盾,也是为了他们自己的前程和荣华,可他们都否认不了曹植自有值得让他们拥戴的魅力。不

53

然，当曹植在政治上失势后，他们也不会对他不离不弃了。想那杨修与他是何等交情，当初尚存着一丝疏远之意。

　　曹植轻轻地拉开了他的手，不去理会他的话，只自顾自地向前走去。丁仪起身小跑拦住了他的去路，再度道："丞相的手腕您不是不知道，况他对您本来就已经……您若流露出任何对他的不满，他是真的会杀了您的！"

　　是的。他知道。他不但知道，还亲自体会过。魏王不再是那个让他敬爱的父亲，他也不再是那个让魏王骄傲的儿子了。一切都不一样了，这个道理，他两年前就该懂了。他不喜权力，却不该不懂权力。他不喜争斗，却不该不会自保。他不愿矫情，却不该如此率性。

　　曹植停了脚步，咬了咬嘴唇，点了点头。或者，人都是有一死的，不论是什么方式，什么时间，总也逃不了这个劫数。如此拙劣的自慰之词，怎能让他心平气和地不再悲恸。可是，他竟也想不出比这更好的话了。天际又飞来了几只白鹭，他双膝跪下，以头触地，徒唤奈何："是曹植愧对兄长，误了兄长！"

　　其实，他并不知道究竟是杨修误了他，还是他误了杨修，世人都道杨修恃才傲物，目中无人，可杨修的才智又岂是随便可以掩饰得了的？就连他自己也不可以。曹植欣赏敬佩杨修也是因他的这份任纵狂放合了自己的心性。他们意气相投，日夜相谈，当年是何等的快意！

　　杨修教过他很多东西，教他如何去对答父亲的考问，如何雷厉风行地去斩杀守城小吏，如何去争取世子的地位。曹植本是不在意是否为王，只是他的天性中便带着些不甘于人下的好胜之心。他不愿意，或者说是不允许自己输给任何人，哪怕这个人是他同父同母的兄长。

　　可是他们都错了，在权力斗争面前，他们幼稚得如一个孩童一般。杨修不是不明白过犹不及的道理，太好太张扬也就会变得太过虚伪。对他而言是如此，对曹植也是如此。他看透了当权者的心，却不料有朝一日他的心会在这强权之下停滞。曹植是缺乏掌权者的心机和野心，他不懂得收敛起他的锋芒，也不真正知道他所争的东西究竟是什么。杨修死于曹操的刀下，曹植在曹丕手里如履薄冰，如囚徒般苟延残喘地活着。他们何等聪明！又是何等糊涂！

　　清风吹得他的头脑有些发麻，两腮滚烫得难受，背靠青竹，强撑着摇摇欲坠的身子，正欲将剑放回剑鞘中，忽看到长剑上自己的面庞，是那样的颓丧萎靡，陌生得连他自己都无法相认。彼时那个举杯畅饮，在铜雀台上挥毫写下那华美篇章的英逸公子是否已不再是同一个自己？

当年的他还不满二十，束发金冠，一席海蓝色金边朱雀锦袍，神采奕奕，风度翩翩。挽起长袖，提笔蘸墨，洋洋百余言，一气呵成，他的字飘若浮云，矫如游龙，笔笔相连，倒像是一幅匠心独具的图画。那文字极尽奢华富丽，琅琅上口，委婉之情，洒落之韵，抑扬之美，其高妙处自不可言讲。

曹操欣喜看毕，忍不住高声诵读。百官听罢，俱惊赞不觉。白云碧天，雄美高台，传世奇赋，仿若游于仙境，扫尽赤壁阴霾，转眼便是光明一片，群臣相娱，均豪饮阔论，乐不可支。曹操得意自豪之色溢于言表，轻握住曹植的手言道："吾二十为顿丘令，所行不愧于今，今吾儿长成，宜锤炼自勉，寻可托大事。"

当众得如此嘉赞，曹植心中自然欢喜，躬身向父亲一拜，旋即又归坐执壶而饮，那酒醇香甘甜，刚好应了他此刻的心境。他的心太清澄，让人一眼便能看得通透，他不会去刻意掩饰他的喜怒哀乐，不会刻意讨好了谁去，他不会感觉到那束向他投来的嫉恨的目光是怎样的犀利，也不会认真去思考父亲口中的大事是什么。他所争的不过是一个对于他文学才华的认同，而曹丕所争的则是整个天下。他们互为对手，可是争的从来都不是同一个目标。呵，多可笑。

三

明月移步而随，他看到了身后驻足的影子。他的妻子谢氏走近了他，默默地站住不语，她形容瘦小，生了一副齐整的好模样，从不多言，从不多问，只会静静陪着他。这样的女子，不能不让人心生怜爱。曹植是文人心性，多情良善，自不会负了她。只是她永远也无法占据他全部的心。他无法忘记崔氏，她明媚灿烂的笑容是他少年时代最美的一抹朝阳。

崔氏是崔琰的侄女，曾经是他的妻子。他至今都想不明白崔琰是因何而开罪了他的父亲，一代贤臣，死得凄凉。曹操是位天生为权力而生的政治家，那时他已是下定了决心要以曹丕为嗣，为了表明他的这个决定有多么的决绝，他甚至亲招崔氏入宫，逼令其自裁，丝毫不顾及这个他曾经深深疼爱过的儿子的感受。政治家的冷静和残忍有时候的确是足够让人感到心惊！曹植失了曾近在咫尺的权力，更失了在他父亲心中的位置。他没有办法，也没有能力去护住他心爱的女子，只得眼睁睁地看着她走上了不归的黄泉。

"妾命不足惜，只求公子安身自保，切莫因小失大。"这是崔氏留给他的最后一句话。那日，天作大雪，抬眼只见银白人间，寻不见亮色，也寻不见希望。什么是大，什么是小？他的命是大，他妻子的命就是小吗？他无从知晓，也不想去寻思这个问题，他只是被动地在接受。他生命中最重要的两个人，他的爱人，他的朋友，为一人所杀。而他却无法去恨那个人，只因为那个人是他同样敬重的父亲。

无法恨，也做不到心如止水，唯有寄情于诗文清酒，在迷醉中忘却，却不知醒来后，往昔的记忆更加清晰痛楚。曹植轻笑了一下，上前一步，解下了自己的斗篷披到了谢氏的身上，揽住了她的肩往回走。谢氏抬手将了将他散落于额前的发丝，将头贴近了他的胸口，他的心跳得沉闷无力，太多无法言语的心事欲说不能。

就在走进屋门的那一刻，他回头再一次凝望着那一排排傲然屹立的青竹，看得有些痴了。明知道那不是真正的自己，可为何还要做这样的自己呢？曹植默默地握紧了拳头，仿佛在这须臾之间蓦地想通了些什么。他还有放不下的人，放不下的理想。他会活着，好好地活着。

四

黄初二年深秋，鄄城。这日，曹植正独自一人在书房中饮酒挥毫，想起当今三分天下，各自为政的混局，心乱如麻，低吟几句："弃身锋刃端，性命安可怀？父母且不顾，何言子与妻？名在壮士籍，不得中顾私。捐躯赴国难，视死忽如归。"吟毕已是潸然泪下，掩卷垂头，心神憔悴。

曹植的这首《白马篇》已是众人皆知，当年他与父亲数次征战，见多了战场上的血腥残暴，心下怆然，提笔写下了这气壮山河的诗篇。那时年少，有的是激情和勇气。沧海桑田，世事变迁，如今再度念来，又是另一番的滋味。他愿意为国效力，捐躯国难，却再无人愿意接受他的这番挚情，只得被拘于藩地，空留这一身无法实现的理想抱负。

"禀君侯，使者催促得紧，请君侯早日相见。"这已是仆从第三次前来报信了。

"让他等着！"曹植回答得十分干脆利落。

自回鄄城以来，曹丕数次遣使而来，天马行空般地胡谈，总无甚大事，名为关切，实为监视。曹植本是率性爽直之人，受不了这样毫无意义的试探。每番面见使者总没有个好言相说，这次索性是不想再去搭理了。想那使者算也是曹丕的心腹之人，平日里巴结讨好的人必也不在少数。曹植空有着王侯的身份，实则还未必有他体面。今日既已将他得罪了个透，便定然要去报仇的！

曹丕原就想着法地想替曹植去罗织个什么罪名的，而今好容易逮得这么一个绝好的机会，怎不会想尽了办法去利用个干净？于是，也便有了这篇作于黄初四年，最早见于《三国志·魏书十九》的《责躬》。史书上记载在黄初二年，曹植因"醉酒悖慢，劫胁使者"为大臣弹劾，戴罪归京，险为曹丕所害，幸有"太后故"才免得一死，削爵了事。回到故地，痛定思痛，写下了这一篇篇饱含了悔恨惆怅、歌功颂德、理想抱负的文字。

"臣自抱衅归藩，刻肌刻骨，追思罪戾，昼分而食，夜分而寝。诚以天罔不可重离，圣恩难可再恃。……伏惟陛下德象天地，恩隆父母，施畅春风，泽如时雨。……踊跃之怀，瞻望反仄，不胜犬马恋主之情。"

曹丕反复地玩味着这恭顺有礼的句子，情不自禁地扬起了一丝满意的微笑。这世上还能有什么比让你的对手甘心匍匐于你的脚下，更让你兴奋莫名的呢？他站起身来，随手就将指上戴着的一只白玉雕文扳指给了身旁的小宦官。那小宦官显然是被这突如其来的恩赐惊得不知所措，半晌才连连俯身叩首不绝。

鄄城气候温润，连隆冬时节都不怎么令人感觉苦寒，太过于习惯那里的一草一木，甚至知道屋门前那两棵银杏树何时会落下第一片金黄的叶。银杏树叶，那是极美的。无奈，树下是一大块松软的泥泞之地，叶落泥沼，沾上了不属于它们的污秽，由不得泛起一阵阵的心酸来。

五

黄初四年，当曹植再度回到京都洛阳的时候，本能地感觉到一丝的不适，不晓得真的是因为天气的多变，还是因为他心中对洛阳的那一份恐惧。这里本是他的家，有他的手足，只是曹丕未必把他当作亲人。他已然被曹丕逼到了一条死胡同中，却犹被忧心有一日他会不会插翅逃出了曹丕的掌心。

曹丕何其薄性！可薄性之人亦有他的可悲可怜之处。究竟是什么样的猜忌和报复之心可以这样压垮一个人与生俱来的对于爱和亲情的渴望和珍惜？这个问题或许连他自己都无从回答，他心甘情愿这般费尽心力地活着，别人又能耐他若何呢？

"陛下，鄄城王在外候见。"

曹丕颔首，重新将这表文卷好，端坐于案前。无人知晓他们这次相见谈了些什么。想来必也没有什么可以闲聊的话题。曹丕以假面示人，曹植虽不喜虚以委蛇，奈何多有顾虑，又碍于前车之鉴，不得不也以假面搪塞。以假对假，看似已是手足和谐，却终无法唤出一个"真"字来。

走出大殿，隐隐飘着几缕荷花的香气，解了几分忐忑和愁郁。曹植任性放达，可绝非是不讲伦常天性的轻薄之徒。他自始至终都没有埋怨过他的兄长半分，哪怕是在夜半时分，空无一人时也没有。他骨子里是绝对的忠君，这是他的教养，却也是他的悲剧。

这种悲剧在于他还将他的政治理想寄托于他的君主身上，他渴望用对君主的忠诚换得他奔赴疆场，建功立业的机会。他明知他早已是政治斗争的失败者,明知他是处于怎样的监视和猜疑之中,却还是抱着这不切实际的幻想,就如同他在这责躬表文中所写的那样:"愿蒙矢石,建旗东岳。庶立毫牦,微功自赎。危躯授命,知足免戾。甘赴江湘,奋戈吴越。"

曹植不知道这些看似是慷慨激昂的忠君之辞非但不可能换得曹丕的一丝怜悯和共鸣,反会更加使自己陷于危境之中。曹丕方才是被这表文中过分的溢美之词所蛊惑。可就在他看着曹植的背影而不自觉地想起这最后的几句诗的时候,猛然间仿佛是恍然大悟般地感受到了他身上的那份蠢蠢欲动的不安分。

他自不会把这种想要建立功勋的急迫当作是对他的感恩报答。曹丕恨恨地拍了一下案台,震得他的手都在微微地发疼。这种疼提醒着他对曹植的那一份隐约的松懈和不忍是一件多么愚不可及的事情。

六

这一年的六月,曹植胞兄任城王曹彰在洛阳病逝。这位战功卓越,武力过人,被曹操昵称为"黄须儿"的大将军一向也被曹丕所嫉。他的死无异于拔去了曹丕喉头的另一根长刺。曹丕并不掩饰他的如释重负,以至于当时就有传言说曹彰是被毒杀云云。后世更有好事者将细节描写得绘声绘色,如食枣中毒,又如卞太后痛心疾首的那句"汝已杀我任城,勿复害我东阿"。当然,这都仅是小说家言,并不甚可信。

曹彰之死深深地触动了曹植心中那一根柔软的神经。他承认自己是畏惧死亡的,不论是自己或是他人的死亡。一个月前,他与兄长任城王曹彰,兄弟白马王曹彪一同来京,如今要走时,却对影少一人。暖风拂过,脸上泛起一阵凉意,回头望着那高高的城墙,用手轻拭面颊,眼泪已是夺眶而出。

不管来时是多么的不情不愿,走时却是不舍。他多想再见曹彰最后一面,多想再唤他一声"兄长",多想亲眼看着他入土为安。可惜,他不能。简单的要求,奢侈的希望。曹丕的冷漠让他痛心,他甚至容不得他在京城多留一日，好像他就是一只随时都可能吞噬了他的江山的巨兽。他不明白，这江山，并非是人人都稀罕的。

暴雨沉闷地打在洛水之中，卷起了朵朵水花，黑云压日，虎狼嘶叫，鸱枭哀鸣。黄昏天暗，首阳山虽不甚巍峨，却湿滑难行。棕黄色的高头大马亦不堪忍受这般艰难险阻，只来回地在原地打着转儿。曹植下马，侧身便见同样是一身狼狈的弟弟，心中又觉一丝欣慰，路途遥远，幸而，不曾独行。

天色变得愈发昏暗，雨渐渐地止了，好容易才翻过山丘踏上了平地。前方是一道东西走向的分岔路。跟在曹植曹彪身后的两个有司默契地对视了一眼，相互点了点头。其中一个大步走到了他们的面前，行礼拜了一拜道："请鄄城王与白马王分道而行。"

这话犹如天边的一声震雷，轰然打到了两人的身上，从心而生出一股痛意。曹植抬头望着他，只见他脸上的横肉上下抖动着，那双眼睛正视着前方，闪出了两道凄厉的光芒，比这山野中的虎狼的眼神还要叫人恐惧。他的表情不卑不亢，好像是谦恭有礼的请求，又好像是决绝的不容分说。

"鄄城与白马在同一方向，为何要分道？"未等曹植开口，曹彪率先上前一步，死死地盯着那有司怒喊道，做出了个挥拳的动作，可这拳头却还是没能真正地挥了出去。他终是不敢的，不是不敢得罪此等卑鄙的狐狸，而是不敢去触怒他们身后的那只正张着血盆大口的老虎。曹植受过有司多少的暗算，他不是不知道。

"殿下执意要与鄄城王同行，难道是要谋划些什么不成吗？"那有司摸了摸自己的鬓角，挺了挺身子，冷冷言道。此话已是含着一些威胁的意味了。他本就带着皇帝的旨意去监视藩王的一举一动，心下自然是底气十足。他们明白这两个落魄藩王是绝不会再有些别的什么想法的，只是他们带着重任而来，有没有并不十分重要，重要的是不能让皇帝的心腹之患好过了去。

曹植听得此话，忙拉住了曹彪的衣角，无可奈何地摇了摇头。他无法不将他此刻的怒气全部小心翼翼地压制了下去。他经历过失去至亲的滋味，自认再也无法承受，只得轻咬了下嘴唇，赔笑着对有司们说了些好话，这样违心之语，连他自己都觉得如嚼苍蝇般令人作呕。

有司听罢，如获大胜般地退到一边不作声。曹彪回过头去，眼中噙泪，他还不到三十,可乌发中已经有了几根明显的银丝。他走到曹植身边,俯身下跪,只唤了一声"兄长",便哽咽得再说不出话来了。伯埙仲篪,想要同在一处已是不得,如今刚刚相聚却又要被迫分离,怎生得悲戚苍凉!

七

曹植低身将曹彪扶了起来,兄弟相拥而泣。死者已矣,生者艰难。谁才是幸,谁才是不幸呢?眷爱拳拳弗忍释,一朝别离,纵有万语千言,终也只能道一声"平安"。对于他们来说,真的只要平安两字就够了。用力将身上的麻布衣服撕下了一大片,从包袱中拿出了纸笔,磨了磨墨,在这石台之上,将他这满腔无法言述的愤懑与凄恋全都寄托于他的这首离别诗中:

"谒帝承明庐,逝将归旧疆。

清晨发皇邑,日夕过首阳。

伊洛广且深,欲济川无梁。

泛舟越洪涛,怨彼东路长。

顾瞻恋城阙,引领情内伤。"

早间,伴着蒙蒙的细雨,离别京都,端坐马上,洛阳的风在耳畔呼呼乱吹,似在向他倾诉着不舍的别情。洛水滚滚,卷走了两岸的尘沙。波涛推动着扁舟前行,越来越快,顺流而下,跨上岸时,忍不住再度回望那曾经走过的路途,明知道再怎样翘首,也不能瞻望得到洛阳那高高的城门,却还是这样痴痴地一步三回头,每一次的回首,都是剜心刺骨般的酷刑。东归的路呵,你如何会这样的漫长?曹植顿了一下,稳稳心绪,蘸了蘸墨,用手拔去了一根翘在外面的毛,吸了口气,又继续写道:

"太谷何寥廓,山树郁苍苍。

霖雨泥我途,流潦浩纵横。

中逵绝无轨,改辙登高冈。

修坂造云日,我马玄以黄。"

寥廓的山谷,只轻声地说一句话,便能听得回声久久地荡在其中消散不去。雨水阻路,在本已经是忧伤脆弱的心上又添了些新的阴霾。牵马改道徐行,马萎靡地耷拉着脑袋,它是累了,还是病了?或者,它也有自己的那一份伤悲。是呀!万物本是同根同源,安知牲畜没有思想与灵魂,安知它们的感情不会比人类更为强烈呢?可是,又有谁能晓呢?

"苦辛何虑思,天命信可疑。

虚无求列仙,松子久吾欺。

变故在斯须,百年谁能持?

离别永无会,执手将何时?

王爱其玉体,俱享黄发期。

收泪即长路,援笔从此辞。"

最后的这收笔之语,述尽天命神仙的荒谬可疑。天不助我,唯有自助。纵使不知再见何年期,却不妨仍然抱着这样的希望。或许那时,你已白发束冠,我已皱纹满面。耄耋老翁携手同进,那又何尝不是一种幸福呢?就此别过吧!收起盈盈泪水,前方的路不知是怎样的迷茫。去吧!终有一日会到达那朝阳初开的大道。

写毕,松手。笔滑落在地,却无心再去捡。曹植粗略地从头看了一遍,重新卷起后便递到了曹彪的手中,握了握他的手,点了点头。不想再多言,多言生哀苦。转身踏着马镫,一跃而上,头也不回地执鞭前行。天上又撒下了绵绵细雨,也许,在东归的路上,它们就是唯一的同伴了。

"兄长,来日再见!"曹彪小跑着追了几步上来。可惜,不会有来日了,这一次的分离,便是永别。终曹植一生,他与这个弟弟都没有再见上一面。离别永无会,执手将何时?未想竟就真成了一句谶语了。

八

首阳这一别,转眼便又是三年,平静若水的三年,如偶在天际划过的流星一般一闪而过,不曾留恋,也不曾期盼下一颗的降临。得过且过的日子不是曹植所希望过的,遥远的藩地,禁锢着他的心灵,也摧残着他的生命。可是,还能怎样?他还在痴心妄想地期盼着什么呢?

那一日,当曹丕于洛阳病逝的消息传入鄄城的时候,曹植正仰面躺在榻上望着两棵枝叶繁茂的银杏出神。一时间内心翻滚得厉害,太过突然,曹丕长他五岁,今年,还不到不惑。只是百感交集地站起身来,恭敬地向有司拜了一拜,淡淡地问了一句:"何时能回京吊孝。"

他想,他是难过的,发自内心。曹丕的死仿佛是在猝不及防间被抽走了体内的一根经脉,鲜血的腥味那样真实地在空中蔓延着。他看着外头的一切,又是一年百花盛开日,万物欣荣。可他,却又失去了一位亲人。曹丕一生忌他防他,大约不会想到他的死也能留给他那样多的感伤。顺手在自己的酒杯里斟了些酒。酒香入脾,却无心去细品,只将它当作解忧解愁的药。

他并不想否认他除了伤感以外的其他情感。他没有那样矫情。他承认他是如释重负的,在这样一位严苛的皇兄的严密监管之下,他是真的心疲力竭,无心应对了。这些年来,他也已经不那么惜命了,关键在于怎样死才算得上是值当。他不想因为自己的脾性而不明不白地死,就算要死,也得马革裹尸地死于疆场之上。而今,他是不是可以活得不那么劳累了?这样想着,又觉自己是那样地没有心肺。

曹植端详着面前的这一杯酒,伸手再度一饮而尽,心口一酸,落下泪来,喝得太急,头有些晕眩,低身抚在自己的手背上,忍不住嚎啕大哭起来。他从未这般淋漓尽致地宣泄过自己的情绪。所有的忧伤、愤恨、委屈全部都消融在这眼泪之中。他与曹丕有过多少的恩怨,如今,该是都化解了罢。

若非是生于王侯公府之家,像曹丕曹植这般同是文学大才的兄弟,也许还能够尽情地享受个知己手足之情。世事难全,生于何处,亦不是他们所能够选择得了的。曹植抬头起身,翻看着他昔时的诗篇,突然看见了十几年前所著的《公宴》诗。诗的前几句是这样写的:"公子爱敬客,终宴不知疲。清夜游西园,飞盖相追随。"

九

曹植记得,那是建安十六年。那一年,曹丕二十四岁,刚刚荣升为五官中郎将,于邺城玄武苑宴请曹植、王粲、徐干、阮瑀等兄弟好友。玄武苑位于邺城以西,临水而建,风景秀美,鸟雀飞翔,俯身便可见池塘中一条条自由游弋的锦鲤。鲤鱼跃水,必是极好的兆头。文人相惜,建安文人更是天生的一副洒脱豪情。

觥筹交错,举杯和唱,转眼已是星月同出,众人皆有些醉了,各自倚靠着亭柱小憩。暖风轻轻地拂来,吹落了片片娇艳欲滴的花瓣,上面还沾着些午间才落下来的水珠儿。曹丕用手将花瓣收到了手中,侧身将它们撒到了湖畔之中,随着缓缓的流水飘向了远方,转眼便已不见。

"愚兄敬子建。你我兄弟至亲,当是无话不谈,偕心同力。莫要听他人的闲话生了嫌隙才好。"曹丕端着酒壶走到了曹植面前,在他的酒杯中添了些清酒,微笑言道。至少在此刻,他的笑是真诚的。许是还沉浸于荣升副相的欣悦之中,又许是被这美景美酒所惑,他忽觉这一切都是这般的生机盎然,充满希望。不再去想不久以前在铜雀台上曹植是如何光彩照人,也不再去想将来他是否可以顺利地拥有这天下九州。享一时的快乐,将来……将来再说吧。

"多谢兄长。弟回敬兄长!弟年纪尚轻,若有处事不当处,还请兄长大量海涵!"曹植双手握住酒杯,一杯下肚,原已有几分微醉,而今,便更觉有些迷糊。他们一母同胞的兄弟四人,曹彰长年领兵在外,聚少离多,曹熊又体弱多病。他与曹丕虽表面上看起来是兄友弟恭,却显得太过客气,总觉得拘谨得很,比不得他与杨修、丁仪们相处自在。可是曹植心纯,本就没有对曹丕存着多么大的心结,今日听得他这般的言说,心下委实欢喜,反觉得是自己平日里胡思太过,对兄长有了误解。

曹丕握了握他的手,转头向身旁的小厮使了个眼神,小厮立刻会意地准备好了纸笔。公子赋诗,周遭的友人们便都一齐围了上去想一看究竟。曹丕环望着点点星光下的嘉木卑枝,荷花池中莲叶丛丛,含苞待放的小花似要迫不及待地一睹大自然的风姿。胸中已有丘壑,抬笔一挥而就,一首优美清雅的《芙蓉池作》就成了。

写至"丹霞夹明月,华星出云间。上天垂光采,五色一何鲜"四句之时,已经是写尽了西园夜景的美不胜收,本想就此歇笔。转眼又想这样的诗篇论文采自是够了,只是立意和格调未免还是有些缺失。思索须臾,又添了四句:"寿命非松乔,谁能得神仙。遨游快心意,保己终百年"。

这四句果是点睛之笔,慨叹生命的短暂,神仙的虚无,不若现今遨游园林,尽享快意,等到将来离了这人世的时候,方不至于遗憾在这人世间空度了一场。才刚放下笔,便引来了一阵阵的叫好喝彩之声。建安文人大多个性十足,心性极高,鲜有附势拍马之徒。既是说好,那便是真好。

"子建文采风流,亦来和诗一首,如何?"曹丕说着便重新铺纸磨墨,将笔递到了曹植的手中,曹植本已是技痒难耐,又见兄长如此盛情。哪里还会有拒绝的道理?转眼已是完成了大半,总也是些述景之句,雕琢精致,华美至极,合了他的性子,张扬不羁。最后收笔的两句:"飘飖放志意,千秋长若斯",恰好与曹丕之诗的意境相呼应。

兄弟俩相视一笑。若真能一笑泯恩仇,若真能千秋若长斯,那该有多好。可惜,如此的坦诚和率性只会存在于这样特定的环境,特定的时间之中。一旦当他们重新穿上华服官袍,同时站于那金銮宝殿上的时候,那条横亘于他们之间的深沟便再难填平了。

曹植缓过神来,再度望望窗外。又下雨了,多变的阴雨天气最是遭人烦的了。忽然厌起建安时期所创的这些诗篇,不是不好,恰是太好,好到想象不出曾经是那样好过。曹植猛地一甩袖子,案上点燃着的烛灯倒了下来,迅速地燃烧起来,忙不迭扑上去将它们护在了自己的怀中。那样的奋不顾身,原来,竟还是不舍的。

十

黄初七年,中原三国的情势依旧胶着。魏国武帝文帝虽死,却内有司马懿、陈群等掌事,外有文聘、曹真等镇守,仍旧不容得半分小觑。蜀主刘备托孤得当,刘禅尽管年少,然幸有诸葛孔明辅弼,勉强可以立一足之地。吴主孙权雄心勃勃,目观四海,在曹丕死后,即迫不及待地讨伐江夏,围困石阳,终败于文聘之手。这年很快就结束在这一片纷纷扰扰之中。次年,曹魏改元太和。

太和元年初,曹植前往藩地前夕,特向新帝曹叡辞行。曹叡这年年方二十三,长得甚是魁梧,姿容俊朗。初登大宝,自是意气风发,浑身上下散发着一股跃跃欲试的蓬勃朝气。他自小聪颖,颇得祖父曹操喜爱,却因生母甄氏失宠被废,直至曹丕临终之时,才被立为储君,委以重任。

"叔父这《感甄赋》实乃旷世奇篇,朕实在佩服得紧。"曹叡边细看着面前的竹简,边朝着曹植由衷说道。自打此文问世以来,就以迅雷之速在海内流传,一时间上层文人们皆以能诵曹子建《感甄赋》为荣。曹植摇了摇头,躬身一拜。这样的赞美,他听过太多了。可是,他现在真的不想再听了。以文娱情,不过是小技而已,而他的理想远远不止于此。

"不过,朕想仅以鄄城为名,似显得略有些随意,配不得这绝美的赋文。朕欲班门弄斧一回,将其更名为《洛神赋》,叔父觉可妥当?"

"自是无不妥之理,多谢陛下!"曹植毫不迟疑地就应了下来。这几年,他的性子收敛了许多。他从来也不是骄傲自负之人,却也不会随意就让人去更改他的文章,至少他会好好地与他切磋讨论一番。不管那个人是何等的身份。

只是这一篇经由曹叡改名过的《洛神赋》却引来了后世无数的想入非非。南宋文人刘义庆在《世说新语》中更是牵强附会地将《感甄赋》中的"甄"字理解为是曹丕的皇后甄氏,并且绘声绘色地编出了一个恋嫂的故事。

说是曹植对她一生爱恋却求之不得,唯寄情洛神,写下这般华章,以诉相思之苦。颇有些"还君明珠双泪垂,恨不相逢未嫁时"的意味。不知道如此故事是为了突显曹丕的横刀夺爱是多么的龌龊不堪,还是为了使曹植的人生悲剧更加完整些,才硬是让这个年长他十余岁的甄氏夫人与他有了交集。倘只是作为一个文学爱情故事,自是凄恻动人,令人怅惋顿足的。不过,若要作为历史细究,则未免荒谬。

　　无人可以真正说得清曹植极尽才华创造出这样一个与洛灵相遇相恋,却无果而终的赋文的用意。古今众多的学者对此做了许多可能的遐想和推断,想象这位让曹子建"忘餐"的洛神究竟是何方人物。除却甄氏夫人之外,更有曹植的原配崔氏说,还有相当一部分人则是将其赋予了政治寓意,写出了他一心忠君报国而曹丕却始终未领他这份情的无奈。

　　或者,连曹植自己都不一定知道这位"瑰姿艳逸,仪静体闲"的神女究竟是谁。大约,真的也只是一位神女吧。当他路过洛川,见到洛河之景,想起宋玉作的《神女赋》,突发奇想,心血来潮,援笔而作也未可知。

　　曹叡心满意足地提笔写下了这三个字。他虽比曹植小了十岁,却少年老成,心机远在曹植之上。几番对答,均是不痛不痒的客套之辞。他对于曹植的防备决不在他的父亲之下。这不仅是受了曹丕的影响,也是因为他自己也感受到了曹植在士林阶层的巨大声望。这些文人多是世家子弟,万一有朝一日获得察举、征辟为官,难免不会形成自己的势力,成为皇权的隐患。况且,前些日子的谣言还不停地在他的耳畔胡乱作响。

　　只是这一切,曹植却全然没有看出来。那么多年过去了,他虽深深地体悟到了权力斗争的残酷,却也未尝真正地想出法子来逃避这些权力风波。他心中对自己有着一个执着的定位,他坚信自己可以辅佐君王成就霸业,也可以让自己名扬千古。这种执着随着他年纪的增加近乎变成了一种偏执。像一个枷锁一般,紧紧地扼住了他的咽喉。

　　一年飘逝一年来。时间从来不会因为你愿不愿意而停止它一意孤行前进的脚步,春日里群芳开遍的盛景固然是绝美的,只是人们或许不曾记得它们也曾经经历过寒冬腊月的剧痛,在无人问津的寂寞中孤独地守候着万人仰头的荣光。太和二年的春天来得分外的早,温柔的阳光慢慢地消融掉了湖面的薄冰,低头便可见一条条晃动着尾巴来回穿梭的小鱼。

十一

"陛下,这是雍丘王所上的奏章。"侍臣双膝屈地,双手呈递说道。彼时,曹植被封雍丘。这一封言辞恳切,话语激昂的《求自试表》的中心内容是祈求得到朝廷的任用。写他身为藩王却尸位素餐,由不得"上惭玄冕,俯愧朱绂"。他渴望身死疆场,哪怕仅仅是当一名无名小卒,那也是好的。曹植在写下此表的时候,内心是挣扎的。他有焦虑彷徨,却也在字里行间中透着一种翘首以盼的期冀。

"而臣敢陈闻于陛下者,诚与国分形同气,忧患共之者也"。他将敢于上书自荐的原因归结于是他与君王同宗同源,患难与共。他将事情想得过于简单化,也过于理想化。同胞兄弟尚且相阋,更何况是叔侄呢?帝王之家,最廉价的便是血缘亲情。他有着满腔的热情,渴望将这份热情毫无保留地无偿奉献出去。可惜他看不到四周将他团团包围的汪洋大海,他如火的热情不消一瞬就会被它们吞噬个干净!

"叔父这文笔果是愈发得好了。"曹叡读毕,漫不经心地言道。他的嘴角稍稍地上扬了一下,重新又将奏章卷了起来,用绳子扎好,随手便放到了一旁去。平静的面庞没有露出丝毫的好恶之感。他真的很厉害,比之他的父亲犹多了几分处事不惊的从容。他朝着那侍臣招了招手,对他如此这般地说了几句话。侍臣应着便出了殿门。

曹叡站起身来,在殿中来回地踱了好几步,听得花园中群莺你唱我和的声响,想要抬眼去悉心地找寻一番,奈何只能看到粗壮的枝干上片片绿油油的树叶。这样浓密,遮挡住了天籁的源头,也遮挡住了红日的光芒。它太过强盛了。不过,也没什么可令人沮丧的,树叶再密,到底不是自然的主宰,也没有能力去阻挡人类那锋利的铡刀毫不留情地落下。

经过多次徙封,加之心情抑郁,太和二年,曹植的身子已是大不如前,何况雍丘地处偏远，土地贫瘠，虽然曾为杞国都城，也有过繁华热闹之时，只是历经千年的冲击，早已经不见了当年的荣光。只能在断壁残垣的古迹中感受着一股历史的深厚积淀。那时候他们的日子过得已经很是艰难了，虽挂着一个藩王的名，俸禄却时常被那些贪心不足的有司们所克扣，只得在自家的花园中种些食粮，过着自给自足的生活，犹不及城内一些富足的农户们。

曹植的目光久久地凝视着远方。远方，是哪里？是邺城吗？在邺城的日子，宛若流水，和他一生中最美的年华一起流到了他再也寻不到的地方。流去便流去罢！这样的日子纵是值得永久怀恋，可是人不可以总停留在过去，这个道理，他明白。远方，是他的理想得以实现的希望之地。他渴望到达那个远方，他在等待，明知渺茫，却还是自欺欺人地珍视着这哪怕仅是一点的可能。

十二

彼时已是深秋，凉气充斥在随风飘荡的沙尘之中，直往人的口鼻中死命地钻去。曹植蓦地觉背上一阵暖意，少年的手轻轻地挽住了他的臂膀，扶着他走到了园中的石亭中坐下，石座冰寒，少年赶忙脱下自己的斗篷垫在了下面。南飞的鹰在空中一声长鸣，由不得仰头望了一眼。他的眉眼长得分外好看，仿若是精雕细琢的一件刻品，却绝非如女子般的阴柔之美，英姿勃发，颇有几分魏武帝当年的风范。

"志儿，坐吧。"

少年微一颔首，慢慢地坐了下来，双手放于膝上，挺直了脊背。他是曹植唯一的孩子，才十二三岁的光景。他曾经有过一位兄长，两位妹妹，却都在早年夭折。这个硕果仅存的孩子不仅品行端庄，且是手不释卷，好学多才。得子如此，也算是曹植在这个虎兕相围的险恶环境中的最大安慰了。

父子俩静默地坐着不语，只听得那鹰的啸声越来越远。曹志小心翼翼地望了父亲一眼，复又重新低下了头去，虽是少年人，却已经有了不为人道的心事。父亲爱他疼他，打小就对他亲自督教。他对父亲自是敬重钦佩，只是从他记事以来，他就从父亲的身上看到了太多沉重的东西，以至于这份沉重也深深地影响到了他，加之身边没有兄弟姊妹相伴，也就越发得寡言少语。

昨夜积聚于亭沿上的水珠儿缓缓地滴落在了青石板上，听不见一丝的声响。是呀！不过只是滂沱大雨后留下的一点点证明自己存在过的印记而已，太过渺小，甚至无人肯相信这样的水珠儿也可以加入浇灌枯田的甘霖。就像这被风带到沼泽的叶一般，也无人肯相信它会成为文人们题字作诗的雅趣之物。谁晓呢？

喉头一阵难忍的腥甜之气涌来，曹植起身，不由得剧烈地咳嗽起来，胸口的疼痛瞬间蔓延到了全身，每一根经脉都在膨胀着。他的舌尖已然感觉到了口内鲜血的味道。那是死亡的味道吗？是的吧。他禁不住踉跄地后退了一步，他不是不清楚自个儿的身子，只是当如此真切地感受到了的时候，他还是有些绝望的。

"孩儿陪父亲回去歇息吧。父亲莫要想太多了，都会慢慢地好起来的。"

曹志赶紧站了起来，扶住了父亲的手，一转头，眼眶中已满是泪水，却强忍着没有落下来。钻心的难受。父亲这一生，过得太苦太累。处于独善其身的位置，却要想着兼济天下。他有时候也很难理解父亲的作为，连自己都明白皇帝容不得他，父亲聪明至斯，如何会不知道呢？或者，每个人都有一份藏于内心的痴傻，父亲有，他，也是有的吧。

曹志记得当初父亲写《求自试表》时眼神中所透出的是何种虔诚的祈盼！可惜，他永远都无法等来他想要的结果。他忘不掉使臣来到他们府邸的时候那种冷漠而嚣张的表情，那份心高气傲让人心冷。他说陛下道雍丘王其志可嘉，让他好好地呆在藩地自省自检，莫要再想些与他无关的事了。忠心换不来真心，岂非不值得？

曹植点了点头，任由孩子扶着他进了屋。虽是白天，他的屋子犹显得有些昏暗。烛光摇曳，每一次的浮动都仿佛在燃烧着他的心。他的心早已经不再鲜活。等到有一日，这颗心彻底化为灰烬的时候，他的生命也必将走到尽头。

枯叶被秋风带到了曹志的身上。他紧紧地将它抓在自己的手心里，脆弱的枯叶很快就变成了碎片。他很害怕，唯有真正地抓住些什么才能减少一些他的害怕。他终究还只是一个孩子。父亲曾经说过他是他们家的"保家之主"。是吗？他能保住他们摇摇欲坠的家吗？不求享受权力的荣光，但求能平安一生。他的眉头愈紧，恐惧愈深。

那弓着脊背，花白头发的老仆人加快了脚步向这边走来，含糊不清地唤了一声"公子"，伸手向正堂的方向指了一指。曹志知道那阴魂不散的有司又在那里候着了。这次，又不知要来找什么样的茬了。他要见父亲，无非就是要耍威风，顺便讨要些好处。他是小人，可讽刺的是，他们确是得罪不起如此小人。

曹志向他摆了摆手，独自向前走去。那有司已不是前番所来的那个了。他身材颀长，高高颧骨，浓眉乌发，倒像是一位忠厚的贤者似的。此刻正悠哉地品着茶水，见到曹志，也只是挺了挺身子，并未有起身相迎的意思。曹志看起来倒也并不介怀，反是向他屈身行了个礼，说道：

"有何要事又劳您亲自前来？"有司上下看了他一番，这个平日里总站在雍丘王身后的孩子也是有几分胆识。这一问话不卑不亢。连他自己都觉得若无"要事""又""亲自前来"，也有些过意不去。好在，他是皇帝的使臣，自是深谙喜怒之道的。又怎么会在一个孩子面前表现出他骨子里哪怕只是一分的尴尬呢？

"公子又如何会亲自前来呢？"这一句回击，便直指雍丘王慢待有司，只派孩子前来应付。他轻笑了一下，很是期待地抬起头来看这孩子。世人都说雍丘王反应敏捷，无人可出其右。他倒也要看看这个雍丘王亲自调教出来的儿子是否会污了他的名。

曹志的心的确是被这话给噎了一下，不过只在须臾之间，他就又立马恢复了他向来的沉着从容："父亲尚在病中，未免有司久候，故遣曹志来相迎，倘有要事，曹志必如实转告父亲。若您定要父亲亲自前来，曹志当下便去请。"

见曹志眼角隐隐有未擦拭尽的泪痕，再看他的穿着也只是麻布粗衫，屋内的玩器均是简陋陈旧，且都积了厚厚的一层灰尘。这有司较他的同僚而言,倒多了几分良知,心中霎时略略地涌起了一股不忍的怜惜之意。原是王侯将种,而今却如此落魄。

有司放下了手中的酒鼎,站起身来,拱手拜了一拜。曹植的病,他是知道的,他甚至知道他缘何而病。那日来府中传旨的使臣原就与他交好。朝堂之事,皇帝之心。他大约也可以探得些许。今岁三月,不知是不是有心人在造谣生事。说皇帝在征战时亡故。百官已经拥立雍丘王为帝。本是荒谬之言,曹叡心宽,自是不甚在意,一笑了事便罢。只是谁晓曹植的那份自荐表文无巧不巧偏在此时送到了他的面前。想不让他浮想联翩怕也是不能够的了。

"不必了,请雍丘王安心养病便是。劳烦公子代为问候。下官还有俗务在身,不便打扰,就此别过了。"

曹志看着那渐行渐远的身影消失在了他的视线之中,慢慢地松开了他紧握的拳头,这才发现他的手心中已经有了点点的血红印子。那该是痛的吧,怎能不痛呢?刚刚跨出了门槛一步,便见老仆人趋步拿来了蓑衣斗笠。外面又下雨了。一场秋雨一场寒,今年的寒天不知又要持续至几时呵!

十三

极寒的冬日,已经不知道是下了第几场雪了。炭盆里这木炭温暖不了这屋子,也温暖不了这人心。反是这嘎吱嘎吱的爆炭声不禁令人觉得十分烦躁。屋檐上积着一层厚厚的雪,在一缕淡淡的月光下隐隐约约地闪着光芒。树枝随风而摆,抖落了一整片的雪水珠儿。

魏太和六年十一月,陈郡淮阳。

曹植放下了手中的笔,几滴墨汁从笔尖滴落到了竹简上。烛光中,他的眼前蓦地一阵恍惚。这墨迹仿佛是越来越大,直掩住了整片文字。他无奈地苦笑了一下,再无心去重新书写一遍。有些事,是绝不宜重来一次的,就像这文章,再没有了方才的灵感,就像他的人生,若是上天允他再度选择,怕是他也不愿意再试一次罢。

洗笔卷轴,曹植吹了灯。黑夜里,许多东西都变得模糊不清。其实,即使是在敞亮的白天,有些事情也不是就能看得一清二白了。光明对于他而言,本也是无所谓有,无所谓无的。如同现在理想对于他而言,也不再是那样重要了。

外头的雪粒儿打在纸糊的窗上"啪啪"作响,这声音如此的清晰,愈发地显得这夜是多么寂寥。曹植以手撑头,斜躺在榻上,并未睡得十分踏实。原是天寒,再加上近年来他的病非但没有好转的趋势,反是更加令人忧心。诊治的大夫医术自是高的,只是正如他所言,"陈王之病在心不在身,医身容易医心难"。

这话虽是点到为止,可是曹植是什么样的人,他岂有不懂的道理。只是他胸膛中的这颗心虽是属于他的,他却未必可以真正地控制它。他日日去想,去让他的心变得水波不兴般的平静。他的确是做到了。

他曾经将理想当作了他生命的全部。他努力地活着,无论在多么艰难的处境之中,他依旧会倔强地昂起他的头颅。他以为他的理想是高尚的,他是这样谨小慎微地守护着它,不让自己沉沦,不让自己绝望。别人可以看不起他,他却不能看不起自己。

只是如今,他猛然间发现他一直所坚持着的东西竟都是荒谬的。既然他引以为豪的理想在别人看来永远都是那弃于乱市的瓦砾破罐,何苦又要这般地遭人嫌恶呢?何苦要永远背负着一个本就不属于,永远也不会属于他的沉重包袱呢?天下之路何其多也!何苦就偏偏要去选择这一条漫长的不归路呢?

他想,无论他的生命中还会有多少时日,他都只会是这淮阳城中的一个普通百姓。仿佛是挣脱了一直以来都束缚在他身上的桎梏,仿佛是豁然开朗了一般,可是,这样的坦然会不会来得太晚了,当他想要放下的时候,或许上苍已不再会给他这个机会了。

翌日清晨,雪依旧在悠悠然地飞舞着,那么轻,那么柔。如那春日里的柳絮一般飘散着,不待它们落地,就被呼呼的北风带走了。地上的积雪在一点点地消融。融雪的寒气弥漫在空气中,从脚心而入的冰凉,让人的身子不由自主地微微颤抖着。幸有几株开得正盛的腊梅在悠悠地放着香气,给这沉闷的冬季稍微带去了一抹色彩。

曹植推开了门,不远处有两个仆人拿着大扫把在清理积雪。看到他后便对着他行了个礼。能留到现在的自然都是忠仆了。这世上是有很多东西重过金钱和名誉的。譬如忠,譬如孝。曹植对他们摆了摆手,仆人们再度一拜,会意地退下了。

门外的雪已是差不多被清理尽了,不过还有些潮湿。曹植拿起他挂着的宝剑,细细地端详着它。这宝剑伴随着他的岁月,比他任何一个亲人和朋友都长。宝剑依旧锋利,可他已经老了。起伏多变的人生,或许原就是一场光怪陆离的梦。他不想再去回忆什么,怀念什么。大约他即将要去做的本就是一个永不会醒来的梦罢。

他拔剑而出,卷起一朵剑花,他的剑术虽不及他的文才那般名动于世,却也自能舞出他自己的那一份爽然潇洒来。年轻的时候,他总喜边吟诗边舞剑,再加之友人在旁伴乐唱和,那情境,是怎样的动人心魄!他想再舞一次,应该是最后一次了。

没有什么招式,不是他带着剑,反是剑带着他。他的身姿早已不似过去一般轻盈了。头晕眩得很,仿佛是听见了什么,看见了什么,太过迷蒙,许是记忆中的某一个难忘的片段。收剑的那刻,白雪散落在他的衣襟上,慢慢地侵入了他的脖颈中,冰凉透骨。这个冬天,真冷啊!

曹植拭去额上的雪珠,抬头看了看这阔朗的天地,回身掩门进了屋。今日醒得太早,如今倒觉有些困倦,席地而坐,伏在案上睡下了。案上的竹简上是他两个月前写下的诗篇:"扶桑之所出,乃在朝阳溪。中心陵苍昊,布叶盖天涯。日出登东干,既夕没西枝。愿得纡阳辔,回日使东驰。"

全诗以扶桑树起头,以期盼朝阳"东驰"收尾。人生如梦,韶华易逝。曹植在写下此篇的时候,心中是矛盾的。他希望时光倒转,又不知倒转过后他能够做些什么。诗在这愿望之后便戛然而止了。一切都不过是他的愿望。有些愿望,也许真的并不是那样热烈地去希望实现吧。

那是他生命的最后一日,他就这样在睡梦中慢慢地走完了人世的这一遭。他走得很安详,一个人静静地离去,没有苦痛哀嚎,也没有留恋不舍。

原本,人不可能感受到自己的出生给他人带来的喜悦,为何要在离世的时候感受给他人带来的悲伤呢?无喜,无悲。人生到头来,大抵也不过是如此而已。

曹植小论:他要的从来不是风花雪月

曹植逝后第七年,景初三年,曹叡崩逝,临终时将年幼的太子曹芳托付给司马懿和曹爽。正始十年,司马懿起兵诱杀曹爽,独揽大权,史称"高平陵事变"。咸熙二年,其子司马炎逼魏帝曹奂退位,晋立,曹魏亡。

曹氏几世基业最终毁于一旦的一个重要原因是皇帝重用外姓权臣而疏远皇室宗亲,这点曹丕做得十分极致,曹叡继承了父亲的衣钵,所行之事和曹丕如出一辙。以至于后来司马懿计杀曹爽之后,朝中竟没有一位曹氏宗亲站出来哪怕说一句公道的话。

如果这时曹植还活着,一切是否会改变?这个令魏武帝曹操奋斗终生建立起来的王朝是否依旧会不可逆转地沉沦呢?

千百年来,人们对这位才华横溢的王子多是抱着无限的同情之心。在倾慕他斐然的文学成就的时候,往往对他的散漫性子颇有微词,也很不以为然于他在政治上的愚钝与木讷,并理所应当地认为他若即位,似乎是难以有所成就,不用说比不上他的父亲曹操,甚至也难以望其项背于他的兄长曹丕。可是事实果真是如此吗?我想,这恐是世人的误解了。

先从他的个人品行讲起。曹叡在曹植逝后给他的谥号是"思",故世代惯称其为陈思王。《逸周书·谥法解》上说"道德纯一曰思,大省兆民曰思,外内思索曰思。追悔前过曰思"。

曹叡在拟定这一谥号的时候是取了"追悔前过"的意思。的确,曹植的后半生,无论是对曹丕还是对曹叡,似乎都有着追悔不完的过错。他的罪过究竟是什么呢?"醉酒悖慢,劫胁使者",这是《三国志》上说的;"恃崇骄盈","傲我皇权,犯我朝仪",这是他对曹丕说的;"慢主而陵君",这是他对曹叡说的。

这些罪行,其实笼统而言,就是他性格散漫,不服管教。在我们今人看来,实在也算不得什么。不过在封建社会,尤其是在帝王之家,往往再稍稍朝前走一步就是谋反之罪。可曹植是绝不会迈出这一步的,他所做的这一切基本上都是无意识的。可等到他觉察到了所做之非的时候,他就会毫不犹豫地去认下这个错。

　　等到他人生后期,他在给皇帝上表请求建功杀敌的时候,往往会习惯性地去认错。当认错成了常态的时候,我甚至会怀疑连他自己都不知道他究竟犯了什么样的罪行。当然,这绝不是说他如何地敷衍了事,只是他的不得已。明知自己为父子两代帝王所嫉,却还想要一展他的理想抱负,便也只能够尽可能低地放下他的姿态。

　　曹植何其不幸,就连死后依然要背上追悔前过的负担。不过,我宁愿选择相信这个"思"字是"道德纯一,大省兆民,外内思索"之意。因为他的确配得上这三个颇有分量的词。

　　先说"道德纯一"。清初学者王士禛称他为"仙才",大抵是说他的文风超然出世,有仙人之风。在曹植留给我们的文学遗产中,我们可以发现有为数不少的游仙诗,例如《仙人篇》《远游篇》《游仙》等。其天马行空,畅然爽朗的想象力,无愧于"仙才"之誉。

　　可是,我们也不难发现,这位"仙才"并不是"跳出三界外,不在五行中"的俯瞰人间的世外之人。相反,无论他留给世人的印象是怎样的不羁,他仍旧在正统的儒家文化的圈子中。忠孝悌义,他都做到了。

　　忠之一说,在他的《责躬》《求自试表》《鼙舞歌》甚至是前期的《铜雀台赋》《白马篇》等文章中体现得甚为透彻,因前已有所表,在此便不再赘述。

　　孝之一说,有个很有名的故事,说是曹操即将出征,曹植以华章送别,曹丕以眼泪送别,君臣皆认为曹丕真而曹植伪。却不知好文章贵在真情实感,在曹丕动情哭送之前,曹操亦是感动于这篇文章的,想他是何等奸雄,又有何等文才,断不会听不出情感的真伪。

　　曹植在《鼙舞歌·圣皇篇》中道:"主上增顾念,皇母怀苦辛"。这里的"皇母"指的是他的生母卞氏,卞氏毕生守护曹植,想来曹植对她亦是孝的。"路人尚鼻酸,何况骨肉情",这样深厚的母子深情,可惜终不能经年侍奉于膝下。

悌之一说，不止在他对曹彰曹彪们，对曹丕，他也是问心无愧的。他与曹丕的嗣子之争源头并不在于他。而是在于，或者说绝大部分在于他的父亲。没有人怀疑过曹操对这个儿子的喜爱，可这份太过张扬的喜爱也如同一个魔咒一般追随了他一生。

虽不敢说他是完全被动地卷入这场争斗，可他从来没有刻意地用权谋去对付过他的兄长。我们也看不到他在这场权力争斗失败后的任何不满失落之语。有的只是一种惶恐和无奈，而且这种惶恐和无奈也无关他所丢失的权力，而是在于他无法消除兄长的嫉恨，无法上阵杀敌，无法去保护他的朋友们。

我时常觉得曹丕对诸弟，尤其是对曹植的防备是一种无法根治的心病。《七步诗》是经《三国演义》渲染后的脍炙人口的名篇。提到此诗，众人皆骂文帝而怜陈王。我们姑且就当这情境属实。当曹植满腔悲愤地念出"本是同根生，相煎何太急"时，曹丕还是"面有愧色"的。大约他自己也知道兄弟相煎是要不得的，可他的这种病却容不得他放下，这大概也是他的悲哀了。

义之一说，在于友情在他生命中的沉重分量。赠答诗是他诗歌创造中的重要部分。在这些诗中，我们可以看出他对杨修，对丁仪，对王粲，对徐干等的炙热情感。他对朋友的好是诚挚的，是恳切的。相反，他们，尤其是杨修和丁氏兄弟对他却不是那么纯粹，至少是带着一些功利之心的。

丁仪因曹丕阻挠未能娶得公主，丁廙与曹丕向来不睦，进而才与曹植结善。至于杨修，他是个聪明人，虽与曹植交好，却也未与曹丕交恶。这本也没什么，可就在曹丕被立为嗣子之后，他就对曹植逐渐疏远，这不免让人怀疑他当初与曹植相交的真正用心了。

再说"大省兆民"。曹植对万民疾苦的体悟是深刻的。建安十二年，十五岁的曹植跟随父亲北征乌桓途中见到了边地百姓的苦难生活，心有凄楚，写下了一首感人至深的《梁甫行》："八方各异气，千里殊风雨。剧哉边海民，寄身于草墅。妻子象禽兽，行止依林阻。柴门何萧条，狐兔翔我宇"。全诗质朴平实，再现了海民生活环境的恶劣和食不果腹、衣不蔽体的痛苦。一位贵族少年能有这样悲悯天下的胸怀实在是难能可贵的。

曹植多愁善感，情感细腻。在他的一些诗文中，我们可以见到他化为女子来表情抒怀，其中颇具代表性的是《浮萍篇》。全诗刻画了一位温良恭俭、善良贤惠的妇女形象。"恪勤在朝夕"却"无端获罪尤"。昔时与她"和乐如瑟琴"的丈夫因为"新人"的"可爱"而背弃了她。她心灰意冷，以泪洗面，却仍旧存着一丝丈夫能够回头的奢望。因为，她爱他。"悲风来入怀，泪下如垂露"。这是怎样的一种哀怨悲伤？倘不是深入民间看到听到过，是断不能这般感同身受的。

忠孝悌义，体恤万民，悲悯天下，这是作为一位品格高尚的人所应当具备的素养，也是作为一位有担当之心的皇室子弟，甚至是君王所必须具有的教养。也就是说，曹植具备了君临天下的帝王品质。

再说曹植的政治远见，是的，曹植具有这种他的兄侄都没有的真知灼见。这就是"思"的最后一个含义"外内思索"的意思，曹植是当得起这四个字的。

曹植在他的人生后期，尤其是魏明帝曹叡即位后，对国内外的形势有自己独特的见解。譬如他在《求通亲亲表》中说"诚骨肉之思，爽而不离，亲亲之义，实在敦固"，他希望曹叡能够放下成见，顾念骨肉亲情，允许诸侯王之间正常交往，继而辅佐君王成就大业。

这是对的。曹丕先期对宗室的排挤姑且说是为了巩固自己的权位，可是等到情势稳定下来，甚至连他的儿子曹叡也这么做，就显然是危险的。当时司马氏的势力已经崭露头角，在朝堂内外的势力不可小觑。曹植认为对现在的魏国而言，权臣的威胁要比宗亲大得多，亲异姓而远公族的做法是不可取的。

"盖取齐者田族，非吕宗也；分晋者赵魏，非姬姓也。惟陛下察之！苟吉专其位，凶离其患者，异姓之臣也。欲国之安，祈家之贵，存共其荣，没同其祸者，公族之臣也。今反公族疏而异姓亲，臣窃惑焉！"

曹植通读史书，他举了春秋战国时期的两个例子。说当时取代齐国的不是吕氏宗亲，是田氏贵族，分裂晋国的也不是姬氏子弟，而是韩赵诸侯。他请皇帝要加强对异姓之臣权力的约束。家和才能国安，能真正与皇帝同心，共担王朝荣辱的，就只有"公族之臣"。

若曹植活得更长久,他还是会上这样的表文,说这样的话。他会提点曹爽加强对司马氏的防范,因为论地位,曹爽原本就在司马懿之上。若曹植活得更长久,在高平陵之变后,他定会以曹氏宗亲的身份出来主持公道。不要说他还不受器重,更不要说他曾经是曹丕、曹叡眼中的"罪人",只要他是魏武帝曹操的嫡子,就是曹氏的正朔,曹氏宗亲们不会不向着他而向着作为外臣的司马氏家族。

司马昭之心之所以猖狂明显到了路人皆知的地步,一个重要原因就是根本就没有人,尤其是曹魏宗亲压制他。若有作为祖父辈的陈王曹植在,一切都会不一样。彼时蜀汉已灭,吴国正值内乱,曹魏一统江山是历史必然的结果。当然,这样也就没有了后来的晋朝,没有晋朝的八王之乱,也没有后来的五胡乱华,甚至也未必会有持续了一个多世纪之久的南北乱世。

不知道曹植泉下有知会作何感想,他会为他的预言成真而感到一丝的欣悦吗?不,绝不会的。他所有的,也只是一声轻轻的怅叹。撩开历史的迷雾,站在我们面前的永远是那个举杯而舞,吟唱着"捐躯赴国难,视死忽如归"的翩翩公子。

第四章 仁厚爱民，虔诚佛徒

他是南朝齐代开国国君萧道成的孙子，武帝萧赜的儿子。他崇佛尚文，礼贤下士，原是不可多得的王佐之才。可最终却被他所信赖的朋友背叛，在侄儿的极度猜忌中郁郁而终，长眠于绿树成荫的祖硎山之中。

一

晚露似珠，淡月如珪。祖硎山陡峭雄伟，四周都是常青的松柏，登临远眺。黑暗中，已看不大真切前方的景致。风卷起地上的尘土，遮蔽了人的眼，竟无端叫人觉得害怕。这里，是萧子良为自己选择的葬身之地。在另一个时空里，有至亲相伴，他定不会感到孤独。那是隆昌元年，萧子良最后一次登上祖硎山。这一年，他三十四岁。

不知是过了多少的时日，当太阳初升的光芒驱尽了黑暗给人带来的恐惧和迷茫，身旁的小僮终忍不住寒气的侵扰，犹疑了许久，方才上前提醒萧子良是不是该回去了。回去？他咀嚼着这两个字，凝神思量。他的心中一阵地纳闷，回去？回哪里去呢？回竟陵王府吗？可纵然是朱甍碧瓦，富丽繁华，又何尝是他真正的家？这里才该是他的长眠之所啊！过不了多久，他就能永生永世地住在这里了，又何必去贪恋这一时的舒心呢？他轻轻地道了声"走吧"。小僮看不出他此时是一种什么样的神情，什么样的心态，没有人可以懂。真正懂得萧子良的，只有他自己而已。

二

　　一夜迎风未眠，一进卧房，便觉阵阵的倦意袭来。他想他或许是真的老了，不是身体，而是心的苍老。当年在鸡笼山西邸，与佛士名流们几日几夜地讲学论禅，赋食行水，躬亲其事，哪里会言半个"累"字的。而今，在经历了那么多的风雨沧桑、离别悲戚之后，他再没有当时的那一种心境了。

　　他握笔的手微微地发颤，牵引着心的不规律的抖动。拿笔本是习惯性的动作，写字本是下意识的习惯。竟陵八友。写毕这四个字，自己竟也是怔了一下。他以为他已经忘了他们，忘了曾经那样的欢悦无邪的时光，忘了如今与他们或阴阳相隔，或天涯永别，或摔琴割袍。可是他终究，还是放不下，忘不掉的。

　　竟陵八友，是南齐竟陵王萧子良文学幕府中最有名望的八人，分别是萧衍、王融、任昉、谢朓、沈约、范云、陆倕和萧琛。而在这其中，最为竟陵王倚重，并且引为挚友至交的便是萧衍。萧衍是南齐皇室的远亲，若真的要按照族谱细细算来的话，萧子良还要尊称他为"叔父"。可是萧衍自不敢去认这个亲，一来当然是为着上下尊卑，二来是为着他的年纪到底要比萧子良还小两岁。

　　好在萧子良天生是不会在意这些辈分教条之类的东西，平日里也总爱直呼其表字"叔达"，萧衍顺着他的意，在酒酣耳热之时，亦唤他一声"云英兄"。

　　可是，令萧子良万没有想到的是，最后背叛了他的，将他陷入尴尬无措的境地的，也正是这个萧衍。刀光剑影，暗潮汹涌，他记得，却无力再去想了。他将头埋进了手臂中，伏在案上，慢慢地闭了眼。

　　他本是清心寡欲，恬淡隐忍的佛门弟子，是命运将他卷入了权力斗争，并且成为了这权力斗争的失败者与牺牲者。这从来都不是他的错，命运是向来不问你愿意或者不愿意的。在你尚未做出选择的时候，命运已将你的人生道路安排得妥帖。这当然是有些消极的想法,但萧子良信,并且信得很虔诚。所以不论命运怎样对他,他都不怨,不愠,不伤。

风吹得窗户不住地摇晃着,这风吹得真急啊!竟将镇纸也吹落在地。窗户没有关紧,冷雨从外头横洒着进来。萧子良惊得起了身,是梦魇,还是这过分冰凉的雨珠惊扰了他。他弯腰拾起了那张写着"竟陵八友"的纸,待去看时,那上头的字早已是变得模糊不清了。他摇摇头,将那纸揉成了团儿,放进了手边的雕文笔筒中。他的胸口蓦地涌起了一股血腥之气,难以抑制的咳嗽声让他的头脑不住地发麻,只怕是旧疾又犯了吧。门外的两个小僮急急地跑了进来,呼了一声"殿下",其余的话就都淹没在了他连绵不断的沉重的呼吸和咳嗽中。小僮们惊惶失措地跪倒在地,一动不敢动,不知该如何是好。萧子良觉察到他的身子在慢慢地往下沉,直到坠入了那深不见底的山坳。

三

朦朦胧胧间,萧子良仿佛听到一个声音在叹着气地说道:"六脉皆弦,怕已无力回天了。"这声音很熟悉,那是常为他诊脉的大夫的声音。他的嘴角稍向上翘了一下,是释然,或是心安的笑。又不知是过了多久,他觉得手臂被人压得有些难受,像是有水珠从上面滑了下来。他用另一只手去抚摸那女子的头,那女子竟未觉察出来,她睡着了,在梦里,她犹在哭泣着。

"媱儿。"他轻轻地唤着她的小名。她惊醒了,眼角闪动着晶莹的光。竟陵王一生相伴的女子,唯有竟陵王妃袁氏一人。他曾经对世人说过,女子即是祸水,身边的女子多了,终有一日会溺死在这祸水里头。若要成佛,便定要大修"不净观"。已经无从知晓那是他真实的想法,还是他怕他不似其他王孙公子那样妻妾成群,为人所笑而做的辩解。可是没有人能够否定他对于袁氏的真爱。鸾凤和鸣,琴瑟相谐。那是多少为美女环绕的男人终其一生都无法得到,也不会付出的一种情感。

"云英，你若不在，妾亦不独活。"及笄于归，而今，业已是十六个年头。一朝分别，多少不舍，多少伤怀。她说这话，非要表明她是一个多么贞烈的女子。她只是爱他，她愿意陪他，碧落黄泉，天上人间，有他，便是她的归处。萧子良凄然地望着她，抚着她的面，擦拭着她的泪。他忽然很想活下去，为了她活下去。可惜，他不是造物主，不能随心所欲，他改变不了自己的命运，更无法成为命运的主宰。

"好想再见见我们的儿子……媱儿，你要替我看着他子孙满堂，安度一生，替我做我不能为他做的一切。他虽已袭位为将军，到底……还是个孩子。他不能失了父亲，又失了母亲。你们……都要好好地活着。不要让我死也不安。你懂吗？"

萧子良说了这许多的话，他不知道她是否应了他。他只看到在雾霭重重中，他在寻觅着先他而去的两个人。父亲，兄长，你们可曾在等着子良，你们可会怪子良没完成你们的希望？可是，这大齐江山，真的不是子良所能够挑得起来的，昭业，亦不是子良所可以辅弼得了的。

他的同胞兄长文惠太子萧长懋长子，也是现在正坐在金銮宝殿之上的天子。天子之旁，怎能容得了他人酣睡？就算这个人是他的亲叔叔，又有着几分父子的情义，可那又如何呢？天子，向来都是如此孤高，如此多疑。更何况，在他的身边，还有一个萧鸾，一个萧衍。一个为了权位，一个为了复仇。

四

萧衍，这个名字再度浮现在了他的脑海中，就像是一根铁链，深深地勒住了他的脖子。若要说起萧衍对南齐皇室，尤其是对萧子良的父亲，武帝萧赜的仇恨，还要从萧子良同父同母的兄长太子萧长懋说起。这兄弟二人志趣相投，情谊甚笃。

在萧子良有限的记忆中，他与萧长懋只有一次的争执。这一次，吵得很凶,差一点就断绝了彼此从小积起的深情。

这源头是为着他们的四弟,巴东王萧子响。这萧子响的身上有着一般王孙子弟多有的骄横跋扈的恶习。在荆州担任刺史之时,时常有行为不检之处,长史刘寅几番劝谏无果,便上书萧赜,直陈巴东王恶迹。谁料此举却惹怒了萧子响,将刘寅等人秘杀。萧赜立派两位将军实地去了解情况,敕令说,"子响若束首自归,可全其性命。"哪知萧子响得知后索性举兵反抗。萧赜在震怒之中,再度委派丹阳尹萧顺之领兵平叛。

军队才进荆州,却并未见萧子响有任何抵抗行径,反而还恭敬地向萧顺之行礼致意,欲说明来龙去脉。谁知萧顺之却立刻令手下人将其绑缚于前,只冷冷地道了一句"乱臣贼子,自当诛之",旋即便将其缢杀。固然罪有应得,可是一代皇子,竟这样身败名裂地死于他乡,多少也有些凄凉。

萧赜虽说深恨这个儿子所为之恶,却也并未真存了想要他性命的想法。因而等到萧顺之回京复命之后,难免对其有了几分嗔怪之意。《南史》上如是记载:"及顺之还,上心甚怪恨"。到了后来,便公然地无端指责萧顺之有这样那样的过失。萧顺之已是耳顺之人,经不得这样的折腾,心中惭恨忧惧,很快就得病而终。

这个萧顺之,就是萧衍的父亲。在萧衍代齐建梁之后,被追尊为太祖文皇帝。

五

就在萧顺之去世后不久的一天,萧子良独自一人到了东宫。萧长懋见他来了,心中欢喜,便忙笑着起身说道:"来人是我大齐竟陵王殿下,还是我佛净住子学士?"

竟陵王是萧子良的爵位,而净住子,是他为自己起的佛学雅号,其为"净身,净口,净意"之意。萧长懋这般问,自然充盈着兄弟间的亲密无间。哪知萧子良却不领这个情,而只是面容肃穆地屈身长拜道:"臣司徒、尚书令萧子良参拜太子殿下。"

萧长懋见他神色不善,忙站起身来,遣退了旁人,拉着他的手同席而坐,上下打量了他几眼,便道是:"云英,你今个儿是怎么了?有何委屈尽管告诉兄长。天大的事,也有兄长给你担着!"

萧子良回视了他一眼,见他面上满是真诚的温暖神情。方才进门时的一股子火气立马减退了不少,却犹是冷笑了一下道:"太子殿下若真以臣为弟,就请告知臣一句实话,四弟的死是不是与你有关?是不是你指使萧顺之不让他有声辩机会,直接将他杀害的?"

"是谁对你说的?是萧衍吗?你竟然听了一个微不足道的外人的话,就要来怀疑我?云英,我在你的心中,原就是如此龌龊不堪之人吗?"萧长懋几乎有些歇斯底里地叫道。

他的确生气于萧子良对他这般冷漠的态度,而更多的却是为了要掩饰他的心虚。他不愿意叫萧子良知道他这个表面上仁厚温润的兄长的心里,竟也埋藏了那么多污浊而不足为人知晓的秘密。他和萧子良不一样,萧子良从来不必去患得患失于权力,所以他可以安心地做好一州刺史,做好一个学士,安安稳稳地过上一辈子。临了,还能得上一个"贤王"的美名。

而他呢,他既已经坐到了东宫储君的位置上,就绝对不能允许任何人,哪怕是对着它望一眼。没错,他是想让萧子响死,倒不是因为他可惧,一个庸碌无能的皇子,凭什么能够成为他的威胁呢?他顾忌的是他的叔父萧嶷,萧嶷向为祖父所喜,为着这个私爱,又为着他身后众多的支持力量,还差一点动摇了他父亲的皇位,萧嶷是萧赜萧长懋父子两代的隐患。而萧子响曾经过继到萧嶷的名下。尽管后来他有了自己的儿子,却依旧保留着萧子响嫡子的地位。

萧长懋是害怕的,他害怕萧嶷做不了皇帝,却想要做皇帝之父。他不能让他存着这个心思,他要萧子响死,这个天下,将是他的!他在心中不停地呼喊着,胸口中压抑着的沉郁之气,似是就要奔涌而出了。萧子良看着他那双几乎是要喷出火焰的眼睛,不知道自己仅仅只说了这么一句,缘何会引得他如此大的怒火。他想是否是他错了,是否是他将太多的信赖给了他的朋友,而忽略了萧长懋才是他应该真正信赖的至亲兄长。

萧子良方想说话,却被萧长懋给生生地阻了:"没错!萧顺之是受了我的密令。你看到萧子响死后叔父那比父亲还痛不欲生的表情了吗?萧子响死了,他的命也去了半条,怕也活不过今冬了。云英,你知道吗?这就是我想要的!谁阻了我的路,便只能有这样一个下场!"

那是自白吗?那是萧子良来东宫宫邸渴望听到的话吗?不!他是多么渴望这一切都是误会。皇家残忍,他怎会不明白这个道理?这大齐的江山,本也是祖父从前宋那里夺过来的,他十八岁时就随祖父在盆城大败沈攸之,赢得了建国的重要一仗。他虽号为佛徒,可是他的手上,又何尝没有沾染上殷红的血迹?可那是敌人之血,亲人之间,也要争得这般凶残吗?

想到此,萧子良便冷然道:"倘若子良要与兄长争一争,兄长又该用什么方法来对付子良呢?"

萧长懋似是没有想到子良会用这话来绊他。若是那样……若是那样他又该怎么办呢?云英,若是那样,兄长一定会为你选择一个最没有痛苦的死法。可无论是怎么样的死法,死,仍然是最关键的一个字。

这可怕的沉默宛若一把利刃,从萧子良的喉头一直捅到了他的胸膛,满眼都是鲜血,仿佛是浴血而立,他转身就要冲门而去,却听得萧长懋朗声说道:"若真有那么一天,我愿拱手相让于你!你我同父同母,患难与共,我们与别人是不一样!你绝不会与我争,而我,也不会!"

萧子良苦笑了一下,这话,有几分真心在里头呢?不知道,很多事,还是不知道的好,不知道,也就不会有失望了。走之前,他只留下了这样的一句话:"兄长,就当子良从来都没有来过,今日所谈,子良绝不会泄露半句。在这世上,你我,永远是最亲的兄弟。"

六

风过,花落于他的肩头。萧子良将它贴于手心,见它红艳艳地几乎是要滴出了水来。东宫中的桃花,比建康城中的任何一株开得都好。他有什么立场，用什么身份来带着质问的语气向他的兄长说是道非呢？他为他守着这个秘密，于他，究竟是福，还是祸呢？他狐疑了，或者在这世上，本就没有绝对的对与错，各人都珍视着各人的那份真理，你不犯我，我亦不去犯你，那也是极好的。想到此处，萧子良竟有些释怀了。他让那桃花瓣顺着水流漂得愈来愈远，不去看它，亦不去想它。

可是，命运偏就是这样地以捉弄人为喜好，萧长懋花了如此代价，就是为了要保障自己的储君地位牢不可破，谁料到没过了多久，他自己竟然得了一场大病，只一个多月，就命归黄泉，死的时候，只有三十六岁。储君一朝薨逝，天下共哀。皇帝萧赜晚年连丧两子，其中一个还是他深所钟意的皇太子，心中怎不会是锥心刺骨的疼！

依照古礼，本是尊不为卑悼，父不为子悼。可萧赜痛失爱子，早已是顾不得这许多了。萧赜一身素衣长袍，鬓角的几缕白发在阳光的直射下显得分外闪亮。萧子良看了一眼父亲，又向下看着停在那里的楠木灵柩。他的手触摸到了那冰凉的棺木，浑身上下由不得都发颤了一下，泪水滴落麻衣，胸膛中似有浓重的血腥之气喷涌，他转身拭目，一时间眼前的景物竟都变得不大真切，他紧紧地握住了手，手心的疼痛残忍地否决了他以为这只是一个诡梦的侥幸。

兄长，你可知道，你留下的是一个什么样的惨局吗？没有人可以收拾得了，昭业不能，子良不能，就连父亲，怕也是不能的。无语言悲，凄怆何忍！兄长，兄长……命运一向高难问，全如一只无影的手，肆意地操纵着我们的一切。我们反抗不了，又不能心甘情愿地去接受，这就是我们的痛苦，而且，无法释怀。

"子良，陪朕出去走走吧！"萧赜回身对萧子良说道。此刻，萧子良的心神却早已不知道飘向了哪一个角落，并不曾听见这来自于他近旁的真切的声音。萧赜已经是蹙起了眉来，原本心中就不痛快得紧，如今又见萧子良这样，便升腾出了几分愠色来。

二十岁的昭业生得眉清目秀，姿容出众，忙伸手拉拉萧子良的衣角，低低地唤了一声"叔父"。萧子良这才猛然从恍惚中清醒过来，大觉在御前失了礼数，慌忙躬身相拜，答了个"是"字。

第四章 仁厚爱民，虔诚佛徒

87

七

  昨夜下过一场大雨,此刻虽是晴天,地面的水却未被吸干,泥泞处仍有些湿滑。萧子良上前挽住了萧赜的臂膀。父子同行,一如许多年前,他还不是皇帝,而他也不是皇子,不是宰相,只是在平凡的官宦之家,一个平凡的父亲,带着几个儿子,在这样一个雨后初霁的早晨,在书房中,琅琅读书。这情形,或许他们已不再记得,但是于萧子良而言,却一刻也不曾忘怀。

  不知不觉中,已经穿过了园中的桃花林,走到了萧长懋生前的住处。平日中,萧赜并不常驾临东宫,即使去了,也大多是在正堂。而今孩子已去,做父亲的唯有在孩子曾经住过的地方去感受一些他活着时所留下的气息了。园内外的内侍婢女们跪倒了一排,大气也不敢出一声。萧赜放开了萧子良的手,对他点了点头,意思是说他想一个人在里头呆一会。萧子良会意地遣散了众人,掩了门,独自守在门外。

  "竟陵王,你进来!"没有过多久,萧子良便听得萧赜在里头喊道。萧子良一听这称呼,便已觉察出有几分不妥,慌忙应声而进。萧赜微红的面上透着山雨欲来的前兆,眼角上的条条皱纹清晰可见,此刻手中握着的正是萧长懋平日里饮茶用的金杯,一开口说话时,声音略带有些沙哑,是叫人很不舒服的一种感觉。

  "方才朕进府时就见太子所用羽仪多有违制,原本不愿多加计较。可谁曾想他平日里的用度竟也如此奢靡!他现在只是储君,吃喝用度就已经是金玉之器,若当了皇帝,谁能料想他会不会是桀纣桓灵之君!他没命做这个天子,如今看来,对我大齐倒也未必是件坏事!竟陵王,你与太子亲厚如此,难道不知规劝,也不知来向朕禀告吗?"

  萧子良低头认真地听着。君王的心思,总是那样难测。前一刻,他还在为早逝的儿子伤心,现在,竟然有了一种死有余辜的感觉。

  萧子良的心很乱,不知道该不该回话。这明摆了是迁怒之语,他要解释吗？解释有用吗？不解释，是不是就会失了他的幕僚们期望他得到的那个位置呢？不必了。这储君之位，萧长懋做得如此艰难。他是自私的，他不愿把自己也放到这炙热的火上去烤。如此，反倒是更好了。他屈膝下跪，以首触地，言道："陛下所言极是！臣知错！"

"你简直叫朕失望至极！"萧赜怒极，旋即便拂袖而去。

八

思前想后了许久许久，萧赜终究还是在三个月后立了嫡长孙萧昭业为皇太孙继承君位。父死子继，这原本是理所当然的册立，却引得竟陵王府幕府中一群文士们的慨叹惋惜。其中之一是因为对萧昭业的不以为然，昭业虽已到了弱冠之龄，却无多少作为，反而竟沾染了一些纨绔子弟不学无术的恶习。他们觉得竟陵王的才德品行才是作为一个储君所必须拥有的。

竟陵王十八岁就为宁朔将军，建齐后历任多地刺史，其中尤以在丹阳任上政绩突出。在丹阳任职三年，他铁面无私，锱铢必较，对当地恶霸乡绅予以严厉的打击。对贪恶是这般脸孔，对于善良百姓，却又是另外一种态度。丹阳百姓永远不会忘了建元四年的那一场水灾。暴雨连日，河水泛滥，淹得百姓田地中无一可食之物。萧子良一方面亲自在受灾严重处安抚百姓，另一方面则令属下以自己的俸禄购买钱粮，救济百姓，终让丹阳城平稳地度过了这一危机。

萧子良难以忘怀他离任丹阳时百姓自发到城门口送行的场景。他觉得他们都是那样淳朴，那样好。只要用一分真挚的心对待他们，他们就必定会用十分敬爱的心去回报你。萧子良策马飞奔而走，他怕，怕再回头看一眼，他的心就会永远地停留在这里，再舍不得离去。

回京之后，他顾不得休息片刻，就立即提笔向皇帝上了几道奏书，谈的是如今大齐"折钱纳税"的税赋制度的不可尽取之处。他以亲身所见所历为依据，说他在丹阳时期，见有的百姓善于织锦，家中所积锦缎有数百匹之多，却仍旧欠着官府赋税。萧子良曾问他们,为什么不以锦当钱,也好纳了这税。无债身轻,岂非好事。他们告诉他,丹阳产锦,因为并不是稀罕物,故而典当也好,兜售也罢,并无多少人愿意以钱来换的。

"诸税赋所应纳钱,不限大小,但令所在兼折布帛若杂物,是军国所须者,听随价准直,不必尽令送钱。于此,于公不亏其用,在私实荷其渥。"

大抵说的是朝廷所征税赋,应当考虑到百姓的实际可负担的情况,用不着非用钱财来缴税。朝廷宜根据百姓的实情,积极免除民间所欠税款,减轻百姓的负担,与民休息,方可中兴自晋末以来的乱局,大治天下,还民太平。他还于奏疏中指出,皇帝自即位以来,多用严刑峻法,虽能遏制住贪官暴吏,却也累及无辜百姓。希望皇帝广施仁义,废除过重劳役,并且虚心纳谏,精心治国。

平心而论,萧子良的这几份奏章虽也说得上是情真意切,言辞却过分急躁了些。萧赜于他是君是父,而他的措辞却更像一位父亲在劝谏儿子,亦是有些自负的味道。见到这样的奏章,萧赜若说要有多么高兴,也实在是难为他了。史书上言他"虽不尽纳,而深见宠爱"。这份"宠爱"之中,显然是包含了一份畏惧在里头。并不是说做父亲的要畏惧他的皇子,而是畏惧史官,因为谁都不能否认萧子良这话的合理性与正义性。萧子良很快就被加以护国将军之称,正位司徒,并领尚书令,成了名副其实、声震朝堂的宰相。

在萧子良这样闪耀的才学和名望之下,萧赜却依旧坚定地立了昭业为嗣,是对是错,这风雨中,尚未真正地站稳根基的王朝的未来,究竟会朝哪里走呢?不到最后的那一刻,又有谁能够预料得到呢?只有慢慢地等待,希望时间能够向世间证明,他是对的。

九

南齐永明十一年暮春的一日,萧子良奉命于延昌殿拜见皇帝。萧赜此刻手中正拿着一卷锦缎,饶有兴趣地观赏着上面的文字。他的身体自萧长懋逝后便每况愈下,常有几日几夜无法入眠的情况。

彼时正值黄昏时分,夕阳的余晖浅浅地照进屋内,染得案上一片的金黄。子良走进了内室,萧赜向他招了招手,萧子良行礼拜后,便跪坐在了萧赜以下的席上。

"《净住子净行法门三十一条》,身体力行,劝谏杀戮。子良,这些年来,你愈发地将自己埋于佛法之中,著书立说,亲自宣讲,是否忘了,你还是大齐萧氏子孙,你的身上,有你应该挑起的担子?"

萧子良被萧赜这突如其来的一问弄得有些茫然,抬头方才叫了一声"父皇",便被萧赜打断了,萧赜握住了他的手,他的手却格外得冰凉,他看出了他的恐惧。父子一脉,他与他本应该是略无参商的,可如今,他竟然是怕他的。萧赜心中百感滋味,他是天子,人间百姓,本该是怀揣着敬畏之心仰望于他的,可他却并不希望这群仰望的人中,也包括他的儿子,或者更准确地说,是包括子良。人都说他疼爱萧长懋、萧子响,并且宠爱孙辈的昭业、昭文,唯有对子良,显得疏离得很。他们不知,他在子良身上所寄予的厚望,超过了他任何一个儿孙,尤其是当太子过世以后。可惜,皇帝也有皇帝的苦衷。

他低沉下了声音说道:"自长懋逝后,朕非是未动过立你为皇嗣之意,最终没能实现,不是因为你不好,而是出于礼法,朕不能让有心人依着这个为借口,起谋动我大齐江山之念。我儿聪慧,自不消朕言明。朕养虎为患,如今想要动他,恐已是不易。"

"有心人,是西昌侯吗?"萧子良看了看萧赜愈来愈沉重的面色,一字一顿地清晰吐出了这三字。

萧赜点了点头,心中暗喜自己果真是没有看错了眼,知父如子,此子可倚。这个为萧赜父子引为祸患的西昌侯萧鸾,是大齐高帝萧道成之侄,从小养于萧道成旁,于亲子无异,故而与萧赜也有着不同寻常的兄弟情分。依着这情分,也依着萧鸾此人乖觉,又颇有几分才干,故而在萧赜登基伊始,便委以重任,交以兵权。到了永明七年,他已为尚书仆射、卫尉,一手掌控了整个京都的守卫部队。与此同时,他的野心也不断地膨胀,甚至到了在皇帝和太子面前也敢指手画脚的地步。

萧子良记得,他的兄长也曾毫不掩饰地以厌恶的口气和他评论萧鸾。可是明知他的司马昭之心,却动他不得。一旦贸然地裁撤他的官位,唯恐他狗急跳墙,依靠他在守卫军中的势力,真要有所谋动,怕皇帝也无十分的胜算,本想来日方长地慢慢算,可萧赜自恐命不久矣,唯有提前将此重任托付于人,以绝后患。这个人,只有竟陵王萧子良。

"如今城中能指挥军队的除了萧鸾,就只有萧衍兄弟。子良,你可先让王融以防御魏国为由,招募军队,其后便以萧衍为主将,趁萧鸾麻痹未有准备之时,将其一举歼灭!"

萧子良听着萧赜的话,心想这个计划若得实施,胜算可谓极大。可是……萧子良的心中始终有些惴惴,王融与他的交情无话可说,自能以他马首是瞻,而萧衍,他终究没有十分把握。他不知道他是否还在为萧顺之之事记恨皇帝,记恨太子,甚至于是记恨他。

萧子良犹疑了,可他不能将这犹疑告知萧赜。将如此秘事交予自己,是父亲对自己的信赖,他不能辜负这信赖。唯有拼尽全力去做了。但愿……叔达,你能念及你我曾经至交,分清公私。萧子良想着,便起身长拜,道了句:"臣领旨。"

十

可是,这一切,终究还是准备得太晚了。上天容不得萧赜去亲眼看看萧鸾最后的结局。同年七月,登上大宝已经十一载的皇帝萧赜病笃,命垂一线,此时,他正躺在榻上,面色如蜡,呼吸时断时续,太医们已经对皇太孙昭业、尚书令萧子良、侍中萧鸾及其他两三位位高者说,皇帝病笃,已难回天,怕已是熬不过这个夏日了。众人心中,一时间都有着各人不同的打算,都争着想要入殿探望。几乎是在同时,皇帝身边最为亲近的内监匆匆来报,说陛下已经下旨,暂不容许任何人前往延昌殿侍疾,除了,竟陵王殿下。萧子良顾不得去看清身旁几人是什么样的表情,连奔带跑地跟着那内监直往延昌殿奔去。

殿中的内监宫女们跪了一地,萧子良轻声轻脚地从他们的身边走过。萧赜这时已经醒来,意识尚还清醒。

"良儿,怎么样了?"他急切地抓着萧子良的手,萧子良感同于他的急迫,扶着他稍稍坐直了些,待到屋中只有他们父子二人之时,方才在他的耳边说了几字:"请父亲放心。"

萧赜摇了摇头,他的这颗心,恐是再也放不下了。前有萧嶷,现有萧鸾。每一个人都是如此的不安分,都要他耗尽心力地去防范。他累了,可是纵使是累了,该防范的,他依旧不能掉以轻心,就连到了现今这生命的最后一刻,他的痛苦还是不能减少半分。他看了看萧子良,不由得有些心疼他,在他的这一众孩儿中,子良从小就比一般孩子更为坚忍,更为独立,所以从来也用不着他操心。

萧赜揽过萧子良的肩膀,那样近地仔细观察着他。他的一对浓眉生得与他极像,英气勃发,凛然自威:"良儿,你留下来。父亲有许多话想对你说,父亲……想再看看你。"

"是。孩儿会一直在这陪着父亲,为父亲祈祷。"

萧赜的脸上露出了一丝欣慰的笑。蓦地觉有些倦了,便侧了身子,慢慢地闭上了眼睛。子良将薄被往萧赜的身上盖了些,慢慢地退出了内室,在正殿中间的蒲团上跪了下来,面对眼前这尊镀金佛像,深深下拜,手拿佛珠,默默地在心中祈念着。

若父亲这生真有罪孽的话,那也请佛祖将这惩处降于子良身上,子良一生无功、无德、无才。唯有这颗向佛的心还算虔诚,若佛有灵,愿了子良之愿。

萧赜病重这十余天,唯有萧子良一人奉旨日夜留于延昌殿中,萧赜醒时,便谆谆与萧子良相谈,嘱咐他,要他一定要护住昭业的性命和皇位,昭业听他的,只要有他在,昭业就是安全的。萧赜睡时,萧子良便时刻不间断地于佛前念经。这样不眠不休,萧子良的面色变得比萧赜更为苍白,头沉无力,却仍不敢有半分的懈怠。而皇太孙昭业却只能在日间偶尔来探望一眼,就被请出殿外,其他的王公子弟则更是不必说了。

这样违背常理的情形，不能不引起众臣的议论，纷纷猜测皇帝要在这最后的一刻行废立之事，改立竟陵王为帝。这样的议论自然是传到了萧衍的耳里，前几日，王融特来府中向他转告了皇帝和竟陵王的密令，要他在时机成熟之时带兵剿灭西昌侯萧鸾。萧衍虽说在表面上应承，感谢主上的信赖之恩。心中压制的怒火却几乎是烧断了他的五脏六腑，疼痛难捱。杀父之仇，他一刻也不曾忘怀。在萧顺之咽气的那一刻，他就向天许下誓言，只要他在世一日，就定要将他大齐王朝搅得地动山摇。

十一

　　这日，王融风风火火地来寻萧衍，二人先是天南地北地寒暄了一番。萧衍知王融于危急紧要关口前来，必是有非常之事，心下便已经是暗暗地警惕了起来。果然，酒过三巡，王融放下了筷箸，正色直言说："陛下业已病笃，太孙无德，竟陵王向与我等亲善，若以竟陵王为帝，大于天下，小于我等，都是好事。叔达兄有宰辅之才，融纵有此意，还需有兄的支持！"

　　萧衍撇了撇嘴，在那么一瞬间，眼睛中所露出的是轻蔑而不屑的神色，只是旋即他又恢复了他向来的友善，不置可否。王融对萧衍这种暧昧不清的态度简单地理解成了默认，他欢心雀跃。只是他做梦也没有想到的是，此时的萧衍早已经成了西昌侯萧鸾的入幕之宾，那份所谓"竟陵八友"的情分在他的心中，根本就不值一提。

　　王融自萧衍府中出，立即回到家中，将其伪造好的遗诏放于身上，便马不停蹄地进到皇宫。萧子良本来就被允许甲仗前来侍疾，因而在殿外的守军多为竟陵王府的卫士，王融与此中的几个将士本就是熟识，忙上前叮嘱他们决不允许让任何人进去，包括皇太孙。守将刚应了话，便听到萧子良出殿传旨道："陛下请太孙进殿相见！"

　　那将领有些疑虑地望望子良，又望望王融，终不知如何答话。王融忙伸手阻了那将领，又屈身对萧子良拜道："臣请殿下移步说话。"

萧子良颔首于他至僻静处。王融双膝跪地,将那伪诏举于胸前道:"臣请殿下登基为帝!"

萧子良打开那诏书看时,心头一惊,忙将其藏入袖中。他这才用心地开始审视了一下他目前所处的地位。守殿的是自己王府的卫兵,只有自己才能够任意进出殿门。这岂非是一场名副其实的逼宫吗?若是再加上王融手上这所谓遗诏,又岂非坐实了他想要弑父杀君的恶名?他那终日因疲惫而昏沉的头脑蓦地清醒了过来。连相熟相知如王融者尚且在疑心自己起了争位之念,更何况这朝野如此多的人,他们又在用什么样的眼光看着自己呢?

来不及与王融多费唇舌,萧子良立刻直奔向殿外,让守军全部撤下,并且遣人叫皇太孙迅速前来相见。不消半个时辰,萧昭业便匆匆而来,跟在他身后的是萧鸾与萧衍。萧鸾向后一挥手,手下士卒便一齐上去,反绑住王融的手,一瞬间就令他动弹不得。

萧鸾满意地看着眼前这一切,忽地朗声道:"王融私募军队,意图欺君谋逆,罪不容诛,先押入大牢,听后处置!"

"陛下面前,如何容得这般喧哗!还不赶紧住手!"萧子良于内殿就听得有高呼打斗之声,出殿看时,见王融已被五花大绑。

王融挣扎着上前跪倒在萧子良的面前道:"殿下!臣招募军队防卫魏国是受了陛下与殿下之托,并非是谋反啊!叔达,此事你亦知晓,是不是?"

萧衍上前了两步,他的声音雄浑有力,似要刺穿面前这所有的人,然后踩在他们那腐败溃烂的尸体上一步一步地走到他想要走到的那个位置。他心中的狂喜与快感被他尚存着的理性的智慧狠狠地压制住了,以至于在他的面上见不到一丝的表情,没有人知道他此刻心中所谋划的是一场怎样惊天的大局。

他慢慢走到了王融的面前,道:"元长,你我纵有十数年肝胆相照之情,这十恶之罪,萧衍却也不得,也不敢与你相担。敢做而不敢当,又算得上是何英雄?更何况……你还欲栽赃竟陵王殿下,更是罪上加罪!"

萧衍说话间,还时不时地朝萧子良看看。这话,正像从山坡上滚滚而下的大石,结结实实地压在了萧子良的身上,有那么些许的空白时间,他几乎是失了思考与说话的能力。他从萧衍那似笑非笑,甚至于带着某些挑衅意味的眼神中读出了他的恨意。原来,一切都是徒劳。父亲,或许你早已忘记了萧顺之是因何而死,所以才会如此放心地将大事交付于他。可是子良记得,可记得又如何?又怎会想到,他早已背离了我们,在不同的路上走了许久许久。

正在这当口,又有内监跑出,说陛下已醒,请竟陵王殿下和皇太孙殿下。萧子良管不了王融的撕心喊叫声愈来愈远,和昭业一同进了内室,萧鸾和萧衍紧随其后,殿外都是他们的人,殿内的宫女内监也未敢有拦者。四个太医跪倒在地,垂首迎候,汗如雨下,是在紧张萧赜的命,抑或是在紧张自己的命。

萧赜只剩得最后一丝气力,抬眼恋恋不舍地看着他的儿孙。昭业泣不成声,双手握着萧赜的手,喊了几声"祖父"。萧子良抚了抚他的肩,亦是低垂着头。

"拟昭……皇太孙昭业于灵前即位……竟陵王子良辅政。"萧赜缓缓地说道,似用尽了他最后的力量。

萧子良回头看着萧鸾。萧鸾并没有掩饰因不得重用而流露出来的失望眼神。这眼神,深深地令萧子良感到不安。昭业年弱,王融已废,萧衍已叛。要救江山黎民,唯有这一个法子了。于是,他伏于榻前,低语说:"臣才德微弱,恐难胜任,请陛下择西昌侯共理大事。"

萧赜的眼睛忽地睁大了许多,他终于看到了萧鸾。原来……他也在。父子连心,萧子良这话虽简,他却已然全听明白是怎么回事了。罢了罢了,萧鸾,朕给你你想要的位置。只要你莫过贪婪,贪婪到头,只怕是一无所有。

"事无大小,竟陵王必要与西昌侯萧鸾参怀……"这最后一句话,萧赜说得很清晰,一如他壮年登基,于金銮宝殿之上所发出的豪言一样的清晰明了。说完,他便走了,这一次,是永远地走了。

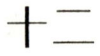

十二

南齐永明十一年七月,萧赜驾崩,谥号武皇帝,葬于景安陵,长孙萧昭业即位,次子竟陵王萧子良与堂弟萧鸾共同辅政。同年,王融被以谋反罪论处。王融的死是萧子良心头永远无法愈合的伤疤。他知道他是冤枉的,可他不能为他说一句话。一旦说了,这火就要顷刻间被引到他的身上。萧子良绝非贪生怕死、忘恩负义之徒,他不能有任何闪失,他得用十二分的心去看着萧鸾,看着萧衍。

可是萧子良却忘记了他还需要防范一个比萧鸾萧衍更需要防范的人,这个人,就是他的侄儿,新帝昭业。昭业在少时便被养于王府,跟着王妃袁氏长大,与堂弟昭胄是幼时的玩伴。萧子良亲自教授他诗词书画,待他与自己的亲儿子昭胄相比有过之无不及。他还曾经与萧长懋戏言说,干脆就让昭业与昭胄做了亲兄弟吧!萧长懋当时亦是带笑说,你可别待他太好了,小心他长大后变成个白眼狼,到时候可有你好受的。

萧长懋当然不会想到,他这不经意间的玩笑话,竟然就会成为一句谶语。先帝病重时的这些谣言萧昭业不会听不到,他对于皇位的炙热渴求和他的父亲一样强烈,皇座在上,他只需再跨上前一步就能轻而易举地得到,可是当他定睛一看时,却发现在他前面还有一个人,并且那个人已经开始做着往下坐的动作了。他很恐惧,这份恐惧渐渐地变成了对子良的深深忌恨。因为忌恨,所以疏远,进而便与萧鸾结成同盟,几乎是对他言听计从。

萧鸾为萧昭业出谋划策,所针对的不是魏国,而仅仅只是萧子良。萧子良于中书省处理政务之时,殿外要有两百甲士盯着他的一举一动,于外讲学或拜友之时,也会有人紧紧地跟着他。至于当殿驳他建议、给他难堪更是家常便饭。在这样的围攻之下,萧子良终是觉得累了。他想起王融临死前说的话:殿下,你误我。

元长,你诚为我所误,子良自以为一生清正,唯一愧对的,便只有你了。

他很慌乱。他不明白他究竟在做什么,还能做什么,若是他费尽心力所得的还是同一个结局,那还不如顺着自己的心,做他想做的"净住子"。可是,竟陵王,这样,你又如何对得起你死去的父兄?他是矛盾的,这种矛盾化成了某种致命的毒气倾入了他的体内。

十三

隆昌元年,萧子良在登上祖硎山后旧疾复发,大病不起。在他病中,萧昭业派人来府中传旨,革除他司徒、尚书令官位,叫他好生静养。这份诏书差一点就成了萧子良的催命之符,也是这份诏书,彻底地寒了他的心。他知道,有人在以等待他的死亡为乐。死亡,呵,不必再等了,很快,很快就会到了。

"媱儿,什么时辰了?"萧子良慢慢地睁了眼,好似是睡了几世几年后又重新回到了人间,他看到了不远处有微光在闪闪烁烁,不知是东边初升的阳光,还是那幽幽摇曳的烛光。袁氏向外望了一眼,嘴角带着一抹淡淡的笑,她说她也不知道,大约不是酉时便是戌时了罢。她对他说,若是饿了的话,就喝一碗银耳莲子粥,可是香甜得紧呢。

萧子良摇摇头,说他不想吃。见小僮在旁,便吩咐说:"去……去外头看看。该是有……有什么事情发生了。"

小僮忙忙地应着出了门,便见他慌慌张张地回来,道:"殿下,您道是奇事吗?今个儿早上,城里池塘里的鲤鱼一条条都浮了起来,都朝着南边的方向望呢!总有数万条呢?百姓们都暗暗称奇,说……说怕是不吉之兆。"

现在只初春时节,鲤鱼本该沉入水底不得见日的,而今,这又是怎么了。这些鲤鱼平日里多是萧子良亲自喂食的,他是它们的恩人,而今死去,是因为他的生命也到了尽头,所以要到阴间再去报答他吗?萧子良胡乱地想着,想着想着,吸进去的那口气来不及呼出来,便又是起了一连串的咳嗽之声。袁氏边轻轻拍着他的后背,边狠狠地瞪了那小僮一眼。那小僮许是知道了自己说话不慎,早已是吓得跟跟跄跄地退了出去。

"媱儿,扶我去佛堂吧。"

袁氏愣了一下,方欲拒绝,却终是点了点头,将那漆黑色狐毛披风披到了他的身上,挽着他的手,缓缓地进了佛堂。佛堂的长明之灯长年通明,檀香味于空气中慢慢地放着香气,当沁入人的心脾的时候,仿佛一下子神志就清爽了许多,那些该忘记的事情也渐渐地被抽离了人的脑子。那种轻松,好似是漫步于柔和祥云之中的欢愉。袁氏掩了门,佛堂中,只他一人,那样空廖,只要一呼出气息就能听到那头有回应的声响。萧子良跪于佛垫之中,在他正前方供奉的是一尊弥勒之佛。笑口常开,大肚能容,这就是他被世人称为哈哈佛的原因。

"我佛于上,弟子兰陵萧氏子良虔诚敬上。弟子俗世既尽,尘缘已竭,缘起即灭,缘生已空。弟子负先父先兄之嘱,万感羞惭。唯请我佛顾我大齐子民,顾我大齐社稷,亦顾我妻子孩儿。弟子死后,愿受炼狱之苦,但愿能浴火重生,化为仙鹤,结草衔环,以报厚恩。"

萧子良双手合十,静心默念。四周,是那样的安静,时间仿佛也驻足于此,在静静地等待着什么。只有子良的心在胸膛里慢慢地跳动着,不规律地跳动着,直到它也累了,慢慢地停止了跳动。他倒下了,倒在了他一生顶礼膜拜的佛祖的面前。求仁得仁,或许,他也该有一丝的欣慰之感了。

萧子良小论:合适与合法之间的博弈

南齐隆昌元年二月,竟陵王萧子良逝,谥号文宣,亦称竟陵文宣王。萧子良死后,向视子良为心腹之患的皇帝萧昭业长长地舒出了一口气,于金殿之中,将杯中美酒送到了他怀中所抱的艳丽女子口中,那女子霍氏,曾经是他父亲文惠太子的姬妾,萧昭业一登基,就迫不及待地将她拖上了自己的床帏之中,日夜淫乐。霍氏满饮此杯,软软地搂住了萧昭业的腰。子纳父妾,庶母戏子,南齐皇宫的好戏似乎才刚刚开始。萧昭业朗声而笑,直笑得口内的酒都喷到了霍氏那吹弹可破的肌肤上。

"天佑大齐,竟陵王一死,朕无忧矣!"

可惜,萧昭业的无忧生活仅仅持续了两个月。南齐隆昌元年四月,西昌侯萧鸾领兵进宫,将尚在酒醉迷离之中的萧昭业杀害,并废除其皇帝称号,改封为郁林王,另立其弟新安王萧昭文为皇帝,改元延兴。同年十月,萧鸾贬萧昭文为海陵王。同年十一月,萧鸾杀萧昭文,改元建武。史称齐明帝。萧鸾即位后,大开杀戒,几乎将高帝萧道成、武帝萧赜的儿子们杀尽,而在他身旁为他出谋划策之人,就是后来成为南梁开国皇帝的萧衍。

萧鸾或许做梦也没有想到,他对萧氏子孙所做的一切,在不消十年之中就让萧衍几乎是以同样的方式还给了他。永泰元年,萧鸾逝。其子萧宝卷即位只两年,就为萧衍所杀,萧衍拥立其弟萧宝融,同年,萧衍建立南梁政权,杀萧宝融及萧鸾所有儿孙。次年,改元天监,以其子萧统为皇太子。历史的报应来得就是如此迅速,又如此相似。这一年,距离高帝萧道成建立南齐政权,只过了短短的二十三年。因而南齐便成了南朝四朝中最为短命的朝代。

这一切,早已经过世的竟陵文宣王再管不着了。他的死成了南齐王朝从兴盛走向衰败的重要的导火索。假如他还活着,萧鸾未必会如此迅速、如此堂而皇之地杀君自立。须知萧昭业虽然以萧子良功高而对其处处设防——"子良居中书省,帝使虎贲中郎将潘敞领两百人仗屯太极西阶防之";"诸王皆出,子良请停至山陵,不许";"帝常虑子良有异志,及薨,甚悦",但是萧子良毕竟是齐武帝萧赜的嫡子,又是萧赜钦点的辅政大臣,地位远在萧鸾之上,萧鸾不过只是个"参问",即参谋之流的角色。且萧子良文武双全,于佛道也颇有修为。萧鸾不可能不顾忌到他。然而,老天帮了萧鸾大忙,用不着他大费精力,萧子良很快就以自己的死为萧鸾扫清了他夺位路上的最后一个障碍,也为萧衍制造了一个夺位的云梯。

萧子良的一生,活得轰轰烈烈,风风火火。他的税赋政策和佛学倡导与他的名字一起被记录在了后世的史书中。《南齐书·竟陵文宣王传》中几乎用了一半以上的篇幅记录了萧子良向朝廷上的几分奏章,其核心思想为"仁厚爱民",与民休息,给百姓一个相对宽松的生产及生活方式。他这种亲民的思想,除却他经历过改朝换代的血雨腥风外,更重要的是他受到了佛学的滋养与沐浴。

现人提及佛学,大多会简单地与烧香拜佛、求仙迷信联系在一起。迷信和信仰尽管只相差了一个字,却失之毫厘,谬以千里。而萧子良对于佛学的信仰,非但没有使自己沉迷在虚幻的成仙成佛之中,反而是将其化作为一种仁义理智,用佛学的思想劝导人们要"自克责,自校检",要立信,戒杀,向善,忏悔,做一个有高尚品行,正直善良的真正的人。这与后世梁武帝为求佛四次舍身佛门,让臣民花巨款为其"赎身"是不同的。

　　一个地方的长官,若能将这一朴素而真挚的理念用于百姓之上,则无疑是一方百姓之幸,一个国家的帝王,若能时时地记住"自克责,自校检",那样必然是一国百姓之福。萧子良若即帝位,其才智不输其父兄,其仁义过于其父兄,大齐王朝,定然又是另一番的场景。最终未能得以实现这一美好愿景的原因并非是齐武帝萧赜对他的偏见,或是不信赖,而是触及了封建王朝父死子继的嫡长子继承制,正如萧赜五弟武陵王萧晔曾说过的那样,"若立长则立我,若立嫡则立太孙"。

　　可见萧子良虽然是个合适的人选,却未必是合法合格的人选,南齐建国未久,若想要政局安稳,那么当不敢在礼法之上有何差池。后世梁武帝在其子昭明太子萧统死后,舍太子长子萧欢而立其次子萧纲,引得不少以为"不顺"的非议之声。后来南梁叛将侯景在讨伐南梁王朝时就以梁武帝的"废立之失"为其理由之一。可知"依法办事"在一个王朝中起着多么重大的作用。尽管如此,萧赜在一朝中仍旧委萧子良以重任,除却认可他的才干之外,更关键的是对他不会篡夺侄儿皇位的信赖。

　　萧子良热心文事,召集当时大才于他的幕僚之中著书立说,当是不带有明显政治意图的个人行为,或者更为明了地说,他并无对皇位的强烈渴求。若有的话,凭他在地方的突出政绩和他在文人百姓圈中的良好口碑,不可能不引起他的兄长萧长懋的猜忌。我们通读《南史》,或者《南齐书》可以看到,萧长懋并不是一个胸怀多么宽广的君子,萧子响的死虽有自作孽之因,然与他的关系却也不可谓不密切。《南齐书》上还有这一记载,"嶷死后,忽见形于沈文季曰:'我未应便死,皇太子加膏中十一种药,使我痛不差,汤中复加药一种,使利不断'"。大意是说太子萧长懋在其叔父萧嶷所食汤药中加了足以令其死亡的药物。此种"见形"诡异之说虽未必可取,可萧长懋忌惮萧嶷与萧子响应当是事实。如此我们就不免起了疑惑,萧长懋连对少问政事的叔父和不学无术的庶弟都心存不安,为何偏偏对萧子良这位在朝内外都十分活跃的宰相亲弟毫无介怀,反是亲厚有加呢?在萧长懋死后,萧赜正因为其兄弟二人"甚相友悌",责备萧子良未将萧长懋"越制"之事禀告,对他"颇加嫌责",甚至有人认为萧子良正是因着这个而失了父亲的心,进而失了太子之位。这最有可能的原因大抵就是萧长懋自信地认为萧子良不会是他的威胁,不必引得他动手防范。

　　至于王融在萧赜病危时矫诏,欲立子良为帝。我想,这极有可能是他剃头担子一头热的个人行为。萧子良在那种情况之下,没有心思,更没有时间与他合作演出这一场宫廷政变的大戏。先说萧子良的性格问题,前文已述,我们大体可以得出萧子良是个良善温和、不拘小节的儒雅皇子的合理结论,要让他在皇父重病时候,做出逼宫夺位的恶行的可能性恐怕也并不大。诚然,我们可以说一个人的性格可以改变,野心可以培养,可是,一个人无论怎么变,他的修养不会变,他的学识不会变。从萧长懋薨逝,到萧赜病笃,不过是短短四个月,其间又无重大变故,能让一个人的性格做如此急转直下的变化的可能性不是没有,但几率实在是少得厉害。

　　再说史书明记,萧子良"日夜在殿内"为父亲诵经祈福,能够寻得空隙与王融谋定一场惊变的时间怕也是有限。当然我们可以说是萧子良蓄谋已久,早与王融商讨过,或者是抽个空隙出来将一切委托与王融。但是要做出这样的推论有很大的问题,首先还是回到萧子良的性格上,他不大有可能做出如此不仁不孝不义之事,再有王融是"竟陵八友"之一,的确与子良关系密切,但他不过是个没有兵权的文人,与这样一个文人合谋政变之事,那么即便他最后真的登上皇位,怕也是个没有识人之明的昏聩之主。在那个时候,萧衍兄弟实在是不错的人选,不过萧衍因为其父萧顺之之事与萧赜、萧长懋生隙,萧子良不会不清楚。所以,就算我们以小人之腹揣度子良有心夺位,恐怕他的手上也实在是没有适合的将领来用。

　　最后,也是最重要的是,萧子良和王融之间根本就毫无默契可言。萧子良奉诏"甲仗入延昌殿侍医"。一般宰相皇子的甲仗,即护卫,是不得入殿的,萧子良能够带兵而入,这当然是出于萧赜对他的宠爱和信赖。内有甲仗,外有王融,从某种意义上说,萧子良彼时已然是控制了皇帝寝殿。若他想要有所作为,其实是很容易的,在萧赜醒来说想要见太孙时,他完全是有能力将此消息封锁不传。可是,事实上,他不只是传了萧昭业进来,甚至没有阻止他们父子共同认定为患的萧鸾进入。所以王融最后才会恨铁不成钢地咬牙切齿地说,"殿下误我。"

萧子良在极度的猜忌中郁郁而亡。他的悲剧,是在专制主义皇权下的必然结局。若是他死后真的能够化为一只振翅翱翔的仙鹤,当他看到他的叔伯、兄弟、子侄全都死于歹人之手时,会不会怅然涕下,想着,这一切,原本可以不必这样的。

第五章 孝以为质，忠而树行

他是北魏英主孝文帝元宏最信赖的兄弟。在同室操戈的战争年代，他们一起谱写了一段兄友弟恭的传奇佳话。金戈铁马，纵横疆场，他为国家立下汗马功劳，却在权力达到高峰之时一再求退。可惜，树欲静而风不止，难逃的是命运，还是人祸？

一

北魏承明元年六月辛未，太上皇拓跋弘于平城永安宫中崩逝，其状若毒发而亡，年仅二十三岁。群臣将之谥为献文皇帝。那一年，六皇子拓跋勰只有四岁。

五个月了，年幼的拓跋勰始终未能从失去生父的悲痛中排解出来，他日夜哭泣，让人闻之难受。父亲是疼爱他的，父亲其实是疼爱每一个孩子的。可他现在却走了，他还这样年轻啊！都说父亲崇道尚佛，现在，他该是得道成仙了吧！可皇帝不已经是天子了吗？天子，难道不是仙吗？为何还要舍下天下，舍下亲人去追求一个原本就已经得到了的东西呢？

昨晚又是下了一夜的雨雪，风刮在脸上，犹似利刃在无情切割。拓跋勰的脸上尚还带着几滴将落而未落的泪珠，趁着照料他的婢女乳娘们不注意，独自走到了一座他常去的废弃的宫殿外，蹲在了廊檐下面，檐上的雨珠有节奏地落到了他的脖颈之中，他并不想躲开，他只觉凉凉的好生舒服的样子。他呆呆地望着天，望着地，望着自己的双手。他想着父亲，想他有一日会不会回来看看他，哪怕只是在他的睡梦之中，温和地对他说一句："勰儿，可曾想父亲？"

拓跋勰在迷迷糊糊之中，竟真的睡熟了。半晌，他才觉有人背着他正慢慢地前行，那个肩膀并不宽大，却足够温暖，也足够安全。他揽住了那人的脖子，开口说话的时候，还稍有些哽咽，他轻轻地唤他："兄长。"

拓跋宏慢慢地将他放了下来，也不说话，只是牵着他的手继续向前走。内侍宫女们慢慢地跟在了他们的身后。拓跋勰抚摸到了拓跋宏手心里还红肿着的伤口，便赶忙放开了他的手，问他可还疼。拓跋宏摇了摇头，依旧不说话。这一年，他也刚满十岁，却已然是登上大宝五载的一国之君了。

当朝的太皇太后冯氏并不是献文帝的生母，史书上称她"猜忍多权数"，曾与献文帝有过多次激烈的冲突，后来虽说是还政于帝，她在朝堂之上的隐形影响力却没有消除。献文帝尽管是"聪睿夙成，兼资能断"的皇帝，却亦是"仁孝纯至"的儿子，并未想过要主动对付这位强势的名义上的母亲，倒是在长年学佛论道的过程中，有了些厌世的念头。后来竟然做出了要禅位于他的叔父拓跋子推的决定，想利用这位颇有才德威望的贤王压制太后，庇佑自己和年幼的儿子们。可此念一动，便遭到朝堂几乎所有重臣的反对之声。后来在反复的权衡和考量之下，便决定禅位太子，而自己做了辅政的太上皇帝。

拓跋弘以太上皇的身份主政期间，对外亲征柔然，对内改革农商，赢得了众多的军心民心，小皇帝拓跋宏聪慧过人，好学勤勉。魏国的国力蒸蒸日上，可就在一夕之间，拓跋弘却走了，带着壮志未酬的遗憾去了另外一个国度。

"六弟，听话，以后莫要一个人跑到这儿来了。这座宫殿年久失修，恐有坍塌之危，况且，若是给祖母知晓了，总也不好。"拓跋宏蹲下身子，很认真地说道。

拓跋勰微微地点点头，旋即仰头问道："兄长，大家都说，父亲是被祖母毒杀的。是这样吗？"

拓跋宏被这话惊住了，甚至忘记去捂住弟弟的口。他下意识地环顾四周，又若无其事地继续握着拓跋勰的手走着。他握得愈紧，手上的伤便愈疼。就在不久以前，同样的话，他也问过他的先生，想不到却被一个内侍告到了冯太后处，冯太后大发雷霆，竟命人将他杖责数十下，在冰天雪地之日，关了他三日三夜,可拓跋宏却未说一句求饶之语,也没有为自己解释半分。这样坚强倔强的孩子终究还是让冯太后动了恻隐之心,亲自带着太医们为他症治,还和他说了好一些安慰的话。

拓跋勰见兄长又沉默了,便也不再追问。他就这样跟在他的身旁,看着阳光下两人的影子时而在前,时而在后,他想他会一辈子都听兄长的话。他们都是无依的孤儿,在这飘浮不定的人世间,唯有协心,才能生存,唯有协心,才能统御海内。天又下起了雨,是带着些雪花的冰冷的雨,直到他们进了殿门,它们才肆无忌惮地倾斜而下。

二

十年后,这幼年的孩童已然长成了一位资质风流、超逸不群的翩翩公子,而小皇帝也已然成了手握实权、意气风发的有为君主。只是这天上的雨,却还是如十几年前一样不知疲惫地下着。平城的深秋最是叫人心烦的了,放眼望去,全是灰蒙蒙一片叫人看不清爽的朦胧天地。

拓跋宏站起身来,两弯秀丽的眉紧紧地锁在了一起,他身穿了汉人的儒衫,亦讲得一口流利的汉语。这几年来,为了推行汉化,从衣物到语言到官阶,他正一步步地将落后的鲜卑习俗慢慢地从人们的脑海中过滤干净。唯有最为重要的一件事,他还没有去办,这件事,从冯太后薨逝,他执掌权力之后,他就一直在想。而今,快三年了,是该将之付诸行动了。

"陛下若真的想如此做,臣定当全力地支持陛下!"拓跋勰见他久久地望着那张巨幅地图上用红色标记着的地方,用手抚着那地方说道。那是洛阳,是周、汉的定都之所,是历来的兵家必争之地。若得洛阳为帝都,不仅解决了平城的粮食供给问题,而且洛阳位于国中,假使将来要剿灭南齐统一全国,洛阳也无异于是最好的政治和文化中心。将魏都从平城迁至洛阳,这是兄弟两个之间不谋而合的默契,只是这是拓跋勰第一次将之说破罢了。

他说他愿意做他的马前之卒,去试探一下群臣的意见,所有的反对和非难先由他去替他挡一挡。拓跋宏笑笑,他挽起他那宽大的金边绣龙纹的衣袖,转身拿起笔架上的狼毫,沾墨在一片竹简之上写下了四个字:魏都,洛阳。那字很是有力,仿佛已经深深地刻进了这竹简之中,一如他想要迁都改制的决心那样,坚定,不可摧残。

他看看拓跋勰深邃却并不难看透的清澈眼眸说道:"这朝堂宗室之中,能与朕同心同德的人,不过也只有你一人。不过这试探,不要也罢。那些头脑简单、思想陈腐之人,朕就是闭上眼睛,堵上耳朵,都能感受得到他们那副倚老卖老的讨厌样子。彦和,朕无论做出什么样的决定,都需要有一个人始终跟朕站在一起,朕希望你能成为这个人。"

拓跋勰的心中涌出了一份与这位年轻帝王同样的豪情。他脚下的土地是先人骑于驾马之上,用鲜血和汗水拼打出来的。现在,他们终于有机会能让这土地变得更辽阔,更强盛了。天边的红日正照射着耀目的光芒,它即将去见证一个历史性的变革,这个变革的出现,会让这个几百年来一直只知以武力去向世人证明他的存在的鲜卑民族,接受一种从未有过的全新的滋养和教化。

拓跋勰屈膝跪地,恭敬地行了一个汉人的叩首大礼。那是对他的皇帝兄长异于常人的强大魄力的由衷仰慕和敬佩。拓跋宏用双手扶起了他,他的手心还像少时一样温暖。时光的筛子可以过滤掉湖水,却无法漏掉砂砾,那每一颗的砂砾上都镌刻着一种名唤"手足之情"的东西,那是同病相怜的苦,却又是同心扶持的甜。

拓跋勰道:"臣一定会竭尽全力辅助陛下的。依臣愚见,跟那些老臣说大道理并非是上上之策。陛下干脆想法子一不做二不休地将他们全都带离平城。到时候他们不想在洛阳住下,怕也是不能的了。"

拓跋宏朗声而笑,那是爽朗而又胸有成竹的笑。他说这正是他心中所想。明日在朝堂之上,他就会以征讨南齐为借口,将整个朝堂全部都外迁。不过此事若能得到叔父任城王拓跋澄的支持,胜算便可以又多几分了。拓跋勰颔首,他说会的,一定会的,叔父深明大义。上苍也会保佑这一切都顺顺利利的。

三

北魏太和十七年八月,魏帝拓跋宏下令亲征齐国,所有官员一律南下。这年冬天,拓跋宏让尚书令李冲、大将董爵负责营建新都洛阳事宜。两年后的太和十九年,魏国正式以洛阳为其都城。洛阳城的气派和地利,连那些因循守旧的老臣们都感到惊讶。这份惊讶中亦包含了对皇帝的高瞻远瞩的由衷拜服。

一切,都已然是尘埃落定了。也就在这一年,拓跋勰于洛阳城中正式迎娶了他的正妻李氏。洛阳的天空那样的澄净,闪亮的星星在黑夜中展着他们的笑颜。李氏对着他明媚一笑,那是与寻常女子相异的一种英豪的俊美之态。

她说:"殿下,妾这样打扮,可好看?"

这样的女子不由得让拓跋勰的心为之一动,他本是个温和雅量的男子,原想着像李太尉这样的高官家教出的小姐必然是他所看惯了的那些千篇一律的嵌于白墙中的精致陶器,哪里料得他的王妃竟这般灵动可爱。

他情不自禁地将她搂在自己的怀中,他说本王的王妃怎会不好看,哪怕她只穿麻布旧衣,她依然是这天空中最美的一颗启明之星。李氏抬头望天,果然见那启明星在月亮的身后放着最亮的光芒。

她说:"那殿下在哪?"

拓跋勰说:"那颗星亦是我。咱们是夫妻。夫妻,本就是一体的。"

李氏将头埋在了他的臂弯之中,任凭她是个多么爽朗的女子,在新婚之夜,听得如此甜蜜之话,到底也是羞涩的。

在很多年之后,也是在这样一个布满星辰的夜里,她孑然一身地空望着这恼人的天,许下了她所能想到的最恶毒的诅咒。其实幸福与不幸的距离真是很短很短,有时候跨过去一小步,就是全然相左的两个天地。幸福是需要珍惜和营造的,易得也易失。好在,拓跋勰不是个轻易会放走幸福的人。大约正因为他从小失父丧母,他本就是一颗孤星,只有得到周围星辰的照拂,他才能发光。他伸手倒了杯缥醪酒,那酒很烈,还未喝尽便已觉得有些晕眩了。李氏拿起酒杯,将那剩余的酒一饮而尽。他醉眼蒙眬,她面色绯红,春宵一刻,人生第一大乐事。

四

东曦既驾,鸟鸣莺啼。那是极好的兆头。雄心勃勃的皇帝为了彻底汉化,在第二年的太和二十年,做出了一个更为大胆的决定,将鲜卑的姓氏全都改为汉姓,包括易拓跋氏的皇族之姓为元姓。经过了前番的多种改制,这一次的姓氏改革格外顺利,几乎没有受到任何的阻力。"元"是为首之意,是根本之意,一个"元"字,亦是将元宏一统江山的希望迫不及待地表露了出来。同时期的南朝齐国皇帝萧鸾自废杀堂侄萧昭业萧昭文自立为帝后,几乎将全部精力都花在稳定他的皇帝权威之上。魏国连续几次南下攻齐,还未交战将帅竟已是望风而逃,魏国乘胜而追,顺势向南拓地数千里,盛极一时。

这一日,皇帝元宏命皇太子元恂留守洛阳,带着皇子元恪、元愉,皇弟元勰等皇亲,李冲、王肃等重臣前往上党地区巡视。车驾行至铜鞮山,见前方有一片茂密的松林,元宏便领着众人下马徒步徐行。那片松林长得好极了,虽已是暮秋时节,消不去的依旧是它们青翠茂密的枝叶,抬头仰望,仿若是它们托举着一轮红日的璀璨,一时间就涌出了几许敬畏之感来。

元宏独自向前行十数步,心情大好,转头见众臣都是一身轻松的样儿,指着这松林交接而笑。彭城王元勰负手站立在那里,也不多话,只是偶然间微笑着颔首,自成婚后便被予以重任,受任征西将军,加侍中,中书令,成为朝堂之上一位颇有名望的宰辅之臣。

元宏见元勰着一身青紫色长袍,屹立挺拔,于腰际处配一块蓝天美玉,俨然是一位优雅俊朗的汉人儒士,便有些突发奇想地对他说:"昔魏文帝曹丕为了谋害对自己有威胁的同母亲弟曹植,令其在七步之内赋诗一首方能免除死罪。曹植才智远非常人可及,七步一首吟得凄惨哀婉,同根相生,终却相煎,让人慨叹不已。彦和,朕知你于诗歌处亦颇有见地,今日可小试牛刀一番否?此地距那最粗壮的松树约有十步之遥,你可做得一首诗来?"

众臣听罢此话,皆朝着元勰透去了一缕缕注目的目光,那目光多是兴奋与期待。元勰这些年虽一直被委以要职重任,却始终保持着谨小慎微,宽以待人的品行,朝臣莫不敬他服他。加之他既是鲜卑汉化的最大推动者,汉学功底自也不差,故而不少朝臣便常去王府向他请教学问,一朝之中与彭城王有师生之谊者有半数之众。

阳光渐渐地偏了方向,肆意地泼洒到了元勰的身上,轻轻柔柔,却异常和暖。他躬身长拜,眉眼间是一种令人放心的从容坦然:"臣愿意一试,只是所作不善,还请陛下和列位同僚莫要笑话才好。"

十步未至,便有一诗从元勰的口中悠悠流出,这首诗被后世的众多史官不厌其烦地引用,将之奉为北朝诗史上的上乘之作。

"问松林,松林经几冬?山川何如昔,风光与古同。"

松树是自然界中最为坚忍的奇迹,它们一次次地接受着严冬的洗礼而不改其志,是为真豪杰,真性情。元勰此诗开头便有松林之问,入题快,且入题深,问松林缘何几经磨难仍不变如昔。问而不答,将所有的疑问和想象都留给了所听之人。诗境阔朗,余味无穷,听者无不抚掌大赞不止。

元宏凝视片刻,心领神会,便哈哈大笑。他走到元勰身旁,在他的耳边轻声地说道:"彦和,你这是在怪朕不是?你放心,朕不会忘记的。"

元勰一愣,旋即便又一惊,他想他的这位皇兄当真是最懂得他的人。在场的所有人中,也就只有他可以听得出这诗除了技法和立意高超之外的另一层含义。那是对皇兄婉转地提醒,或许也真的是有些微的埋怨之意。元勰的生母潘氏夫人离世已经有十数个年头了,可却始终没有得到任何的追封。原是因为太皇太后冯氏不喜这个儿媳而故意搁置,后来等她薨逝之后,又由于各种原因而未得以实现。

五

　　元勰的母亲在他出生后不久便离世了。他当然不知道她的模样,可他却从未停止过追寻她的踪迹,自他懂事以来,他总会去他母亲住过的宫殿外坐着,不要人陪,也不说话,一坐就是半日。他不愿让人看出他的伤悲,可伤到极致,悲到深处,又如何能够掩饰得住。记得元勰六岁那年,他斥退了跟随他的侍人们,独自一人到了那座宫殿的后院,后院之中也有一片长得甚好的松林,它们高耸入云霄,纵然无人品鉴,它们也还在执着地生长。草木亦有本心,不以物喜,不以己悲,只愿不负了自己的心。

　　元勰背靠着一棵高大的树木,抱着自己的膝,将头深深地埋了进去。后来,也还是元宏找到了他,元勰拉着他的手,他说今日是他生母的祭日,他很想母亲,可他却从未见过母亲,连在梦中,母亲都是背着身子同他说话的。元勰已经记不得元宏当初跟他说的是什么,或者他真的并未说什么,他只晓得,在童年,在他难过的时候,总会有一双手及时地去握住他的手,那是他兄长的手。

　　今日,离他母亲的祭日又只有两天,又是在这片与当年极为相似的松林之中,心中感触颇深,略加思索,便得此诗。他借问松林,实则问的却是君王。他想对他说,那么多年过去了,松林还是昔时松林的模样,他的母亲也依旧没有得到她该有的名分,一切都没有变化,一切都还是这样。元勰一望兄长,见他满目都是了然的神情,心中霎时起了一片的涟漪。这涟漪的中心是感念,是豁然。

　　次日,元宏便亲拟一道旨意颁行天下。诏曰:

　　"弟勰所生母潘早龄谢世,显号未加。勰祸与身具,痛随形起,今因其展思,有足悲矜。可赠彭城国太妃,以慰存亡。"

　　元勰抚着这迟来的,却是来之不易的旨意,眼神穿过窗户望外头的两棵树,那两棵并非是松树,它们受不住严冬的侵扰,叶子纷纷地都掉落了,只剩得光溜溜的一大片枝干立在那里。元勰慢慢地将目光收了回来,行至案台前,往那香炉中点了一支香,香气缓缓地飘进了他的鼻间。他三拜而立,默默地在心中说道:

"母亲,不知道这旨意能叫你快活不?儿如今已是大魏国的彭城王,是陛下最信赖的臣子了。儿知道彭城王太妃不过只是一个虚妄的名号,可这真的是儿能为你求得的所有了。儿无福在您生前侍候您,只愿来生再与您同续母子之缘。"

六

夜幕降临,元勰仍旧独自一人站在案台之前,看着一支支香慢慢地在他面前燃烧殆尽。他很想念在洛阳城中的妻子。离开洛阳的时候,李氏已经怀有两个月的身孕了,那是他们的第一个孩子,他是这样地期待着这个孩子。过几日,他就能回去了。他想着他终于又能听到她用那铃儿般清脆的嗓音唤他一声"六郎"。想着想着,心口的那股子温暖之气便几乎要让他沉醉,他的嘴角微微地扬了起来。

"陛下请彭城王殿下立刻去行宫商议事情。"正在此刻,忽听得外头有内侍尖细的声音响起,似是这寂静之夜中一个不太和谐的音符。

他忙让手下人拿了一件裘皮大氅,边走边系带子,也不坐车,只骑上一匹他惯常所骑的棕马疾驰而去。内侍直引着元勰进了行宫正殿。元宏的脸上闪着一丝难以名状的神情,不像是焦虑,因为他的眼底分明就显着几分的释然,可这释然里头却多少含着些许的忧伤。元勰方想以君臣下拜,便被他伸手阻了。

元宏只道:"太子在洛阳结交了一帮子乌合之众,易装改服,妄图在旧都平城再起朝廷。朕前几日就收到京里密报,已悄悄派兵去镇压。方才又得了密报,说太子已被逮捕,现正被关押在河阳。彦和,你说,朕该如何了结此事?"

太子元恂，今年可还不到十五呵。皇帝能够全然不动声色地一举将其剿灭，那自是这些年来集聚的威望所致，况天下受鲜卑汉化之益已深，自然不会跟着太子走回头之路。元勰不由得倒吸了一口凉气。元恂糊涂！如何能做这荒谬幼稚、自毁前程之事？

元勰低下头，兄弟相亲，元宏是了解他的，他亦是了解元宏的。他怎会不明白当元宏问他这话的时候，他的心中早已是有了最后的决断了。元勰微蹙了下眉，正襟答道："臣愿意支持陛下所做的任何一个决定。"

"朕问的不是大魏的彭城王，朕问的是元恂的叔父！"元宏的话语中带着二三分的急切和愠怒。他站起身来走到了元勰身旁，身上穿着那玄色镶金丝飞龙袍子的宽大衣袖轻轻地拂过元勰的脸，让他的心微微地颤动了一下。

元勰转过身，面朝着元宏说道："兄长说过，希望弟是这朝堂之上那个始终和您站在一起的人。只要兄长不变初衷，弟就会永远地支持兄长。"

元宏终露出了一个欣慰而满意的笑容，他拍了拍元勰的肩膀，他说他亦是身不由己，大魏的国制断然是变更不得的，他不会允许任何人颠覆他的意志，动摇他的决定。杀一儆百，杀元恂一人，为的是封住所有说三道四、左顾右盼之人的口。明君慈父不可兼得，取明君而舍慈父，为的是现世，为的也是将来。帝王的心是冰冷的，可于危急存亡、革新改制之时，也唯有用这颗冰冷而理智的心才能镇得住局势，稳得住形势。元勰走至殿外，天边刚刚露出了一片鱼肚白。

北魏太和二十年末，太子元恂在河阳城内被皇帝所派的使者以一纸诏书、一杯毒酒所杀。一时间，无人再敢起恢复旧制的念头。

七

来年新春日，彭城王妃李氏在京产下一女，起名楚华。孩子的出生让元勰的心平静而温和。他将孩子抱在怀中，低低地哼唱着小曲儿。那是他一日中最快活的时刻。人常道男儿之心志在四海，男儿的意志中是不该只存着小家的。可大家小家于元勰而言都是一样,无所谓谁重谁轻,也无所谓谁大谁小。元勰的心中装着太多的情,为兄为弟之情,为父为夫之情,他没有太多的时间去将它们一一分类,再逐个选出何为重、何为轻来。他只是平等地对待每一份情,真挚地对每一个诚心待他的人。

北魏太和二十二年夏末,元宏开始了又一次的南征,这是他生命中难以忘怀的一次战斗,也是他短暂而辉煌的一生中最后的一次荣光。出征之前,元宏令彭城王元勰都督中外诸军事、总摄六师,并赐帛匹三千匹,加鼓吹一部。如此崇高的礼遇和赏赐加之于元勰的身上,已经不是第一次了,可这一次,当他接过这旨意起身的时候,他的手却微微地在发颤。

日中则昃,月满则亏,这一切太好,反是叫他承受不起了。功高震主、兔死狗烹之事历代不鲜,可他从来也不会怀疑元宏会对他不利,他信赖元宏,正如元宏也全心全意地信赖他一般。他只是怀疑自己,他怕他担不起这重任。元勰走出门去,寒风微卷着沙粒而来,一丝难明的不安情绪绕于心中,经久难散。

黑夜弥天,云蔽星光。

元勰进宫的时候亥时业已是过了大半,元宏勤政好学,平素多是要至丑时上下才安枕,就算是要召幸嫔妃,也要等到子时以后。元宏揽衣而出,神采奕奕的脸上全无出征前的忧心。他问:"如此深夜,六弟究竟有何事?"

元勰并未急于回答他的话,他进宫只想见上兄长一面,甚至等不到第二日的清晨大军出发。可一旦见到他了,却真的觉不到有何话讲。他看到案上烛台里的烛油正一滴一滴地向下流,最后的一滴流尽,屋室内瞬时暗淡了些许,他见旁尚有未用过的蜡烛,便忙上前用剪子将分了叉的芯子剪干净,将它点燃后重又插了进去。他说:"臣为陛下点烛。"

元宏笑,笑声清朗而又从容,因只在寝殿,他那一头偏棕色的头发只是简单地用一根簪子绾了起来。

元勰亦觉这话说得莫名,便忙低下头去,过了许久方才道:"臣近来有暇时常阅读史书,想昔时陈思王曹植甘冒被嫉之危屡次向文帝上疏请求上疆场建功立业,换得的却是一次次的嘲讽和非难。陈王求而不得之事如今臣却轻易地得到了,非是臣之才有过于陈王,实则是文帝难望陛下之项背。臣愿跟随陛下左右,生死不离。"

元宏看着他那对浓眉下的碧黑色眼眸,熠熠闪亮。他们虽不是一母同胞,母亲却都是汉人女子,他们的身上已经少了许多祖先特有的容貌,就是这双眼睛还带着些与汉人不大一样的颜色,那是鲜卑族人狼一般的性子。狼要不知疲倦地去追逐它的猎物,所以元氏才会将吞灭南朝作为他们一代代的理想,纵使偶有失败,也不会止住他们的脚步,因为狼是不会因为绵羊的暂时得势而放弃整片草原的。

元宏执着元勰的手一起坐了下来。他再笑,他说六弟何时竟也会说这般拍马之语了?想那曹氏兄弟以文相嫉,留给后人的不过是一个笑话罢了。他与元勰都是人品周正的君子,自能够相亲相爱,六弟也无需说妄自菲薄的话了。他问他可还记得几年前他们齐心大破崔慧景和萧衍率领的齐军,赢得沔北一役的事情,那场胜利是空前的,而这一次,他一定会重现这样的辉煌的,到时候,传令三军的露布,可还要请六弟来写。

八

元勰怎会忘了沔北之战,那是一场漂亮的胜仗,足以被任何一个挑剔的史学家郑重地载入历史的。他记得那时齐军来势汹汹,主将崔慧景和萧衍可都是以一当十的百战将军,而彼时的元勰却还不满二十,可是魏军的主帅元宏偏偏就是有这样的魄力,敢将主力部队全都分给元勰指挥,临战的时候,元宏只对他说了一句话,他说,"彦和,你的能耐,朕比你清楚。"

话音刚落,只见有一个小卒手提着两只羽翼丰满的大鸟,兴高采烈地说道:"陛下您看,这两只鸟方要往您还有殿下的住处飞去就被射杀了呢!望旗颠仆,陛下,这可是大吉啊!"

元宏忻然,向那士卒摆了摆手,拍拍元勰的肩膀,他说这好兆头是属于自己的,更是属于他的,属于大魏的,总会有那么一天,大魏会是这华夏大地唯一的霸主,他让元勰放开手脚去打这一仗,他会在这里守住他们的大本营,不让齐军有可乘之机,并且等着执纛凯旋的军队。元勰双膝跪地,领命而去。

　　夤夜劫营其实也不能算是多么奇巧和高明的伎俩,只是元勰率领的这支魏军的行军速度极快,加之他们已经佯败几日,营寨亦频频后退有三十余里,早已是麻痹了敌心,况且那日是初一,天际无光,五指不见。元勰于那条鸡肠小道直达齐营。天时地利人和,待到齐军察觉出危险的时候,哪里还有还手的余地。

　　元勰骑于白马金鞍之上,手握钩镰长枪,舞若梨花,须臾之间便向敌人脖颈刺去,血溅数尺,如飘红雪,齐军四散,章法大乱。萧衍于惊慌之中仍不改大将之风,急命人准备火箭,令数十弓弩手向魏军齐射。元勰一跃下马,举枪抵阻,面不改色。魏军见主将英勇如此,又见情势犹是偏向己方,便无不一鼓作气地迎敌,千刀万刎,矢石交错,火光冲天,宛若白昼。元勰俯身拾起地上的一支箭,夺过齐军小卒的弓,用力一拉,箭迎风而出,彼军大将崔慧景一声嘶叫地捂住了右肩。齐军士气大挫,弓弩手手麻脚软,已有数人瘫倒于地。

　　正在此当口,忽地狂风大作,天雷滚滚,暴雨如注,霎时火灭,齐军大怔。元勰复又骑上马来,呼叫士卒一路向前拿下新野、南阳。士卒高声应和,打得齐军失地连连,大败往建康城撤退。

　　那真的是一场喜雨啊,那是上天无私的资助。后来元勰带着胜利之师面见元宏的时候,元宏告诉他,当他在夜里看到大雨倾下之时,他就预料到他们的军队一定是获得了大胜。因为雨水和魏军的胜利总是紧密地联系在一起的,雨是魏军胜利的号角,它有节奏地落地,谱着最动听的旋律。那一夜,元宏和将士们一起围在火炉之旁,同食同饮,直到第二日卯时时分才各自散去。

　　元宏独自将元勰留了下来,让他代自己写一道露布传至三军。露布者,往往是天子亲笔写于三军,传达给将士们军事号令的重要文书。元勰登时就说这绝不可以,这样做岂非是太过逾矩。元宏携着他的手一起走了出去,他说他与元勰外为君臣,内是兄弟。臣做君份是逾矩,弟分兄忧是本分。他说他还有很多事情要做,此等小事,就请六弟代劳罢了。

116

元勰笑，点头应允了。这份露布，无人看得出是代笔，从笔迹到用词，均与皇帝无异。元宏长元勰六岁，小时候，元宏常常会将弟弟叫至他的面前，询问他功课，也教授他学业。因而两人不仅脾气性子相似，文风也是如出一人。

九

"彦和，你说，此刻出征，我军有几分把握得胜？"元宏的问话打断了元勰对于那次战役的回忆。

元勰思索了片刻方道："回陛下，依臣愚见，虽不一定有十分，八九分却是有的。想齐国国内，萧鸾萧衍君臣早已是明争暗斗得不可开交，萧鸾处理内忧都不及，怕连五分精力都难分出去对付外患。"

"彦和所言，亦是朕所想，萧鸾以阴谋夺得侄儿皇位，又连连诛杀萧道成、萧赜两代帝王骨肉，实也是个无耻凶残之主。再说萧衍先和萧鸾联手排挤顾命大臣竟陵王萧子良，废杀两代幼主，现在羽翼渐丰，恐非池中之物，将来……怕他才是我大魏的心腹之患也未可知啊！"

元宏说到此处，便长长地叹了一口气。他在说这话的时候一定不会想到，不仅是南齐，后来萧衍建立的南梁政权也会亡于内乱，连他一生为之奋斗的大魏朝廷也难以逃脱类似的命运。人有时就是这样，旁观者清，看不透的，始终都是自己的命运。

太和二十二年的这场大战，齐军的主帅是以善于权变、勇猛果敢著称的大将陈显达。这一支齐军军容焕发、士气高涨，大出元宏元勰的意料。几番交战，魏军俱无便宜可享，双方只于涓阳附近安营扎寨，等待时机再另作他图。

彼时已至十月深秋时节，晚露浓重，又因着战时不畅，元宏在某一夜忽然病倒。病来如山崩之势，一时竟连起身握笔已是不能。秋风奇紧，唰唰滚卷着地上的小石块，应和着营帐火盆里噼噼啪啪的爆炭之声，让人听着只觉异常得烦闷。

元宏这一年不过只有三十二岁,壮年生此重病,卧床不起,心中早已是聚集了不少的不甘和激愤之情,脾性也变得有些喜怒不定起来。这一天,有侍人方要侍候他喝下汤药,元宏却忽地抓住了来人的手腕,盛着汤药的碗应声倒地,周遭之人无不跪伏于地。他的手指向了元勰,声音沙哑而又沉重:"彦和,你替朕杀了他,杀……了他!"

那侍从早吓得面如土色,浑身上下不停地发颤着。元勰亦是被这旨意惊诧到了,他见元宏满脸绯红,咳嗽声不绝于耳,便忙起身轻轻抚拍着他的后背,慢慢地扶他躺了下来道:"陛下的旨意臣自当执行,还请陛下好好养病,为天下苍生珍重自己才好。"

待元宏睡下后,元勰便领着众人出了营帐,那侍从只想着自己是必死无疑,也不做无谓的求饶,只是抖抖索索地站在一旁。

元勰说道:"陛下素来宽仁。只是如今为病魔所缠,所以才下了这杀人的命令,孤窃以为并非是陛下真意,孤欲暂缓执行,待陛下病愈之后再度请旨,众卿以为可乎?"

"全听彭城王殿下做主!"元勰在军中本就威望素高,皇帝亦早有旨意,若自己有所不豫,内外事务全取彭城王所决,故而此有理有情之言一出,众皆无所异议。

正当时,又听得士卒禀报,说当世名医徐謇先生奉彭城王之命从京都洛阳城内前来军中。元勰忙丢开了众人,跟着来人去迎候徐謇。只见这徐謇面白如玉,剑眉杏目,美髯齐胸,身披鹤氅,迤逦而来。元勰一把拉住了他的手进了自己的营帐,他深深地向徐謇一拜,徐謇忙举手还礼,连说不敢。

"我元氏江山兴旺全在陛下一人身上,今陛下气力危惙,难理军事。诚愿先生竭力救治。倘圣体日康,江山可保,先生终身富贵亦唾手可得,不然,不止先生前途难料,我大魏千万百姓之命恐也难保。请先生定要牢记孤今日之言!"

徐謇慌忙下跪稽首,应声连连。这几句话是元勰肺腑深处之语,如子规啼血般苦痛,左右士卒无不感动掉泪。元勰边命人引徐謇入营为君上医疗,边招呼近旁心腹之人,问他昨日吩咐他做的事可曾做好了?士卒颔首称好。

元勰只带着他一人快马前往汝水河畔。

十

汝水悠悠，大浪涛涛。岸边设有一石坛，坛上置有香炉一座，水盂一只，金滕一个，并丝帛一卷，笔砚各一。元勰跪坐于坛前，双手合十于前，闭眼心中默祷，士卒跟在他的身后，也学着他的样子在心中静静地念叨着。水流之声慢慢地和缓了，两岸青山之间偶传来一阵阵不知名的鸟雀在声嘶力竭地啼叫着。

元勰缓缓地睁开了双眼，焚香于炉，舀水于盂，摊开丝帛，用手抚平了上头的褶印，往后一看那士卒，士卒会意地上前，方要替他磨墨，忽又被元勰伸手给阻了。元勰拔出腰间配着的那柄短刀，还未等士卒惊呼出口，他已然将那锐利的刀锋扎入了自己的左臂之中，鲜血咕咕地涌出，他却仍然面不改色。那丝帛上的每一个字，都是元勰用他的心写就的。

"有魏臣勰，设坛于岸。明言告天，虔心勘验。

至尊病笃，值逢大难。三军怀忧，无心可战。

予本小人，鲜得才干。屡委大任，常心不安。

君上至仁，文武筹略。三征蛮人，攘除暴虐。

改制革新，富我子民。破徭免税，誉赞频频。

愿天矜悯，莫复加灾。倘因前宿，予乞身代。"

元勰原就是几日几宿没有睡过一个整觉，现今又以血写下这百来个字，待他重又站起身来的时候，腿脚已有些松软，边忙用双手扶住了石坛。那士卒见他面色发紫，便赶紧从自己的衣服上撕下一布条，上前一步来扶住他的臂膀道："殿下快往那边的大石上坐着歇一会吧！您放宽心，陛下吉人天相，必会逢凶化吉的。臣为殿下将伤口包扎一下吧。"

"我既已明告上苍要以身代君承受所有苦难，一切伤病就应听天由命。这包扎，不要也就罢了。"元勰甩开了他的手，将那丝帛重新卷起后放入了金滕之中,抱于胸怀,踱步向前,再跪于地,心说着,"兄长,你我少小而孤,屡经磨难,皆是兄长护弟,挡风避雨。兄长信弟爱弟,只愿这次,弟能以生命换得兄长一世健康平安。"

元勰轻轻将金滕沉入汝水河中,蓦地起了一个大浪,水溅到了他的身上,像一支支用寒冰射来的箭,深深地将寒气注入了他的体内,不由得叫他打了一个寒战。他转身解开了绑于松树上的马缰绳,用力一踩马蹬上了马背,一扬鞭子,马飞驰而前,风如刀刃,好似在他的伤口上又划了几道新的痕迹。风中传播着他的话,又在空荡的群山中回旋个不停。

"记住!此事万不得与一人提起。"

元勰赶马太急,又体力难支,便只伏于马背之上,幸而这马是他打小就养大的,屡次随他出入敌阵之中,自能平安地将他送回营地。元勰一回到自己的营帐,便先将这身衣服褪了下来,将沾了血的衣袖绞下丢到了炭盆之中,重又着了席银色盔甲,未来得及喝口水便直奔主帐去,却险些和徐謇撞个满怀。元勰未待他行礼便忙问道:"陛下如何?你有几分把握治愈陛下之病?"

"回殿下的话,冰冻三尺非一日之寒,陛下病根早些年已然筑下,唯悉心调养方可有痊愈之效。"

正说着,便有侍从出帐说陛下已醒,请彭城王殿下进内说话。元勰一听,忙加紧了脚步。元宏斜靠在榻上,神志比之先前要清醒许多,只是眼神中仍旧少了些焕发的神采。国富军强是要付出代价的,这么些年,他亲力亲为,实在也是操劳过度,再加之他即使真有病痛在身,莫非是到了万不得已时,也不会告知一人的。

元勰接过侍人递上的汤药,先亲尝之,侍奉元宏喝后,方说齐军连日关闭营门不出,据潜回来的细作说齐军粮食吃紧,崔慧景正发报各地运粮。他说:"请陛下安心养病即可。臣已命人于险峻处查看齐军粮队的动向,到时便将之劫烧殆尽,待齐军一乱,我军便可有所动作。"

元宏欣慰一笑,点头道:"有你统帅六军,朕无忧矣。朕此番这病来势汹汹,吉凶如何,全赖上苍。朕观前史,远有三国二曹相争,近有刘宋三子相斗,兄弟阋墙,终累社稷。朕一生所历,皆不知是幸还是不幸。唯有得汝为弟,是朕永生之福。"

元勰垂泪,下跪稽首不绝。这话让他听得难受,因为这太像是临别之语。他用手握住自己微有些疼痛的左臂,所触及的却是他所穿的冰凉的盔甲。他说:"臣既要全心侍疾,还请陛下另选一人代替臣统领六军军务。"

元宏弯下身子,伸手将他扶了起来:"侍疾是你的事,安六军也是你的事。六弟,不要怪朕有意要为难于你,实在是众臣之中,值得朕推心置腹相待的也就只有你一人。你明白吗?"

元宏忽觉手心有些温湿,低首一看他的手几乎已全被鲜血染红了,便吃了一惊,正欲撩开了元勰的衣袖去看。元勰却起身侧身道:"陛下勿忧,臣这手臂只是今早舞剑时不慎所伤,并未大碍的。"

"既无大碍,如何惧朕查看? 待会可得让徐謇好好地给你看看,你这面色怕也比朕好不了多少。"

元勰听得元宏说话的声音有些干涩,便赶紧走至案前,往玉杯中斟了些茶水,吹得微温了些后奉于元宏。元宏只饮了一口就放下了,他微微地舒出了一口气,再度握住元勰的手,许是病中说不得许多的话,再度开口的时候他的声音显然是太过绵软无力,他说:"死生有命,强求不得,六弟……你亦是饱读诗书之人,这个道理……你当是懂得的。周公策书告神,终也不能换回武王的性命。你是我大魏贤臣良将,切莫……切莫自伤其身,断我臂膀,懂吗?"

或许,真的只有亲密无间如元宏元勰这样的兄弟才能迅速而准确地知道彼此想要什么,想做什么。不知道是否至今仍有人会怀疑这个世上真有始终不变、不问缘由的信赖,尤其是古时,在家天下的帝王兄弟间。或许,是我们看多了太多残忍的历史、复杂的人性,才有了太多的怀疑和困惑。可历史又分明让我们看到这元氏兄弟间的一页页温情画面。黑暗中,哪怕只有一点点的,都值得让我们坚信,天明不远。

十一

魏太和二十三年初,中军大将军彭城王元勰率军以闪电之势捣毁齐军粮草辎重,杀敌万余人,累受封司徒、太子太傅之务,又加食邑五百户。而就在大军继续南下的当口,皇帝元宏日渐好转的身体却突然开始恶化。元勰思之再三,面呈皇帝请求回撤,往离此处较近的谷塘原行宫暂居,待来日再与彼一战。为免齐军趁大军回师之际偷袭,元勰命两千余精干将士留于本部,秣马厉兵,佯作战前准备,并派降卒通报齐军假说魏军兵强马壮,粮草充裕,恐难与之一敌。齐国内,自萧宝卷即父位称帝后凶残多疑,朝内奸臣当道,国势日危,齐将陈显达经几番考量,不日便带兵回京。

四月,元宏的病已十分严重。那一日,他体力稍复,便立刻嘱命元勰急派人召皇太子元恪到此,并以元勰为唯一的辅政大臣。他说他这一生或许是因为独断过盛,杀戮太重,才至盛年命断。他不是圣人,他也害怕报应,他不知到了地下,祖先是否恕他,敌人是否饶他。朝堂之上恨他怨他者也不在少数,在他死后难保不会有人犯上作乱。太子年少,难免不分贤愚,行事有所偏颇,他让元勰尽力辅之,若太子实不堪大用,他可于其他诸子中选有贤能者代之,或自立为帝亦非不可。

元勰大怔,泪流于襟,抽泣不止,他伏于榻前,久久方才抬头,见元宏期待的目光是那样的温和友爱,他知道他所说的每一句话都是出于肺腑,没有试探,没有心机,他也知道,这是他最后的心愿,只消他点一点头,或许他便能安心地去了。圣手难回,人也奈何不得。元勰心中又是一阵的绞痛,他真的想立刻就应了他的话,可是,他并不能够。

元勰低下头,声音极轻极缓地说道:"士为知己者生,为知己者死,布衣之交尚能若此,况陛下与臣数十年君臣兄弟的恩义。凡陛下所言,臣无不应之诺之,唯有此事,臣斗胆恳求陛下收回成命。陛下加于臣的名位尊号,已为人臣之极。臣唯恐有闲语责臣震主,当年周公尚不能安居,何况是臣。陛下若爱护臣,就请陛下解除臣所有职权,让臣返回彭城,与妻儿共了此生,莫要将如此大事托付于臣,臣委实是承受不起。"

元宏平躺于榻上,艰难地转头看他,见他眼中有泪,亦是禁不住泪水如注。他握着他的手,他的手心已满是汗水。他对他说:"想汉之霍光,蜀之诸葛,皆是以异性为君王委以托孤之重责,你我皆为元氏子孙,同出一脉,如何就不可呢?六弟,朕的儿子不是周成王,你也不会有周公的命运……归去田园,含饴弄孙,是你二十年、三十年后的生活……绝不是现在的。大魏江山,不能没有了朕,再没有了你啊!"

元勰屈膝,再叩首:"兄长,你我虽为莫逆,弟却从未将自己心底的话告知兄长。弟的心远没有兄长的那般大,建功立业、一统河山是兄长毕生之愿,却不是弟的。弟追随兄长屡次南征,激战南蛮,实是为了全君臣之恩,兄弟之义,知己之情。归园田居,携妻带子,抚琴赋诗,方是弟一生追逐之境。还请兄长成全!"

元宏慢慢地放开了元勰的手,他在心中反反复复地思量着他的话,他被这话打动了,他仿佛看到了那清澈见底的湖面上悠悠地泛起了阵阵涟漪,听到了来自天边的一曲似有若无的仙乐。他的嘴角微微地露出了笑意,他明白元勰为什么会向往这样的生活,这样的生活,太过美好,却也太过不真实,至少他是不会去奢望拥有的。现世给了他太多不可卸下的包袱,他真的已经太过劳累了。可是元勰不一样,他的人生,还有希望,但愿他能随着自己的心,平静地过完一世。

"六弟,你让我再想一想,再好好想一想吧!"

三日后,元宏顿觉精神大好,不仅能够下床走动,还召集了众文武商议有关事项。晚上,他独自一人在寝宫之中,提笔写下了两份文书,一份是给他将要继位的儿子太子元恪的。文书是这样写的:

"汝第六叔父勰,清规懋赏,与白云俱洁;厌荣舍绂,以松竹为心。吾少与绸缪,提携道趣。每请解朝缨,恬真丘壑,吾以长兄之重,未忍离远。何容仍屈素业,长婴世网。吾百年之后,其听勰辞蝉舍冕,遂其冲挹之性。无使成王之朝,翻疑姬旦之圣,不亦善乎?汝为孝子,勿违吾敕。"

这篇百来字的文书,其内容大致是向太子述说了元勰高洁无瑕的品格,与自己少小相伴的深刻情谊,要他在自己逝后遵从元勰淡泊清雅的性子,辞去所有官职。元宏让太子信赖元勰,在任何情况下都不得对他心存疑虑。此文虽短,内容却丰,且文辞斐然,以四言为主,间以句式变化,规整中又不失灵活,极富有音韵之美,就算在六朝文海之中亦不失它的亮色。

当然,这份文书存在的意义当然不只是它的文学地位,而在于元宏作为长兄对于弟弟真心的爱护,他尊重他的选择,他要太子以成王为前车之鉴,不要重复周公的悲剧。元恪是个慧谨仁爱之人,历史告诉我们,他同样也是一位与父亲相当的英明有为之君,元勰后来的悲剧到底是不能完全归结于他的身上的。

元宏的第二份文书是秘授予元勰的:"诏诸王并刺史、太守:皇太子即位,但有谋反者,听彭城王以此诏,召尔等共讨之。"这道密诏不仅仅是给予了元勰万人之上的地位,在关键的时候还能够成为他的保命之符。这两份文书无疑不是为元勰的未来铺了一条平安和顺的路,可惜,到头来,一切不过只是枉然。

十二

魏太和二十三年夏四月丙午朔,魏帝元宏病逝于谷塘原行宫,这位一生为国家殚精竭虑、开疆拓土的君王死的时候只有三十三岁。当他带着壮志未酬的隐痛遗憾地闭上双眼的时候,一个属于他的时代慢慢落幕了。元宏遗命,令弟弟北海王元详、广阳王元嘉、咸阳王元禧、任城王元澄与尚书令王肃、吏部尚书宋弁六人共同辅佐幼主理政。

六人并不知道元勰曾向皇帝力辞辅政王一事,故而无不对这份诏命中并未提及元勰而深感意外,只是因为此刻尚在军中,元勰仍旧是统领六军事务的绝对领袖,因此众人均还以其马首是瞻。皇帝中道崩卒是何等大事,如今,也就只有他有这个能力和魄力去料理这一切了。退隐朝堂是辅立太子顺利即位之后的事,而今他还只能进,不能退。为安将士之心,也为避免齐军趁机捞取便宜,元勰当机立断地决定在与太子会合之前秘不发丧,侍疾呈报如常,六军将士莫有能知者。

五月初,车驾行之鲁阳境内,太子元恪奉旨前来,这才向天下宣告元宏的死讯,元恪遂于灵前称帝,即皇帝位,时年十七岁。元恪询问彭城王大行皇帝谥号,元勰引《谥法解》语,"五宗安之曰孝,慈惠爱亲曰孝,协时肇享曰孝,秉德不回曰孝,经纬天地曰文,道德博闻曰文,学勤好问曰文,慈惠爱民曰文,愍民惠礼曰文",建议以"孝"、"文"二字总诉元宏一生功业品行。元恪然其言,即定皇父谥号为"孝文",加庙号为高祖,葬于长陵。

待一切尘埃落定之后,新皇帝元恪亲自驾临彭城王府,欲委元勰以宰辅重任,他说先皇给他的遗诏他已能字字倒背如流,他不是不愿意做先皇的孝顺儿子,也不是不愿意成全叔父雅志,只是他委实不想失去叔父这位股肱之臣,他说他可以向元氏列祖列宗起誓,此生定不负彭城王。元勰心下感动,却仍是晓以真理,动以挚情,固辞不受,之后亦屡屡上表明志向。元恪无奈,只得暂时收回成命,不过依旧保留其侍中之职,又加以骠骑大将军,授定州刺史,寻又授扬州刺史。

元勰知道,这已经是这位少年天子的最大让步了,况远离权力中心的洛阳,亦是他的心中所求,故而便应诺了。元勰于扬州任上,"简刑导礼,与民休息",并亲自训练一支精锐水师,先后平定城戍、阳石、建安等地,军民降服,名震遐迩。元恪大喜过望,又将元勰召回洛阳,进位司徒,并大司马一职。其时萧衍已代齐建梁,为立威望,多次北进犯魏,元恪令元勰领兵迎敌,未几,淮南等地告平。

如此赫赫战功,如此显赫威望,又得两代帝王如此信赖,不能不引起朝堂之上有心人的嫉恨,其中尤以两位辅政王元禧和元详为最甚,二人屡在元恪面前献谗,说元勰阴怀不臣之心,请元恪遵孝文先帝遗诏,卸去元勰所有官职,贬为平民。幸而元恪年岁虽不大,却自有判断力和洞察力,无论两人怎样将此事渲染得栩栩如生,活灵活现,元恪俱是一笑置之,并不为之所动。

谁知螳螂捕蝉,却有黄雀在后,元禧、元详这般不遗余力地构害元勰,不料很快就被人所参,细数两位辅政王暴虐不法、骄矜淫乱的斑斑劣迹,终为皇帝所赐死。这只能干的黄雀名叫高肇,是元恪的舅父,在朝堂之上也占有一席重要的位置。高肇一边对小皇帝恭谨爱护有加,一边对百姓肆意盘剥压榨,在朝中亦是横行霸道,众臣皆因着他与皇帝的这层甥舅关系唯有对他礼让三分,没过多久他就有了一人独霸朝堂的姿态,元恪却浑然没有觉察出来。

高肇原是不敢对元勰有任何动作和想头的,相反,每每元勰回京,总对之以笑脸,甚至是有了些谄媚巴结之态。元勰性情虽然温和,却早已闻得高肇为人，也见不得他这般的小人情状，故而对他总也是不冷不热、漠然无视。高肇由是深恨此人，急欲灭之，只是自觉时候未到，也只能权且忍耐了。

这年春天，元勰再一次向皇帝表明心迹，请求返回彭城，专心著书立说，却仍未获得恩准。其时，他所著的《要略》三十卷已经接近尾声。元勰原就好文，领兵打仗实非其所愿。可就在军中，制定战略战术之余，他亦分时完成了自己的著作。《要略》所记载的是自上古以来所有帝王贤才的为人事迹，要求子孙仿效这些正人君子，不为名所获，不为利所诱，谦逊狷介，正直良善。可惜的是，这部鸿篇巨著后来却被毁于战乱之中，遗失无考，给后世人留下了一个巨大的文学遗憾。

其实，凭借着元勰这般清正俭素、小心谨慎，纵使有高肇等人虎视眈眈，也绝挑不出他的错来。他还是有机会可以按照他想的那样，与妻儿在山水田园之中平平安安地过此一生的。可元勰就是元勰，他无法真正对朝堂之上的明争暗斗充耳不闻，他放心不下的依然是孝文皇帝艰苦经营的大魏江山。他无法真的独善其身，他虽然拒绝了元宏要他独揽辅政大权的旨意，却并不代表他就忘了元宏曾经对他的嘱托。

十三

月光四散而下，树枝随着晚风微微摇摆，晃动着人的眼，一阵阵迷眩，一阵阵茫然。元勰坐于院中的石凳之上，手捧着一个深褐色木盒，檀香的清幽之气慢慢地传入了他的鼻中。他逡巡不定，犹豫不决，里面放着的正是元宏授他清君侧特权的遗诏。若非高肇近来的行径愈发为人不齿，他几乎是忘记了有这样的一份东西。

前些日子，元恪听从高肇之语，欲立高肇侄女高夫人为后，元勰向元恪俱呈高肇诸多不法之事，固以为不可。元恪虽然将此议作罢，却并没有追究高肇的罪过，仍是交之以重任，高肇于是更加变本加厉起来，卖官鬻爵，抢掠人妻，无恶不作。

元勰将那一纸诏书握在手中,好几次,他几乎就要将它付诸实施了,可就在最后一刻,他放弃了,正如这一次一样。他又一次默默地锁上了那檀木盒子,将钥匙放于他腰际的荷包之中,起身朝里走去。天上的云朵愈积愈多,当他进屋的时候,一滴雨水刚好落到了他的手背上,微微地发凉。他走进里屋,他的妻子李氏正熟睡着,他脱下靴子,蹑手蹑脚地走至床边,轻轻拂了下她的面庞,眼中爱怜尽生。李氏所怀的是他们第五个孩子,不日即将临盆。他一直看着她,心中的忧虑之情不由得也少了好几分。

　　立后不成,高肇对元勰的切肤之恨愈发浓烈。他不厌其烦地进谏皇帝,说的都是同一件事,他说彭城王久与南蛮作战,受萧衍利诱,早已心向他们,请陛下不得不有所防范,不然待到他与他们里应外合,夺得陛下皇位简直就是顷刻之间的事情。陛下通读史书,历史的教训难道还不够深刻吗?高肇说这话时的那种斩钉截铁的语气终于让元恪对元勰那颗深信不疑的心有了些微的动摇,再加上高夫人时不时添油加醋地加上几味佐料,一切在不知觉间就已经发生了翻天覆地的变化。

　　这一日,高肇深夜进宫面圣。此刻,他的话语中已有了些许决绝的逼迫之意:"陛下若不信臣所言,可召郎中令魏偃和高祖珍询问,此二人皆是彭城王的亲信,因不屑彭城王的卖国行径才向臣秘密言说的,彭城王许萧衍千里之地,萧衍亦许彭城王皇帝之位,这些都是他们亲耳所听见的。臣斗胆向陛下言明此事,实是凭着臣对陛下、对大魏的一片赤子丹心啊!倘陛下不信,臣愿以血明志。"

　　此言说罢,高肇就欲以头击柱。元恪慌忙叫左右将他拦下。这一招以身犯险果真是够高明的了。元恪慢慢地将手握成了拳,旋即便又慢慢地放开了。他立刻遣人去叫魏偃和高祖珍入殿觐见。一位是手无实权、清心寡欲的宗亲,一位是执掌乾坤、炙手可热的外戚,只要是想要节节攀升的人都知道该选哪一位去巴结。魏偃和高祖珍在元恪面前一番表演活灵活现,将细节处渲染得绘声绘色。元恪被打动了,他低头沉思了,底下的几个人面面相觑,等待着一份期待已久的判决。

　　许久许久,元恪方才淡淡地说了一句:"今晚,让彭城王和另几位叔父进宫,就说朕想同他们聊聊家常。"

此言一出，几人都略略放下心来。皇帝赐宴，不论是身份多高贵的宗亲大臣，按例都是不得带卫士前来，随身也不得携有任何的利器，一旦进了宫墙之中，就犹入了一个巨大的樊笼，在这樊笼之中，他们便能放手去做一切他们想做的事情了。不知道元恪此举是不是与他们达成了某种心灵的默契，从而默认了他们的行为，但这确实是将元勰送入了黑暗的鬼门之关，隔绝了他与人世间的所有关系，也包括他那才出生的孩子。

宫中人来传话的时候，李氏因才生产完毕，身子太过虚弱，正沉沉地睡着，大夫说王妃这一胎是伤了元气的，唯有好好地调养才不至于落下病根。元勰叫乳母将孩子抱了下去，自己则守在妻子榻前，轻握住她的手。听得使者前来，他方才退了出去，面呈说自己难离王妃之身，还请来人体恤，隔日他必进宫向陛下请罪，听凭陛下惩处。来人正自犹豫间，又有两名使者接踵而来，说是陛下有急事与彭城王商议，请殿下切莫抗旨不遵。

元勰心中渐生出一丝忧惧，前番才说是赴宴，如今却又说是有事相商，且已然是说到了"抗旨"二字。他思忖须臾，只说请使者稍后，待得他进屋更衣。此时李氏也已醒来，元勰与之相辞，她忽地抱住了他，并不说话，只是泪水盈盈，她说她很怕，这种感觉过去从未在她的心头涌现过。元勰不敢说他也有着同样的一种害怕之情，他强作欢颜，说自己只离开两个时辰便回来，他让她等着他，等着给他们新生的儿子起一个好听的名字。

元勰恋恋不舍地登上了早已为他准备好的牛车，他的心沉沉地跳动着，秋风卷裹着的落叶飞进了车里，那是一片不规则的叶子，一见便让人觉得很是不适的样子。元勰弯下身子，将这叶藏进了他的袖中。车驾行至东掖门，牛徘徊不前，又有使者从门中出，说陛下候彭城王已久，请殿下步行趋步而去。元勰下车回头看时，见那牛的眼睛竟然盈盈地闪着泪光。

酒过三巡，已至午夜，侍从带着元勰去一偏殿歇息。元勰酒量尚可，此时并未呈醉态，便与来人说要回府安寝。正此当口，殿门已被人撞开，见左卫元珍携酒壶大步进前，身后跟着四个身着铠甲、身佩长剑的侍卫。元珍面色狰狞，冷冷言道："在下请彭城王殿下复饮此杯，方使殿下回府。"

元勰淡淡一笑，说道："陛下要杀我？还是你们要我死？"

元珍蔑然："天威难测，殿下遵旨就是。莫要让末将做难为之人。"

元珍向后一挥手,四个侍卫立刻拔剑直刺向元勰的脖颈,冰凉的剑锋正散发着血腥的气息。他从酒壶中倒了一杯酒,递到了元勰的面前。元勰慢慢地伸手接过了酒杯,那酒的味道淡淡的,很是合他的脾胃。他闭上双眼,将整杯的酒一口气送进了他的腹内。

　　元勰握杯的手慢慢松开,酒杯落地的声音在午夜中显得突兀而又骇人。他倒地而亡,袖中的枯叶从他的袖中飘了出来,静静地躺在了他的身边。

元勰小论:皇叔这份职业,很危险

　　魏永平元年九月,彭城王元勰逝,年仅三十五岁。史载元勰逝后,"在朝贵贱,莫不丧气",说其"无罪见害,百姓冤之"。旋被皇帝追崇为司徒、侍中、太师等虚职,并加谥号为"武宣","武"为刚强理直、威强澼德、克定祸乱、刑民克服之义,"宣"为圣善周闻之义。故后人亦称之为彭城武宣王。

　　元勰逝后,高肇的权力达到顶峰,不仅滥杀大臣,陷害诸王,甚至到最后连皇帝元恪也被他玩弄于股掌之上。这个花费了孝文帝元宏毕生心血,经过一系列汉化改革后逐渐强大起来的王朝,仿佛一下子又回到了原点。元恪死后,五岁的太子元诩即位,其生母胡太后擅权,致元氏王朝土崩瓦解。十六年后,权臣宇文泰和高欢分别拥立宗室元宝炬和元善见为傀儡皇帝。北魏亡。

　　所幸的是,元勰没有看到这一切,不过,倘元勰还活着,他是必然不会让这样的事情发生的。臣下之所以会变成权臣,多半是因为皇帝的放纵,且没有另一股制约其野心的势力,所以历代聪明的君主都是会用"制衡之术"的。本来元勰既有文才,又有战功,且其本人"雅好恬素,不以势利婴心",威望远在高肇之上,是制衡高肇权力的不二人选。可是皇帝元恪却没有下好这盘本已是稳操胜券的棋。

　　但若说元恪不是一位有道的君主,实在也是冤枉了他的。在他当政的初期,其英明果敢并不输于他的父亲,政治还算是清明,而且他也是下定了决心想要倚重元勰做他的宰辅之臣,甚至违背了父亲留下的旨意,屡屡将平叛的大任交到他的手中，他是真心信任元勰的。至于高肇，他是弄臣，而不是贤臣，元恪喜欢他，却不敢把大权交给他。高肇数次挑拨陷害元勰，元恪并不为所动。这就表明，这个时候的皇帝，确实有着清晰而敏锐的头脑。

可是，也正是在不久以后，元勰却被冤而亡。诚然高肇罪责难逃，但从元勰死后，元恪并未对高肇有所惩处的反常行为，可以推断出元恪是知道此事，进而默认此事，甚至是授意此事的。因为元恪重用元勰的心是真心的，但是后来，他防备元勰，乃至要将他置于死地的心恐也是真的。这或许是自相矛盾，但人心本就是矛盾的，帝王之心尤其如此。

导致叔侄俩矛盾激化的导火线应该就是元勰进言阻止元恪册立高夫人为皇后，这不仅惹怒了高肇，大约也挑动了元恪那根敏感的神经。立后之事可说是关系到朝局的大事，但也完全可以说就是皇帝自己的事。元勰就算是皇叔，但如此不留情面，指手画脚干涉皇帝的家务事，大概真的很难令他高兴吧。

北魏是亡于权臣之手的，可是不论是一开始的高肇、尔朱荣，抑或是后来的宇文泰和高欢，他们都有执掌江山的野心和实力，但他们都没有自立为帝，其所差的，恐都是一个名分而已。倘若这时候元勰还活着，只要他振臂一呼，拿出孝文帝给他留下的号令群臣以清君侧的遗诏，朝野有识之人定会响应，元氏一族并非没有反戈一击的机会。

可是元勰没有等到这一天，历史也不容许有任何的假设。他想得太多，他想顾及每一个人，却终究连自己都没有顾及。历史最后定格在我们面前的是那个在林松间仰首吟诗的颀长清朗的身影，伴随着的，是史家用冷静而公正的笔所评价他的话，"孝以为质，忠而树行"。

第六章 才德无瑕，千古《文选》

他是南北朝时期数一数二的文学大家。《文选》一作为后世人留下了珍贵的精神遗产。在那风景灵秀的顾山，他曾为一位少女种一颗红豆，埋一抹相思。他本是世外之人，或许那一片桃花林，才是他最终的归宿。

一

北风吹过，拂起大地一片尘埃。尘沙四处飘扬，随着风胡乱飞着，不知将往何处。一如人心，飘浮不定，终没有个安定的所在。天空下起了大雨，雨滴砸在石板路上，发出了"咚咚"的刺耳的响声，倾盆狂泻，将院中迎风傲立的腊梅打得东倒西歪，让人心生无限厌恶之感。

自拓跋氏建魏，刘宋灭宇文晋朝以来，乱哄哄也已是百年期。中原南北分治，战火不绝，互不相让，却谁也不能真正地臣服了谁去。仿佛每一日清晨睁眼，瞭望四周，便已觉是万幸。幸而，还活着。

都道古来昏主暴君不过都是一丘之貉，远如桀纣，近如桓灵。那齐主萧宝卷就是此辈之君，留恋美色，滥杀无辜，弄得朝堂无一刻的安宁。襄阳刺史，大司马萧衍本也是抱着作壁上观的心思按兵不动，许还能渔翁得利，直至兄长萧懿也成了那萧宝卷的刀下冤魂，半为报仇，半为夺权，便在齐中兴元年起兵，杀萧宝卷，并在江陵辅立南康王萧宝融登基。次年，萧衍自立为帝，建梁。

"朕将来必将一统天下，成就尧舜伟业。朕的太子，起名萧统！"

南梁天监元年十一月，梁主萧衍在建康城册立时年才一岁有余的长子为储君。他接过贵嫔丁氏抱着的孩子，紧紧地将他搂在怀中，孩子很安静地睡着,偶尔还会露出些许笑意,全然不知他的身上将要肩负的是怎样的荣耀与责任。群臣欢悦,齐声恭贺皇帝与太子。萧衍朗声大笑,低头轻抚着孩子的面庞,心下默默道:"维摩,朕定会倾尽全力,给你最好的一切。你会是朕最大的骄傲!"

维摩,是萧衍在太子还未出生时就给他起的小名,取自《维摩居士》篇,说那维摩居士富甲天下,儿女齐全,举世辩才,文采无双。那是多么大的一种期许,又是多么大的一种负担!尽管尚在襁褓之中,他的路便已然被安排得妥当,注定富贵,也注定煎熬。这是幸,还是不幸呢?命运,从来都容不得他来选择,且走且看罢。

二

雨后初霁,天边升起一道五彩的虹,投在花园那一潭清澈的湖水之中,霞蔚云蒸,明媚纯净。那一年,萧统十二岁,正背手默诵着文章。他的明眸闪亮,透着与这个年纪并不符合的睿智与从容。他三岁能文,聪颖异常,纯孝温润,不骄不躁,作为一国的储君,几乎已是无可挑剔。

"殿下,这可叫臣好找呢!"忽地从假山后闪出个人影来,将他手中握着的一卷书夺了过去。来人十六七岁的模样,体态微丰,穿着富丽,眨巴着双目,一手搭在了他的肩上,笑语道。

"兄长,你这是作甚?也不怕人笑话了去,快将书还给我罢!"萧统倒也不恼,一如往昔般地柔声道。这人是他六叔萧宏的第三子,名正德,封西丰侯,本是他的堂兄。不过他与萧统还有着另外的一重关系。因着萧衍早年无子,故而将他过继至原配郗氏的名下,原是作为嫡长子来培养的。谁料没过几年便又有了萧统,义子自然比不得亲子,便又将萧正德重归了萧宏。

萧宏原指望着这个儿子有一日要君临天下,一朝化为了泡影,心里不知是生出了多少的愤恨怨怼来。久而久之,这种不满亦传染给了萧正德,他虽年纪不大,却成日博戏嫖妓,不学无术,常在私底下称萧统不过是一庶子,比不得他身份贵重。萧统知他为人,奈何顾念着亲戚,又曾是义兄的情分,每次总也客气地唤他一声"兄长"。

"好弟弟,你可别整天地往书堆里钻,也不怕成个呆子了。听说大理寺又来了好些个犯人,走!咱一块瞧瞧去!"说毕,不容分说地拉着萧统的手出了宫门。建国伊始,萧衍便命令沈约等人修订《梁律》,其中规定梁朝的中央最高审判机关依照汉制仍为大理寺,大理寺卿与大理少卿为其正副长官。

大理寺卿年逾五旬,歪歪地伏在案上,正翻看着卷宗,眼皮来回地上下跳动着,思绪不知已经跑去哪一个角落里了。直到听着小吏禀报说是太子驾临,才似被凉水浇了全身一般地清醒过来,忙不迭地起身出迎,心下一急,却被高高的铁门槛给绊了一下,幸有小吏在旁扶着,才不至在太子面前失了礼数。

萧正德忍不住转头轻笑了一下,弄得那大理寺卿愈发得尴尬起来。萧统不满地看了他一眼,不待他行礼,便上前了一步,微微颔首。他虽是强行被萧正德带到了这儿,倒也是既来之则安之。这些年来,他勤于经史子集,却并没有接触到政事,一来是他年岁尚小,二来是他那皇帝父亲也实在是个恋权之人。不过古来君王多是如此,倒也怪不得他。

萧统微微一笑,脸上露出了温润如水的神情:"孤贸然前来,不知是否叨扰了卿办事?"

大理寺卿赔笑着做了个长揖,虽说上下有别,不过听着萧统还略带着些孩子气的声音,还是忍不住稍稍抬头看了他一眼。早就听说这位太子礼贤下士,从无仗势压人之事,如今亲眼看见,倒可见传闻不虚。

还未来得及开口,萧正德一眼便瞥见了案上堆积着的卷宗,由不得咧嘴道:"太子殿下来此就是要好好地查查你断案是否公允,还不快把案卷给殿下看看。"

大理寺卿只当这是皇帝的意思,便一连称了数个"是"字,毕恭毕敬地将方才批改断过的卷宗捧到了萧统的手中。他虽不知这萧正德是何等的身份,不过刚刚似乎隐约听得萧统唤了他一声"兄长",大约也是料得个八九不离十了。无旨擅自翻看卷宗,即便是太子,亦是逾矩的。萧统素来守礼,自是再明了不过的,不过如今这情形,若是退却,倒是有些矫情了,便就象征性地翻看一下便罢。

谁料这一看倒也是来了兴趣,津津有味地阅了近两个时辰。见其中有断得不妥处,少不得亲自提笔来改。直至夕阳照射到萧统那认真专注的面庞上,方才停了笔,如释重负地站起身来。乱世中作奸犯科的人,除却极少数确为大恶之徒外,多还是为生计所迫逼不得已的。萧统虽说生于皇室,也不至于全然不知民间疾苦,况又从小受儒家文化熏陶,这个道理,他自然是懂得的。故而所判者,往往是从轻发落。

二

"这是谁的主意?"烛光照射在皇帝萧衍的面颊上,看不出他此刻的表情,也听不出他话语中的喜愠。寒鸦在黑夜的树梢上谱着吵人的曲子。

萧统低着头,风吹过,地面上倒映着灯火摇曳,看得他有些炫目。他默不作声,许久许久,才在萧正德的口中听到了"太子"二字。他说不出来这一刻他的心中升起的是怎样的一种凄楚。这是他第一次深深地体悟到了背叛与谎言,他的震惊与隐痛迅速弥漫到了全身,仿佛从百花开遍的春暖花开日骤然掉落到了冰天雪地的寒冬腊月天。他无从开口,只怔怔地继续望着脚下那方寸之地。那地上,竟布满了尘埃。

萧衍拿起了案上的剪子,剪去了分叉的烛芯,烛光映射在他洞明世事的眼眸中。他思索须臾,摆了摆手就打发萧正德回去了。知子莫若父,萧统什么脾性,他心明如镜。他的学识与人品自是够了,可就是少了那一股子的"邪气"。萧衍自笑,自己竟会想到了这两个字。可是,生于乱世,本就该多一份防备与猜疑之心。这孩子,太心软,太心善,心善到竟不知道要去辩解与反驳。想着想着,却又觉自己太过杞人忧天,毕竟,他还只有十二岁。那样小,有的是时间去好好想,好好看,好好学。

"这些案子处理得都很漂亮,朕心里高兴。只是维摩,记住,以后不宜和萧正德走得过近,懂吗?"萧衍走下了台阶,握着萧统的手坐下,他的手有些冰冷，许是还怀着几分恐惧。他大约是未曾想到父亲会说如此之语。他似懂非懂，帝王之心，这样深不可测，哪怕对他宠爱的儿子，依旧是点到为止。既然明白萧统不会不知轻重，又为何要问，既然问了，为何不信，既然不信，又为何不去点破呢？萧统抬眼，对着父亲的目光，是柔和的，他浅淡一笑，点点头。

萧统是真的不明白权力对人是怎样的一种诱惑，或许是他与生俱来就拥有了权力。储君，是一人之下的权力，将来，是万人之上的权力。帝王之术，他不懂得。他的父亲也从未想过要去教他。萧衍总觉得他太小，总想着有朝一日他能够无师自通。每一位开国皇帝的手上都沾满了血腥之气，他虽是打着替兄复仇的旗号，可那被他拉下王座又被他杀死的萧宝融何尝不是他的同宗兄弟？

他不想让萧统如此早得接触到权力斗争的残酷，又遗憾他看不透人心。他想保护他免受朝堂上的纷争，却又希冀他将来能做一个像他一样雄才大略的英武帝皇。这岂非太过矛盾可笑？

这些，萧统看不透，可是看不透，又何尝不是一件好事？至少，他可以静心恣意地埋头在书斋中做一些他喜欢的事情。沈约是他的开蒙之师，受他的影响，也受彼时大师们的感染。萧统犹如那振翅冲天的雁，用他的眼看遍文海中哪怕仅是毫不起眼的小舟。

南梁天监十四年正月，萧衍于太极殿为年仅十四岁的太子萧统提前加元服举行冠礼。萧统一袭浅紫色朱雀暗纹锦袍，从容地接受百官的朝贺。他其实并不十分在意旁人的祝祷。他知道，他长大了。长大，是一个很新奇的词儿，萧统的心蓦地一阵欢悦与祈盼。萧衍给他取字"德施"。以德施国，与其说是对孩子的期望，毋宁说是对他自己的要求。即使做不到，哪怕是戴上虚伪的假面，也要向天下证明他是一个多么仁义慈善的君主。

四

萧统十五岁那年，正式帮助皇帝处理国事。求而得之，有那么一刻，萧统是意气风发的。不过他的所求绝不是由他任意胡为的特权。只是希望可以尽他的所能,还百姓一份安宁和和平。可是,这个乱世,原本就没有什么真正的安宁和和平。

"吴法寿竟然当街做下那杀人的勾当。实该诛杀!叔父知情不报,反是一再包庇,也宜惩戒。"萧统翻看着奏章,轻声却坚定地说道。是的,他是宽厚的,可宽厚并不意味着不分好歹,错勘贤愚。他口中的"叔父",正是萧正德之父,临川王萧宏。其人胸无大才,庸碌无能,却阴险狡诈。

天监四年十月,萧宏奉命进攻北魏洛口。在一路凯歌的大好形势下,居然下令"人马有前行者斩"。终致战局急转,全军败绩。萧宏也因此得到了魏军所封的"萧娘"的雅号。可令人不解的是,就在这位败军之将灰溜溜地逃回建康的时候,等待他的却是高官厚禄。如此赏罚不分,萧衍的处置着实荒唐。然萧宏却全没有领这份情,仍旧为他的儿子不得升为储君之事耿耿于怀。

现今这犯事的吴法寿是他的侧妃吴氏的幼弟。人以群分,两人常在一起把酒畅饮,互引知己。这杀人越货之事在他们眼中,本是稀松平常,无非是破几个小钱。可这次却有一大胆的御史上书皇帝弹劾萧宏和吴法寿。萧衍原本未将此等小事放于心上。奈何萧统据理力争,直言进谏于他。本是萧宏理亏,加之萧统初设政事,也不欲拂了他的意,便亲下手诏,将吴法寿斩首于市,将萧宏罢官留爵。萧宏不仅不诚心思过,反对萧衍生出了更深的愤恨。

这种烈火般的仇恨终于在天监十七年彻底爆发。这事说来也是萧氏家丑。萧衍与原配郗氏的长女永兴公主不顾天理伦常,竟恋上了自己的亲叔叔。此等风化之事,原也可大可小。怎料这永兴公主太过痴情,竟联合萧宏想要谋杀亲生父亲。事败暴露,公主自尽谢罪。萧宏却长跪于殿,说这全是公主一人的主意,自己对萧衍外有君臣之情,内存兄弟情义。说到动情处,由不得涕泗横流。萧衍动情,居然也就这样不了了之,不再过问了。

"维摩,你不懂。"内廷弑君,这是何等的大事。可是当萧统自请彻查此事的时候,得到的却是如此回答。他是真的不懂,这是他的父亲过分地忍让仁厚,还是藏着更为隐蔽的心机?他读过《春秋》,知道《郑伯克段于鄢》的故事。父亲会是另一个郑庄公吗？每每事情想得深了，总觉头疼得厉害。他想他有时候也太过愚笨，他是一国皇储，如此愚笨，将来，还能当个好皇帝吗？萧统不禁低下了头，默然不语，却唯有紧紧地将自己的手握成了拳。

五

南梁天监二十一年，萧统正式上疏皇帝，要求主持编撰《文选》。那是一个浩如烟海的工程，前无古人。六年了，他看到了太多，那表面上水波不兴的南梁王朝内部不知正暗潮汹涌着怎样的阴谋诡计。文人大多敏感多思，萧统聪明如此，很多事情他并非不明，可明了了，他只会愈加苦楚和迷惘。

他的心过分清澄，他曾经以为这个世间本该如他想的那般一尘不染。萧正德的谎言第一次动摇了他的信念，萧宏和永兴公主的事让他痛心，而萧衍满不在意的放任态度则是摧毁了他心中对于正义的最后一道防线。他的几个弟弟，除却与他同母的被萧衍称为"东阿王"和"任城王"的二弟萧纲及五弟萧续和他关系深厚且人品端正外，其他的或是矫情虚伪，或是荒淫嗜杀，不为善类。

东阿王和任城王？不错的，萧纲与萧续身上的确有曹植和曹彰的影子。可萧统不会，也自认没有能力去做另一个曹丕。他真的是无能为力了，他可以俯下身子，竭尽所能地用勺子捞出那一滴黑墨，可是当这一潭清水全都为墨汁染黑之后，除了失望，他所能做的便唯有离开。他是真的害怕，害怕那滚滚的墨池亦会将他的全身冲得湿透。这是一种逃避，虽是消极，可逃避本身，也并没有什么不当。

萧统放下书，起身往窗外看去，一缕阳光正射了下来，刺得他的眼睛略有些疼痛。他微闭了眼，他想，他是由衷地欢喜的，只为着可以享一时的宁静，知己相伴，书海拾珠，那样的生活，该是他所希冀的。他轻轻地握住了自己的拳头，他的手心是热的，如同他的心，温暖好似一汪清泉，洗刷着他积聚已久的疲惫。

南梁尚文,萧衍早在南齐时就与当时的名士王融、谢朓等八人在竟陵王萧子良的西邸中结为挚友,世人都称呼他们为"竟陵八友",在当时就被传为美谈。萧衍本人文学素养极高,上有所好,下必效之,何况是如此高雅之好。文风之盛,可堪与春秋战国时的百家争鸣相媲美。

建梁二十载,包括萧衍在内的"八友"已经不复当年的豪气云天,转而另一支文学团体却犹雨后春笋,生长甚繁,这就是以萧统为首,以刘孝绰、王筠等为主要成员的东宫学士。萧统禀赋极高,又虚心求教,并未沾染上皇室子弟普遍的骄横放纵,故而有识之士多愿与之倾心相交。编辑《文选》,固然是有着他自己的想法与考量,亦与这些学士的积极倡导和鼓励密不可分。

"余监抚余闲,居多暇日。历观文囿,泛览辞林,未尝不心游目想,移晷忘倦。自姬汉以来,眇焉悠邈。时更七代,数逾千祀。词人才子,则名溢于缥囊;飞文染翰,则卷盈乎缃帙。自非略其芜秽,集其清英,盖欲兼功,太半难矣。"

这是萧统在奏章中所写,也是他为《文选》所作的序中的一段话。大致是阐明了他编辑《文选》的根本目的,收集自周代以来散落各处的诗文,集其清英,取其精华,分门别类,流于后世,唯恐遗失。

雨落石阶,声声入心。萧衍拿起朱笔,在奏折上轻轻地一画,算是准了太子的请求了。博采众长,集百家经典于一书,可谓功在当代,造福千秋之大德,萧衍明白这些,他自是愿意成就了这桩美事。他端起案上的银杯,喝了一小口清酒,酒香绵长,回味无穷。就在他放下酒杯的一瞬,蓦地看见杯身上倒映着自己的面庞,眼角的皱纹无处掩饰,发丝已然白了大半。他老了。人怎能不老?六十满寿,他已近耳顺,还有多少日子可活?

太子是他全部的希望,他用了二十年的时间,集天下文豪教授他读书,果真将他培养成了一个儒雅正直的谦谦君子,可是这样的"君子"却不完全是他希望看到的。他甚至觉得,若有几分像萧正德,未尝一定就是坏事。想到此,他的手微微地颤动了一下,酒杯翻倒,沾湿了面前的奏章,立刻有内侍上前来收拾。萧衍满心烦躁,不耐烦地咳了数声,那内侍也算机灵,会意地退了下去。

那片片绿水青山,那缕缕袅袅轻雾,那声声沉沉梵音,清幽几许,安宁几许,隔绝了尘世多少繁杂,多少琐碎。顾山香山寺,是萧统亲选的地方。梁朝崇佛,萧统亦然。那样的一部"毕乎天地,悬诸日月"的文学巨著,该是在如此超然出世之地成就的。彼时东宫学士齐聚顾山,人杰地更灵。据说那些日子,顾山山花开遍,百鸟争看,千年难得一见。

《文选》总共采集从周秦至南梁百三十位作家的百余篇赋、诗、骚、文。以赋为首的编排方式曾经遭到陆倕、刘孝绰等的反对。"赋先于诗",这本已是众所认可的事实。可萧统自有他的见解,赋固然是晚于诗,可赋以前的诗多为"经学",经学已被他早早地排除于《文选》之外。他所认可的诗作多作于赋之后。故而如此编排确是恰当无误。

萧统所要的《文选》既非华而不实的卖弄之文,也非夸夸其谈的说教之辞,他要的是"能丽而不浮,典而不野,文质彬彬,有君子之致"的好文。风雅别致,以情动人,极为难得。他将"古诗十九首"选入《文选》,为着一个"情"字。"引领还入房,泪下沾上衣",激荡的是脉脉相通的依依情深;"道路阻且长,会面安可知",睹见的是望穿秋水的凤愁鸾怨;"迢迢牵牛星,皎皎河汉女",充盈的咫尺天涯的无可奈何。这样的诗句,怎能不叫人爱不释手?

萧统虽为储君,居庙堂之高,心向往之的却是"山中有清音"的雅致生活。他喜欢这样的生活,也喜欢过这样生活的人。古今名流,他最是推崇陶潜,不仅在于他"辞采精拔,跌宕昭彰,独超众类,抑扬爽朗"的不群文章,更是羡慕他生活的恬静无争,自由烂漫,他说,"尚想其德,恨不同时"。或许时光交错所留下的遗憾终是令人怅惋的。好在,他留下了众多的诗文,他为他精心写序作传。文字的相融相合,大约,亦可成为伯牙子期之交吧。

学士们各自告辞回府了,萧统兀自翻看着满屋的典籍,又是一朝忙碌日。这夜黑得透彻,衬得众多星辰分外得明亮。这些年,为着《文选》,他时常宿在寺庙,一连便是三五日,住的是禅房,吃的是斋饭,身旁只留有一个叫鲍邈之的内侍端茶递水,寺中的僧侣们无不对他敬重感佩。三年有余,好在是功夫不负有心人,一部鸿篇巨著的雏形算是有了。书从案上滑落,萧统顿觉有些乏了,撑着头闭上了眼睛。

六

　　那年冬天,雪花乱飞,迎面而来,直冲人的面颊。白马在厚实的雪地里小步快跑着,马蹄将雪溅到空中,愈发得迷乱了前行的路。萧统赶回宫的时候,全身已然被雪淋得湿透。他的心跳动得厉害,他无从将对死亡的恐惧宣之于口。触地的脚麻木刺痛,一时竟无法迈开脚步前行,他一把推开了内侍们慌忙为他所遮的伞,直奔临云殿去。

　　屋子里极是清雅,内侍宫女们在无声地忙碌着。丁贵嫔斜斜地歪在榻上,脸色憔悴,一脸病容。她的手中握着一本常读的佛经。雕文洪州香炉中正升着袅袅的檀香,渲染着安详平静之气。正如同她的人一般,温良恭俭,敦厚良善。纵使佳丽万千,美女如云。二十余年,她依旧在萧衍心中占了一席之地。她悉心为他管理着后宫琐碎之事,软语慰藉他劳累困倦的心,虽无皇后之名,却胜皇后之实。

　　她只是个秀丽女子,并无绝艳之容,也无惊世之才,只是有着让人安心的魔力。或者,容颜本易随风逝,才华原是男儿事。对一个帝王而言,能够有一个让他安心的人,便已经是足够了。只是近年来,她的身子每况愈下,多少太医都是束手无策。萧衍心忧,他本就信得佛家"善恶有报"的说辞,求医无果,便欲为她积善,方才便下手诏,大赦天下,以换得贵嫔病愈。如此恩遇,古之罕有。

　　萧统打着手势示意底下人不得张扬,伸手接过宫女手里的汤药,轻脚走到贵嫔榻前,蹲下身子,低声地唤了一声"母亲"。贵嫔本就有些倦了,忽听得孩子的声音,便艰难地转了身来,抬手抚着他湿漉漉的头发,笑了一笑:"都多大的人了,怎地还不会照顾自个儿,也不怕坏了身子……你这叫母亲如何放心地走啊?"

　　萧统瞬时真如被五雷轰得浑身发热,双手一颤,汤药洒了小半在他的手背,刹那便红了一片。顾不得疼痛,萧统放下瓷碗,握住丁贵嫔的手,连连地摇头。他们兄弟三人,唯他一人从小长在母亲身边,即使后来行了冠礼,不在一宫居住,也得以时常见到母亲,不若两个弟弟长年在外,不能如他这般尽享天伦。他对母亲有着很深很深的感情,深到他不敢想象风木之悲是何一种的剜心刺骨。

"如此小疾,母亲何以要说这般自伤之语?母亲不会有事,定不会有事的……"说到后来,喉头不由得被从心喷涌而出的一股浓烈的悲怆堵得说不出话来。小宫女拿来了包裹着冰块的帕子,萧统厌烦地瞪了她一眼,并不理会。复又端起碗来,舀了半勺,吹了吹,喂到了丁贵嫔的口内。良药苦口,丁贵嫔喝完已是紧锁了眉头,不住地咳嗽起来,苍白的脸上泛起了一阵又一阵的红。萧统忙轻拍着她的背,将高枕拿了下去,侍候着她躺平实了后,又替她悉心盖上了被子。

"母亲……母亲时日无多,你要好好的,维摩……千万……不要让母亲,也不要让你的父亲失望。好吗?"丁贵嫔恋恋不舍地望着他,吃力地说着,说着说着,一滴眼泪顺着她的眼角流了下来。已有侍奉的宫女在低声地啜泣着。外头的雪愈发地大了,北风从窗户那小小的缝隙间透了进来,吹得那炭火也温暖不了这冰冷寒冬天。萧统微微颔首,生死轮回之理,他懂得,可他看不透,舍不下。可是何苦又要去看透,要去舍下呢?那个人,是他的母亲,她与他骨肉相连,是她给了他生命,而他,要眼睁睁地看着她走完她的生命吗?

大约,真的要如此了。萧统主宰不了生死,却能做一个儿子所能做的全部。他跪坐在地,静静地守着,一旦贵嫔有任何需要,他必躬亲而为。内侍宫女尚有轮班休息之时,太子却夙夜匪懈,十余日来,均是如此。大赦之令颁下,天下莫不有赞颂皇帝仁爱慈悲者,亦都在私下里上香保佑皇帝、贵嫔福寿万年。

人事已尽,天命从来难测。南梁普通七年十一月中,贵嫔丁氏于临云殿薨,时年四十有二。那日,离萧统二十七岁生辰不过才两日。

一朝丧母,一如叶没了竟日攀附的藤儿,随着风在空中乱舞,终没有个可以暂歇之所,天下有何种苦能够比肩于"子欲养而亲不待"呢?萧统一身素衣地跪在灵前,白幡飘动,似是在慢慢地勒着他的心。他无法向人去诉说他的哀恸，哪怕是对他的妻子，他的孩子。或许有些痛本是说不出来，本是应当自己去承受的。

这些年，他太专注于《文选》了，连他自己都记不清有多少时日没有在母亲膝下，细细地去聊个几句家常。母亲，该是寂寞的。她的确是萧衍身边最重要的一个女人，却绝不可能去独占他的爱。可就算是这一点的爱，又能纯粹几分呢？

萧统的脑中闪过了几许荒诞而不可思议的念头，他想这储君不做也罢。若是平民百姓之家，纵然是清苦，却能父母同住，兄弟共进。茅屋败草，所盛的是天伦亲情，手足谐和，和美喜乐。不知要好过这金屋锦衣多少。想着想着，他又觉自己是多么的无知可笑。

他记得萧衍为他加冠时对他寄予的厚望，更记得那年旱灾，他亲自前往义西赈灾，上山采药，求得甘霖之后，成百上千百姓向他磕头谢恩时眼神中所淌着的那种质朴敬仰的神情。这神情，一直都萦绕在他的心中，很多很多年。就算是屡见皇室中的黑暗阴霾，却无能为力而躲避在书斋中时，他依旧没有忘记，就算是现在，他也没有忘记。

七

那是天监十六年。义西雨水数月未降，骄阳似火，泥土尽裂。眼见着颗粒无收，稍微有些钱财门路的百姓都已经逃得差不多了，剩下的只得去田里挖些野菜充饥，大人倒还能撑个三五来月。可孩子……可怜的总也是孩子。

彼时萧统正受父命，于京城周边处视察督建佛寺。南朝佛寺众多，梁代萧衍时尤胜。故后世杜牧才有两句"南朝四百八十寺，多少楼台烟雨中"。某一日的掌灯时分，萧统听得卫士们的议论，方知义西灾情，心中焦虑，来不及上奏皇帝，便做主开了最近的粮仓，将监督之责交给了他的亲信，自己则是调转方向，带着底下人前往义西探查。

萧统记得他去义西的那一日，骄阳似火。他弃车骑马，一路而来，几乎未有歇息之时,汗水浸透了他的衣衫,闷热得几乎是喘不过气来。城门处鲜有人走动。守城的小吏拿着长矛懒洋洋地歪在墙角打着哈欠。见他们人车浩浩,衣着不俗,便疑是往来的商贩,倒是很有礼地问了声好,又道如今这城里是瘟疫横行,人畜凡死者有十之六七,加之旱情不减,俨然已经成了一座死城。于是便劝他们绕城而去。身后的侍从们一听得"瘟疫"两字,忙神色一凛,下意识地挡在了萧统的面前。

"进城!"萧统拨开面前的人,朝身后的人群呼了一声。那小吏许是迷糊了太久,一时尚未完全清醒过来,愣愣地上下打量着他。心想自己对他们吐了实情,万一有个好歹,也不会关他什么事情,便耸耸肩,伸手算是迎他们进去,兀自漫不经心地站在那里。最后进去的一个卫士悄悄地在他的耳边说了一句。

小吏瞬时腿一麻,靠着墙的身子险些瘫倒了下来,悠悠然,如梦呓地吐出了几个字:"太子殿下。"

城中的街道很少有人出没,非是得病不能外出者,即是要在家照料亲朋的。义西县令空缺,今尚未上任。群龙无首,雪上加霜,城中百姓叫苦不迭。见惯了京城的昌明荣盛,萧统吃惊于眼前这一片的荒蛮。他想他也未免太相似于《秋水》中的河伯,以为天下均是如他眼所能及的这般花柳繁华。由心生出的那股愧疚,竟叫他忧心孔疚。他忙遣人放粮救民,百姓四方奔来,似是不相信这从天而降的恩泽,面面相觑一番后就大喜着上前领粮。

粮食虽多,却总有吃尽的那日。春日里播下的种子,还未长出便都萎了,灾情严重一天胜似一天,终是治标不治本的。可眼下这还不是最为紧要之事。瘟疫一传十十传百,怕是再得不到有效的控制,不但义西城难保,怕是邻近几城也要受到波及,后果实在堪忧。

正自想着,卫士依着他的吩咐寻来了城中仅有的两个大夫,均是花甲年岁。说这瘟疫虽凶,却并非没有法子治,只是如今还缺着一味叫"菘蓝"的草药。村后倒是有一座高山,山上或者有也未可知。可这高山极为陡峭,加之山下有一常年积聚的泥潭,十分危险,故而即使是青壮年也不敢轻易前去。再说这菘蓝连大夫都未见过,更不用说是普通的百姓了。纵有方子,亦是无法。

"你们几人留下来照顾病患,其余的,跟着我一起。上山!"萧统年纪虽不大,却自少时起就读遍群书,对百草也颇有些心得,这菘蓝一物,自也是知晓的。此话一出,立刻引来了跟随的卫士们的齐齐阻拦。原本他们便欲劝太子早些离开这瘟疫之地,而今见他非但没有要走的意思,反是还要亲自犯险,怎会有不心急火燎之理?

　　"不必多言!"萧统是惯常的温厚,可是一旦摆出储君的架子来,亦是叫人心恐拜伏的。百姓们见他这般坚决果敢,禁不住动容感激,有几个体健的也跟着一同前去。这山倒也不甚远,不消半个时辰的工夫就到了。周围并无人家居住,连城中上了年纪的老人们都不知道这山的名字,只是"高山,高山"地浑叫着。山路崎岖,萧统俯下身子,一步一步小心翼翼地朝前走着。

　　菘蓝喜阳,大约总也在山的南面了。这山倒是真算得上是一座宝库,草药繁茂。萧统苦寻良久未果,由不得有些心躁气泄了。可他到底是年少,心中自有那股子不达目的誓不罢休的拗劲儿。未时的太阳照得正盛,顺着那一束并不招人欢喜的阳光望去,瞬时只觉步履轻盈了不少,奔上前去,蹲下身子,抚着这丛丛草药细看着,那不就是菘蓝吗?怪道说菘蓝金贵,原是这般不好寻见的呢!萧统拔下一株,低头嗅了一嗅,点点头。跟着的人无不喜得欢呼起来,忙地上前将这一带的菘蓝全都装进了各自身后背着的草篮子里。

　　"这下可好了,殿下!乡亲们可是有救了呢!谢殿下大恩!"人群中不知是哪个带头喊了一句,一众人纷纷下跪叩首。萧统微笑了一下,好似有一汪清泉静静地划过了他的心房。山间群鸟乱飞,飞累了便不知是停留在哪一棵树上编织着自以为是天籁的吵人的曲子。原来它们也难捱这难忍的热天,许是像人类一样祈盼着一场甘霖的降下。

　　萧统皱了皱才刚舒展开来的眉头。据说古人有久旱求雨之所为,而今,他也想要去试上一试。精诚所至,虽未必可以换得金石为开,然若可以换得心安和释然,也总算是不枉的了。他抬头看去,果是一座"高山"呵!才要迈开步子走时,忽觉脚疼得厉害,方才发现刚刚不小心崴着的右脚脚踝处已然是红肿了大片。

　　他说只需留下一人陪在他身边便可,剩下的宜立刻下山救人,他要登上这山的最高峰,在最靠近玉宇苍穹之地为民祈福。他是这样的坚定和虔诚,无人敢劝他,亦无人劝得住他。萧统信仰佛,相信佛的眼睛必然会时刻游荡于这人世间,普度需要救助的人们,这是他对信徒们不渝的侍奉的最大报答。他会仰望上天,祈愿他可以体察到这一片正在受干旱之苦的土地和百姓。

到达山顶之时,已近黄昏。夕阳西下,透过片片茂密的树叶,在地上留下了斑斑驳驳的光点儿。山顶的风有些凉,却不似冬日那料峭的寒,只叫人觉得舒心。他跪倒在地,双手合十,默默地叨念着什么。跟在他身边的是从小服侍他的侍从鲍邈之,虽也学着他的样子下跪祷告,心里却只笑着太子的痴傻。他如何能体悟萧统的心思?萧统的仁心是从小练就的,不刻意,不矫情,正如同人饿了需要饱食,渴了需要畅饮一般自然而然。

不知是他的诚心终让上苍动容,还是这雨可巧就是要在这夜降下,且一降就是整整三日三夜,解了这炎炎赤日天,也浇灌了这干涸的土地。病者食了大夫所配制的汤药,多是显出了复原的迹象来。人皆在传诵太子有通神之能,尧舜之德。长长的柳条随着微风柔柔地摇曳着,一切都还有生机,一切都还有希望。

萧统走的那日,几乎是全城出动相送,百姓们无不俯身落泪,呜咽唏嘘不止,恋恋哭泣不舍。策马许久,萧统情不自禁地转头再看时,只见得远处依旧是乌压压的一片。他们舍不得他。是呀!这样的一位太子,怎能叫人舍得?

八

萧统的头脑猛然间一抽动,带着他走出了那一段的回忆。不知义西百姓如今可还都安好,不知这天下百姓可都安好?萧统想着,想着这些旁的许是能够化解几分他的丧母之伤。可惜,他的伤太重,悲太深。母亲牌位在上,看着看着,心又不觉疼了几分。男人也好,女人也好,帝王也罢,乞丐也罢,终了所剩的,不就仅是这么一块没有生命的冰凉的牌位吗?再轰轰烈烈的人生到死时,至多也只得换来一场轰轰烈烈的葬礼,在在世的人的心里留下些深的浅的印记。可这些,那些死了的人,能够知晓吗?

不眠不休不食,如今,已经是第四日了。宫人苦劝无用,妻儿苦劝亦无用。萧统的意识是清醒的,他听得到每一个人的话,也将他们的话牢牢地记在了心里。他懂,可他就是不愿意听了他们的话。断臂之伤,纵使用上最好的药,也只能止住流血,却永远也不可能长出一条新的臂膀来。他的苦,怕是最亲至爱之人也无法感受得到。

"毁不灭性,圣人之制。《礼》曰:不胜丧比于不孝。有我在,那得自毁如此!可即强进饮食。"

这是萧衍遣中书舍人顾协给萧统的一道敕书。说居丧而过分悲恸是极为不孝,君父尚在,哪能这般自毁?继而命令其进食。这真的只是一道敕书。史书上说萧统"奉敕",实在是生疏得紧。

可还要叫他怎样呢?萧衍不以为然于萧统沉浸在丧母之悲而自残其身。可是假若萧统一如既往地吃喝就寝,恐怕萧衍又要责备他的薄幸了。就如同萧衍爱萧统的仁善,却又憎他的过分仁善。无论怎样都无法遂了萧衍的心。萧统之"奉敕",所食者也仅是麦粥一类的食物。逼得萧衍又降下第二道敕书,言辞激烈较前一道尤胜。

"闻汝所进过少,转就羸瘵。我比更无余病,正为汝如此,胸中亦圮塞成疾。故应强加饘粥,不使我恒尔悬心。"

话说得十分明白,就是为着你,才叫我也闹了病。萧统孝谨天至,又怎会无动于衷?勉强是多食了些许,却仍是果蔬之流。出葬后,腰带"减削过半","世庶见者莫不下泣"。

母亲的离世确是萧统一生中的一大劫难。打这以后,他便更是少言寡语,不喜政事。萧衍几番召他议事,他总有些心不在焉,或只言几句无关痛痒的敷衍之话。萧衍虽不满他如此,却也觉得他是情有可原,况他对丁贵嫔也非全无一丝的念想。可数年过去了,他依旧是这样,就难让他再容忍下去了。

"萧统,你若还这样,叫朕怎样放心地将江山托付于你呢?"萧衍的话极是冷冽,难掩的是他的失望之情。这个曾经在金銮殿上,被他紧紧地抱在怀中向文臣武将宣布他的"萧统"之名的孩子,或者真的不再叫他满意了。萧统不说话。《文选》完成在即,他真的没有理由去逃避了。命运既已为他做了选择,那些丑恶的、黑暗的事,他终是要去面对。

萧衍看着他,这些年,他不只是消瘦许多,面色也不似先前红润了。萧衍沉沉地舒出一口气,语气稍和缓了些,让萧统无事多出去走走,去顾山逛逛,去佛寺看看。萧统颔首,只恭敬地答了一声"是"。他是臣子,皇帝的旨意,他遵了就是了。顾山是他编选《文选》之地,他喜欢那里。

九

正是深秋时节,落叶缤纷,金灿灿地落满他的衣衫。萧统甩甩手臂,叶多是散了,唯一片固执地粘在那里。这叶大约是枯得久了,只轻轻地一触碰,便已碎成了末。它们从春天而来,到秋天离去。不过是三季的光景,如此之短。待到明岁,人们会忘却那零落了的,因为新的叶又会争先地吐出,点缀一片春的盛景。不是人们健忘,而是习惯。有开必有落,有生必有死。人之一生,不也是这么一回事吗?萧统独自朝着河畔慢慢地走,钟鸣之声四处飘着,似有若无。可不远处传来的女子的歌声却清晰可闻。

"野有蔓草,零露漙兮。有美一人,清扬婉兮。邂逅相遇,适我愿兮。

野有蔓草,零露瀼瀼。有美一人,婉如清扬。邂逅相遇,与子偕臧。"

萧统寻声走近,才见得是一穿着缁衣的小姑子在浣洗衣裳。那姑子听见有人靠近,倒也不惊,只歪着头看了萧统一眼,又继续搓洗。

"你喜欢我的歌声?"她的声音清脆,一派天真烂漫,全不像惯常见的方外之人般槁木死灰。萧统反是有些惊了,他笑了一笑,颔首默认了。

他说:"这歌原是讲男女之爱的,小师傅既已出家,如何会唱这俗世之曲?"

小姑子知他疑自己不懂佛门道理,倒也不忙辩解,用力绞干了衣物,放入盆中,并不起身,盘腿坐于地上。

"修行是为了能够远离人世的桎梏,享受心灵的平静,而并非是要泯灭人的天性。正如我天性爱歌,幼时便喜读《诗经》,喜欢用自己的调调哼唱。如果佛因为这个而怪罪于我,那他必也不是真正的佛了,是不是?"

萧统情不自禁地在心中暗自称奇。自己也算是半个佛门弟子,却从未有过她这样的纯粹之思。他索性在她对面而坐,细细与她相谈。她告诉他,自己本出身诗礼之家,虽不甚富裕,倒也安实。后朝廷向百姓强征赋税以修建庙宇。家中无力负担,便让她出了家。家有佛门弟子,税自也能免了。虽无十分诚心入佛,可一旦入了,又不觉沉浸于佛的学问中。她爱佛,也依然爱歌。

萧统听着她娓娓而言的往事。她说得欢悦,他听得却并不轻松。这座座浩渺恢宏的庵堂佛寺的后面,是一个个被逼得走投无路的百姓们。百姓何辜?为何要为着君王的欲望而倾家荡产呢?他的脸上露出一丝讽刺的笑,他是君王之子,父债子还,亦是他害了他们。他蓦地站起身来,那姑子笑,看你的装束,必是官家子弟。一定觉得我的想法荒谬吧!

萧统摇了摇头,他说她才是真正的佛门弟子,佛一定会喜欢这样的弟子。二人谈了许久,临了,萧统问她的名字,她只说名字对她并不重要,叫她师傅,叫她小尼,叫她姑子都无妨。萧统亦不强求,也不向她告知他的身份。

萧统与她的交往平淡随和,他们多是在一道谈论佛理,有时也会谈些旁的什么,譬如诗书。有一回他们谈到建安文学。她说她最喜曹子建的赋文,洛神之赋典美博奥,丰润富艳,当世莫有能望之相背者。萧统静静待她讲完,旋即摇了摇头。他说《洛神赋》只是情赋,即便是用尽陈思王一生才学,依旧不过是游戏之作,难登大典。她方欲驳他,他却容不得她有这个机会。接着道,"性者,本质也,情者,外染也,于是最末",性为大善,情则为私欲。陈思王身为王侯,不以性养情,反是大书其情,到底是失了他的身份。

萧统向往"山中有清音"的田园生活,骨子里却未全部放下他的太子身份,依然有着最受皇家认可的正统思想。这正是他性情的矛盾,也是他人生的悲剧。

萧统是喜欢她的,却绝非是男女之爱。若是,这不只是亵渎了她,亦是亵渎了佛门清幽地。他不过是以她为知己。她听得懂他欲说还休的话。她虽至死都不知道他就是南梁太子,却向来知晓他内心的凄惶和犹疑,她非是要开解他。她只是用她天性中的活泼乐观来向他展开一抹微笑,说些叫他开心的事情。萧统对她报以的笑容亦是轻松的,哪怕这样的轻松仅仅只是那么一瞬间。

当萧统再次来顾山寻她的时候,见到的便只是寂寥山林中的一座孤坟,那上面竟连她的名字都没有镌刻上。一同修行的姑子说,这是她的遗愿,她只想清清静静,了无牵挂地走,不想带走这尘世间的任何东西,包括她的名字和法号。她身无一物地来,必是要身无一物地走的。是吗?那他与她的相遇知己之情,对她而言,也是一种累赘吗?

哀伤和失落在他的内心激烈地翻着滚儿,他又失去了一个他所在意的人。他展开手掌,手心里是两颗赤红浑圆的红豆。他原想着同她一起栽下,一起看着它们长大。待他们长成之后,可以在它们的遮蔽下,坐着谈古论今。可如今,红豆犹在,人已归去。晚风吹过,云山辉映,洒下满地伤怀。

萧统蹲下身子,将两颗红豆埋进了土里,就在她的坟前,就当她还活着一样。他发愣了良久,摸摸有些湿润的泥土,起身,转头。这一次的离开,又不知会等到何年何月再能回来?

十

萧统不知道,当他百感交集,几乎是失魂落魄地回宫的时候,等待他的,是一场怎样疾风骤雨般的灾祸。他看到他的宫殿门口围了好些的卫士,这些卫士皆不为他所熟识,且都手握长剑,神色肃然。见了他,只道这是皇帝的圣谕,不得让太子随意离宫。萧统知从他们的口中问不出个什么所以然来,便只得进了屋去。太子妃蔡氏向来稳重端庄,今日却也是没了主意,直扑到萧统的怀中抽泣。萧统抚着她的背,安慰了她许久,方才携了她坐下。

原来就在几个月前,有一云游的道士,看起来颇为仙风道骨,趁着萧统出宫之时，拦车告知，他的母亲——先丁穆贵嫔的墓中近来很有些异动，怕是贵嫔正在阴间受苦，更怕扰了太子的前途。那道士说得活灵活现，神乎其神。萧统原当他是为骗几个小钱而胡言，便只叫旁人赏了他几两银子想打发他走。哪知这道士倒真是个怪人，非但不要半个钱，还直言出贵嫔的生辰八字，连同她与太子间的私语都说了出来。

萧统大惊，赶紧停下脚步来问个究竟，那道士又细细地与他谈了半日，最后道破解之法并非不是没有，只需在贵嫔的墓碑前埋下两只蜡鹅便可。萧统到底是纯孝纯良之人，将信将疑，想着宁可信其有，不可信其无，且这办法倒也不是什么难事，想也不妨事，也就点头允了，叫了手下的两个人跟着那道士去了。

可谁知那侍从鲍邈之在某日当值的时候，不恪尽职守，却与宫女勾搭厮混。正巧被萧统瞧见，按律非死也得严惩。可萧统一是念及从小服侍之情，二又想着他是初犯，并没有施下重罚，不过只是不像先前那般信赖他了。可鲍邈之无疑是个阴险小人，常对太子怀有深恨。这次居然利用此事，又加了好些的佐料，绘声绘色地向萧衍密报太子存有不臣之心，埋下凶物，以诅咒皇帝早日归西。

萧衍近些日子就觉得身子不甚爽快，换了好几个太医，喝了好些汤药仍是不见有缓解之状。正自烦恼着，忽听得这密报，加之太子这几年早不像前些年那般与他亲厚了，心中的一团火一点即着，燃烧得他燥热不已。一气之下便立刻下令禁卫军包围东宫，再派人去贵嫔墓旁挖掘。来人很快就带着所埋的蜡鹅前来回话。

人证物证齐在，萧衍倏地站起来，狠狠地握着那蜡鹅，用力之深，咯得他的手生疼。他的面色由白转青，越来越难看。他似是将来龙去脉梳理得清清楚楚。好一个太子！这么多年来对他的关爱培育，换来的竟是他期望着他去死！多么的可怕呵！

"速将东宫所有宫人全部下狱！将太子押往刑部问罪！"

萧衍重重地一拍案几，案几上的一摞折子应声而倒。文臣们伏在地上，汗水慢慢地湿了他们的背，竟大气也不敢出一声。这朝野上下谁人不知太子品行，如此不忠不孝之事，如何是他所能做得出。况太子是何等聪明之人！即便真存了几分想要抢班夺权之心，又怎么会想出这愚昧无知的办法来？众人皆知，却终是无人敢说上一句。皇帝对子侄们向来宽容，今日发下这样大火，对的又是太子，想来是动了真气了。

"陛下不可！"许久许久，方有中书侍郎徐勉上前阻止。他道西汉的巫蛊之祸牵连者有数万之众，将皇后、太子及几位皇孙一齐逼上绝路，结果到头来不过是小人作祟。汉武帝知道真相后，悔恨不迭，筑思子台日夜思念太子。天伦相残，殷鉴不远。陛下英明超过武帝，切莫听人一面之辞，铸下无法挽回的悲剧。

徐勉为官清廉，为人正直，一向为皇帝和同僚们所敬。听得他带头劝谏，一众大臣齐刷刷地跪倒在地。他说的这些，萧衍是明白的。他几乎是全身僵直地坐了下来，紧蹙的眉头半分松动的迹象也无。他长长地叹出了一口气，仿佛是下定了极大的决心一般。心说，罢罢罢，即使是他真的不念父子之情，他也不能做第二个汉武帝。

他旋即下了两道旨意。一是找到那云游的道士，立刻问斩。二是召晋安王萧纲返回建康。第一道自是无可厚非，至于这第二道，就不能不让人有些什么深的想头了。大臣们相互望了一眼，又迅速地收回了目光，心下都有些明了了，却谁也不可能将心中的猜疑宣之于口。

十一

萧统很快就被解禁了。一切似乎跟从前一样，他还是会被参问政事，还是常会跟皇帝、大臣们见面。可一切似乎又和从前不一样了。萧统本就敏感多思。他感觉得到，过去无论萧衍对他的态度怎样，都不会对他流露出那样的神情。

甚至不是憎恶，甚至不是失望，他自己也不十分清楚。这种眼神，只叫他觉得害怕。可他从来也没有向萧衍解释过一句半句。因为萧衍也从来没有当面问过他。父子俩的心结从一开始起，就是死结。这样成日的忧心郁苦,加之他的身子原本就不十分强健,终于在中大通三年三月,一病不起。

虽是如此,萧统却不许叫太医和宫人们向皇帝告知自己的病情。日常的奏章还是由皇帝身边的内侍送到东宫。为了使字迹不至于有异样,每番总要将头伸进冰水中,待神志稍微清醒了一点,就立刻咬牙提笔写下批语。待全部看完,早已是累得筋疲力尽。这样折磨自己,宫中人无不看得心疼落泪。

有一次,有个侍从终忍不住想要去禀报皇帝。萧统强撑着身子坐直了些,用沙哑微弱的嗓子道了一句:"不许去……不许让陛下知道我的病已如此。"那侍从停下脚步,到底是不敢违了太子的意。只想着太子正值壮年,且又虔心礼佛,想上天必定不会这样着急地将他的命给要了去。

四月,晋安王萧纲奉旨回京。萧纲只小萧统两岁,文学造诣颇深,素与萧统十分亲厚。萧纲年少时就被委任为地方刺史,游遍山水名胜,常将所见所感写就辞赋与萧统互为唱和。每每看及,萧统总对他生出几分羡慕之情来,萧纲亦是惋惜不能与兄长同赏这天地胜景。兄弟相亲,无奈却不能同在一处。

萧衍见到萧纲,就对他显出十分的亲热和喜欢来,絮絮叨叨地同他说了好些的话。萧纲一拜见完皇帝,就紧赶着来东宫见兄长。早过了午饭时候,萧统此时已经水米未进,只躺在那里,生命的气息正慢慢地抽离了他的身体,只剩下游丝般一口气,似在等待着最后的时光。萧纲从未见过这样的兄长,他几乎怀疑自己的眼,离上次相聚,不过才是一年的光景。一年,就能让他那绝世惊才的兄长变成这个样子吗?

"兄长。"萧纲跪坐在床前,泪水湿了他的脸,他低下头,握着萧统的手,低低地呼喊着。兄弟至亲,心灵相通。

萧统睁了眼,看到他,脸上勉强挤出了一丝笑容,精神较前几日好了许多。他侧过身子,道:"世缵,回来就好。这次回来,父亲是不会让你再走了吧?"

"是。父亲让弟永留京城,兄长,你不是常说雍州的古墨好吗?这次弟带了好些回来。咱们兄弟两个又可以一起联诗作画,就像我们儿时一样。"

萧统摇了摇头。儿时?不,他不可能再回到儿时了。他的心已太过疲怠,疲怠到已经不想再思考,不想再回忆,更不想再祈盼什么。好在,好在还有他。他看着萧纲,仿佛是卸下了一个他背负了几十年的担子,冲破了一道他早就想逃离的樊篱。他终是该安心了。

"《文选》既成,此生我已无遗憾。春荣秋落,我是该振翮而去了。世缵,将来……要好好地做大梁的太子,好好地做父亲的儿子。不要像我一样,不要像我一样……"

这话语悠悠地飘散在这偌大的宫殿中,这般绵软无力,却好似从天而降的一记重锤,砸得萧纲神思恍惚。一路而来,他也听到了不少关于太子的流言。他本当这不过就是流言,也没有想得深远。看来,这竟都是真的了。

"兄长,等我回来!一定要等我回来!"萧纲起身就往外奔去,外头的阳光正是灿烂,牡丹花蕊层层叠叠,在春风的轻抚下开得正欢。午后,萧衍手捧清茶,昏昏欲睡。

不及通传,萧纲径直闯入了文德殿。不及萧衍发怒,几乎是用着诘问的语调朗声说道:"父皇,您真的要将太子逼上绝路才甘心吗?"

他说的是"太子",而不是"兄长"。萧衍轻"哼"了一下,拿起了案上的麒麟琨玉佩把玩,仿若他说的只是一个素不相识的陌生人,便全不在意地随口说:"朕也想知道,他究竟还能够病多久。"

如此漠然冰冷的话,当真听得人心寒。萧纲屈膝跪地,倒吸了一口凉气,纷乱的心绪喷涌而出。他瞬时明白了萧统的悲哀。哀莫大于心死,心已死,什么样的锦绣繁华,对他而言,都是虚妄。

"萧正德投敌叛国您尚且能够宽宥不计前嫌。怎么会为了一个小小侍从的污蔑之辞,就怀疑兄长的一片丹心吗?您知不知道,兄长是真的病入膏肓,奄奄一息了?"

萧衍的心这才变得沉重起来。他缓缓地吐出了一句话,像来自天际的并不真切的声音:"那为何没人来禀告朕?"他直望着萧纲,只希望这仅仅是他们兄弟二人串通的虚言。可萧纲是向来不会骗他的。萧统……也是一样的。

"兄长的性子您还不了解吗,父皇?"一语双关的话,如同春日里的一个惊雷,将他的五脏六腑打得细碎,手脚都在颤巍巍地不住发抖。

"快叫太医去东宫。你跟我走！"

萧衍和萧纲赶到东宫的时候，几个太医正在轮番地给萧统诊脉，脸色都像死灰一样的惨淡，相对而望，只得点了点头，齐齐地跪倒在地，头也不敢抬，屏气道："请陛下节哀！太子殿下已经薨了。"

人生最痛苦的事莫过于早年丧父，中年丧夫丧妻，晚年丧子，更尤以最末为甚。萧衍痛哭欲绝，几次背过气去。这样好的一个孩子，萧纲说得对，是自己活生生地将他逼上了绝路。自己昏庸比之汉武帝竟有过之而无不及。武帝尚不知道太子蒙冤，而他是知道的。他知道，只是他不愿意承认。他没想到，萧统竟然这般要强，到此地步，仍然独自承受一切。不，这并非是他的要强，这是他的反抗，他的报复，他亲手杀死了自己——他最为疼惜的儿子。不，也不是这样的，萧统这般纯孝仁善，他怎会这样，他只是不忍自己担忧，不忍自己难过。是吗？还能怎样呢？只是这样，这样得简单明白。

萧统小论：温室花朵的人生瓶颈

南梁中大通三年四月，太子萧统卒，年三十一。史书记载萧统逝后，"朝野惋愕，京师男女，奔走宫门，号泣满路。四方氓庶，及疆徼之民，闻丧皆恸哭"。皇帝萧衍亲自给其定谥号为"昭明"。《谥法解》中说，"昭德有劳曰昭"，"果虑果远曰明"，故世代相称昭明太子，其所主编的《文选》，亦被称作《昭明文选》。五月，萧衍册立三子晋安王萧纲为太子。七月，萧纲为复兄仇，以轻罪斩杀鲍邈之，流放其全族。

太清二年，东魏降将侯景以临贺王萧正德为内应，进攻梁都，前来救援的诸王各怀鬼胎，不顾父兄安危，按兵不动。第二年，侯景攻占建康，软禁皇帝和太子于文德殿，自封丞相。萧衍年老体弱多病，终被活活饿死，临死前还颇有些自嘲自慰地说："自我得之，自我失之，亦复何恨。"侯景旋即以萧纲为傀儡皇帝，后又杀萧纲自立。太平二年，大将军陈霸先废梁武帝孙萧方智，陈立，南梁亡。这个信仰佛学，以文为时尚的文质彬彬的王朝，就这样淹没在了历史的滚滚长河之中。

这一切，萧统自然不会知道。不知若他还活着，南梁王朝会不会经历这样的劫难？史书上并未记录萧统有何出众的政治才能，加之他的性子仁爱善良，缺少一锤定音的霸气，因而他似乎是对历史的走向不起任何的作用。侯景必乱，南梁必亡。可是须知萧统生时，梁武帝精力充沛，又贪恋权势，怕是萧统想要有所作为也是心有余而力不足，至多也只是帮助武帝处理日常事务，扮演个"参问"的角色。他的活动范围相当有限，可就是在这样有限的范围内，他都能在死后引得"朝野扼腕"，"闻丧皆恸哭"，恐怕，不仅仅是感佩他的文学才华那样简单。

《梁书》记载萧统在灾年，"欲以己率物，服御朴素，身衣浣衣，膳不兼肉"，宁可自己过得清苦些，也要将节省下来的钱财发散给灾民们，并且亲自置送粮食。萧纲在《昭明太子集序》中也提到萧统为战死士兵收集遗骨的事情。在义西萧皇塘村，更是留下了昭明太子为百姓求得甘霖的美丽传说。这一切对一个普通官员来说，是可敬的，而对一国储君而言，则是可贵的。

《孟子》说，"得民心者得天下，失民心者失天下"。萧统深得民心，若是登基为帝，即使在这乱世之中，亦未必不能当得一个好皇帝。况且萧统在理事期间"内外百司，奏事者填塞于前"。虽是繁杂，然而萧统却可迅速辨析谬误，"徐令改正"，这样一个头脑清晰、心思缜密的储君怎能说他在政治上毫无作为？

其后的太子萧纲和萧统一样，温善谦和，文采斐然，其实是一个不错的储君，与萧统也是情深意厚。他不仅亲自动手收编《昭明太子文集》，而且还写了一篇感人至深的序文，不吝笔墨地书写了昭明太子的"十四德"，包括"有悦皇心"，"丧过乎哀"，"垂慈岂弟"，"好贤爱善"，等等。只可惜，萧纲不是嫡子，在入主东宫之日起就引起诸多"以为不顺"的不满之声。

南北朝动乱百十年，南北相争，皇室内部自相残杀，血流漂杵。南宋文帝刘义隆长子刘劭与其弟始兴王刘浚杀其父自立，后又为其三子武陵王刘骏所杀。南齐明帝萧鸾废杀郁林王萧昭业，其后又杀尽高帝、武帝子孙。南梁萧衍杀其同宗兄弟萧宝卷、萧宝融和萧氏家族的其他子弟，自立，其子邵陵王萧绎为争得皇位杀其弟萧纪，其侄萧誉（萧统次子），其孙辈萧栋、萧桥、萧璆。至于北齐高氏王朝，则更是一个变态式的疯狂家族。

而萧统在这样一个王朝中,则无疑犹如一朵出淤泥而不染尘埃的芙蓉。南梁前期在政治上还算清明,而萧统作为皇太子,生于宫廷,长于其温厚贤良的母亲丁穆贵嫔和一众饱读诗书的东宫学士的身边,自是养成了他"性宽和容众,喜愠不形于色"的性子。这个时候的萧统无疑是快乐的,自信的。

直到他渐渐长成,看到其野心勃勃却才浅德失的叔父萧宏弃城而亡,其堂兄萧正德胡作非为——"杀戮无辜,劫盗财物,雅然无畏……夺人妻妾,略人子女"(《南史》本传),其弟萧纶为一州刺史时强令百姓吞鳝取乐,为赎买锦采丝布,杀府丞何智通(事载于《南史·梁武帝诸子传》),而梁武帝虽然气极,却一再宽容。萧统的心境是不能不起变化的,可他做不得主。他原将这世上之事想象得太过纯真,一旦发现丑恶,生出痛苦也就不足为奇了。

说到梁武帝的过分"宽容",实在是有些匪夷所思。然而细究其所属的时代,亦不难看出他的用心了。宋齐诸帝为了稳固自己的权势,肆意打压皇室贵戚,非死即贬,由此导致的严重后果即是一旦当外人图谋不轨之时,皇帝无亲信可用,只得成为一个真正的"孤家寡人"。梁武帝本人亦是从这样的"孤家寡人"手中窃夺帝位的。

而至于后期梁武帝以"蜡鹅事件"疏远萧统,使其"迄终以此惭慨"(《南史·梁武帝诸子传》),我想大约是这所谓的"巫蛊"牵动了他作为帝王的一根最为敏感的神经。他或许可以释怀于兄弟子侄贪财杀人,甚至是临阵脱逃。但他绝对容不下别人来挑战他的皇帝权威,就连他亲选的储君也绝不能够!这是历代统治者的死穴,梁武帝自然也不能免了这个俗。

可是这不过是他的一厢情愿,《南史》说正是梁武帝与昭明太子的嫌隙,直接导致了"其嗣不立",而以其三子晋安王萧纲为储,这本是一个值得慢慢商榷的问题,故而于此暂时不表。萧纲是萧统的同母胞弟,可是他们的母亲并非是梁武帝的皇后,萧纲非以嫡子立,不过是年龄最为长。而且其为人率性不羁,所作的诗亦是香艳浓情,开一代"宫词"之先河,因而使得其他诸子颇为不满。他们利用大臣和百姓对昭明太子的敬爱和怀念,大肆宣传梁武帝的"立废失所"。加之他们多为地方刺史,手掌大权,磨刀霍霍,只等着一个契机为己谋利。

二十四年后,北周随国公杨坚以大兴为都城,建隋。八年后,晋王杨广率军灭南陈。一个"乱哄哄,你方唱罢我登场"的南北朝时代终结。

　　杨广之妻,即后来的萧皇后就是萧统的曾孙女。她的弟弟萧瑀是唐朝武德、贞观前期的名臣。萧瑀长子萧锐官至太常卿,尚唐太宗长女襄城公主。有唐一代,兰陵萧氏长盛不衰。其中,尤以萧统直系后人为最荣,历唐代宰相者就有九人之众。子孙如此,对萧统而言,大约该是个安慰了吧。

　　这十四德和《昭明文选》一起,成就了萧统在中国文学历史上不可磨灭的作用。提到他,人们想到的不是他的太子身份,而仅是梁代文学家。若是他泉下有知,该是感到由衷欣慰了。

第七章　绕梁战鼓，至今犹闻

执一柄锋利长矛，戴一张骇人面具，他以惊人的胆识击溃敌军无数，成了中国历史上有名的常胜将军。他恭敬待上，友爱对下，却还是因一句话之失惹来了杀身之祸。那一盏鸩酒，亡了他的命，亦亡了千里北齐江山。

一

冬日的翠云峰上鲜有一丝生气，茫茫一片晨雾中，周遭的一切都看不大真切，唯有那几棵青松傲然地屹立，似在向人宣告，还有生命不惧这样骇人的严冬。

那是大齐河清三年的冬天，一个令高孝瓘在以后每一次的不经意间想到都会觉得无比自豪的冬天，那一年，他还只有十八岁。

清晨，高孝瓘孤身一人登上了邙山最高的翠云峰，坐在那一块虎形的石块上，清风徐来，他眺望远处，尽可能地令他那不知是因激动还是焦虑的心慢慢地平静下来。他很少会有这样独处的时候，也很少会这样安安静静地想一些他所在意的，却并不愿意去想的人和事。

他想起了他的母亲，不是一个具体的女人的形象，而真的仅仅只是"母亲"这两个字。人人都有母亲，可母亲于他，正如这浓雾一样，触摸不到，也感受不到。小时候，如果不是看到乳母家的孩子奔跳着扑进乳母的怀里叫她一声"母亲"，他是连人人都该有一个母亲都不知道的。于是就在这一天，他就歪着头问乳母："孝瓘的母亲在哪里？"

乳母摇摇头，脸上一阵惶恐，一阵无奈，进而只是苦涩一笑，用手抚了抚他的背说了一句："四公子，以后，就不要再问这个问题了。"

高孝瓘是懂事的，从此以后，他就再没有问过，甚至也不会主动去想。武定八年，他的叔父齐王高洋领十万精兵包围皇宫，逼令魏帝元善见行尧舜之道，禅让大宝。元善见原本就是高氏父子手中的傀儡，既无权，也无势，只踉跄地走到高洋身前，下跪叩首，颤颤巍巍地交出了早就预备好的玉玺，将它举过头顶，带着沙哑而颤抖的声音，低低地唤了一声"陛下"。殿中人不约而同地跪倒在地，山呼万岁。高洋朗声而笑，择日便在殿前登基称帝，改国号为齐，改元天保。

　　四岁的高孝瓘并不懂这样的改朝换代意味着什么，直到有一天，宫里来了位小内监，躬身唤了他一声"殿下"。他眨巴眨巴双眼，鹦鹉学舌般地重复着这两个字，旋即又问他为何这般叫他。小内监谄媚一笑，说他是文襄皇帝的儿子，自然该称他一声殿下。高孝瓘依旧是满脸疑惑地望着他，小内监亦不多做解释，只道陛下令诸王孙公子都进宫相聚。

　　就是这一次的相聚，他终于明白了所谓皇家的气派。皇家的气派，也是他们高家的气派。高洋正襟危坐，向身旁的内监使了个眼色，内监将一卷明灿灿的圣旨打开，尖声诵读了那份冗长的旨意。高孝瓘很认真地听着，他拣听得懂的去听。他听到了原来所谓文襄皇帝就是他的父亲，而他，如今是先帝的儿子。他又听到了他的几位兄弟的母亲都被追加了位分或是谥号，可他始终都没有听到他的母亲。他想他的皇帝叔叔怎么会把他的母亲遗漏了，或者，是他没有专心致志地去听。

　　狐疑间，高孝瓘一低头，看到面前的纯银的海兽浮纹食盘上倒映出了他的映像，俊雅秀丽，乌发垂髫。他记得乳母有一次在为他梳头的时候曾端看着镜中的他，啧啧称叹道："四公子真是比姑娘还漂亮啊。"说毕，似乎是觉察到了什么不妥，于是就缄口不言，面上显出了一丝尴尬之色，默默地又帮他整理衣襟。后来他才意识到，形容一个男子貌美如女子，其实并不是一句好听的话。

　　席间，他忽感腹内有些不适，便一个人悄悄地走了出去，路过含昌殿外葡萄架子的时候，他隐隐约约地听到了两个人的谈话。年少的一个带着好奇的语调，轻轻地问文襄皇帝四殿下的母亲是谁，怎么方才没有听到啊。年长的一个声音细如蚊叫，说四殿下的母亲不过是城郊尼姑庵中的一个粗使的尼姑，那年文襄皇帝进庵庙祈福，见她有几分姿色，与她一夜风流之后便有了孩子。文襄皇帝于是就将她于别府安置，谁料待那女子分娩后不久，文襄皇帝就叫人带走了孩子，还留了一壶毒酒给她。

高孝瓘已经想不起来当时他是怀着怎样的心情被人找到后带回去的。他想难怪他常常好几个月都见不到他的父亲一面，就算是见了，也只是淡淡几句书读得怎么样了，武练得怎么样了。他回答了父亲，他还给父亲看他所写的字。父亲微微颔首，连赞叹他的语气也都是冷冷的，让人觉得仿若倒是他做错了事情一般。直到他渐渐长大以后，才明白，或许父亲将遇见母亲当成了他一生最大的污点，而母亲的儿子，也是他的污点，尽管这个孩子亦是他的骨肉。

高孝瓘明白了这一点后，蓦地觉得，他似乎是应该恨他的父亲的。但是似乎和应该之上，还有一个"想"字，他不想恨，他只想勇敢地活着，成为一个顶天立地的男儿，受到人们发自内心的爱戴与尊敬，而绝不是为着他是皇帝的儿子。

二

乱世中，若想做到这一点，唯有在疆场上拼杀。高孝瓘十七岁的时候，就主动请缨带兵抵御来犯的北周军队。那一场仗打得很艰难，可终究还是胜了。皇帝大悦，下令犒赏三军，并将高孝瓘封爵兰陵王。这个时候坐在皇帝宝座之上的，是他的另一位叔父，曾经的长广王高湛。

彼时的中原大地，北有高氏齐国，宇文氏周国，南有陈氏陈国，西有偏安一隅的萧氏梁国小朝廷，彼此战战和和，朝为友，夕为敌。其中论国力，论军力，最强的莫过于是北方的齐、周两国。这两国的创国之路十分相像，实际开国之主高欢和宇文泰都曾是魏国的权臣，后来各自拥立傀儡皇帝，其子孙又废帝自立。正是因为太过相像，所以彼此都有灭对方而后快之感。

终于，那一场几乎是改变了兰陵王高孝瓘一生的仗在和清三年打响了。

北周军队以十万精兵如虎狼雄狮一般浩浩荡荡地扑向了洛阳。洛阳,是齐国的第一重城,洛阳若破,齐国灭亡不远。

已经是第十日了,洛阳城被周兵围得跟铁桶一般。城内的将士们一筹莫展,百姓们奔走相哭,情势十分危急。虽早有传闻说皇帝已经派了各地的援军前来解救洛阳,可是至今连一个士兵的影子都没有见到,反而粮草越来越不济,城门仿佛是弹指间就能被攻破。

高孝瓘从那块大石上站了起来,见天边已经生出了一抹亮色,慢慢地,越来越多,渐渐冲淡了这恼人的迷雾。洛阳,洛阳……再等一等,再等一等。高孝瓘默默地在心里说着,他展颜,唇间的笑意犹如这冬日里最珍贵的阳光一般,似要将这漫山的冰雪融化。他再度贪看了一眼眼前这欺霜傲雪的松,然后转过身去,慢慢地下了山。山下是他和他的士兵们临时安营扎寨的地方。他带领着他们冲破了周军的重重防线,一直打到了这里。这里,离洛阳城只有不到二里,只待着他们做做最后一搏。

"殿下,将士们已经集结完毕,整装待发,请殿下检阅!"才到营地,副将便迎上前来,恭谨地屈身行礼拜道。高孝瓘走了过去,只见他的三千军士齐整分为五队,手持戈矛,一个个昂首挺胸地站在那里。

"给兰陵王殿下请安!"三千人的声音振聋发聩,直冲蓝天,一时间似乎是连白云都微微地颤动了一下。他手下的将士都是他一手所调教的,绝对勇猛,也绝对忠诚。他从他们身边走过,细细地看了一下他们的脸,几乎都是一副磨刀霍霍、准备放手一搏的神情。高孝瓘满意地点了点头,旋即又转了个念头,转头对副将言道:"人太多了,你来挑五百精兵跟着我就好了。"

"殿下,这……这也太冒险了吧!"副将大惊失色,脱口言道。士兵们也都面面相觑,小声议论着。高孝瓘胸有成竹,太阳已经在云层中露出了大半张脸,他身上穿着的那件紫金麒麟铠甲在阳光的照射下显得分外耀目。

"不冒险,怎能出其不意?待我率军入城,与城内的将士合兵之后,剩余的人马就从后面包抄而来,前后夹击。这一次,我要让周兵有命来,无命归!"高孝瓘将自己的拳头握得紧紧的,心中的怒火升腾而起,面上却如常的温润微笑。副将点了点头,立刻从五队中各点兵五百,另结一队。这五百人都是体格雄伟、身经百战之人。

"好！等到日头再上来一点,你们就跟我一起快马往洛阳进发！其余人马,可迤逦前进！听到了没有！"

"是！请殿下放心！"高孝瓘接过了身边的小卒递给他的一个雕刻成狰狞豺狼状的铁皮面具,这面具在严寒中变得格外冰冷,他将它戴在了自己的脸上,用自己的血肉来温暖它。他抚摸着这面具,在战场上,这就是他的脸,兰陵王高孝瓘只有这张脸！

这面具是在他首次出战以后,特地请城里最好的工匠师傅花了三个月的时间精心打造而成的,他只对那工匠讲了一句话,要做成这世上最凶猛的野兽。他第一次见到它的时候,他也被吓了一跳,可很快又露出了快意的笑,很好,非常好。

三

午时已过,围城的北周军正在准备午饭,炊烟袅袅,但旋即就被凛冽的寒风吹得不见了影儿。周兵有些疲惫,也有些倦怠,洛阳城只能守,不能攻,可要守到何年月去呢？军士们围坐在火炉旁边,心不在焉地吃着这千篇一律的饭食。

忽地,只看见一个银白色的影子迅速地穿行在他们的军营中,快得像一道闪电一般,眨眼间又不见了人影。待到他们缓过神来,抬眼看时,只见得是一个半人半兽的妖物,骑在一匹赤色西域大马上,一挥手上的长枪,五六个人旋即被穿胸而死。北周军士们吓破了胆子,站起身来,竟惊惧得不敢有所动作。

面具下的兰陵王嗤笑了一下,用长枪挑起了一人的脑袋,调转马头,用坚定而决绝地声音说了一个字:"杀！"

麾下的五百精兵四散而出,以一当百,鲜血将地上还没有完全融化开的白雪染成了刺目的红色。周兵方才意识到那是齐国的援军到了,一个个打足了精神,拿起武器,互相拼杀。到底是人多势众,两军一时间相持不下。

高孝瓘一甩马鞭，马疾驰而前。

"拦住他！不要让他跑了！"周军主帅，涪城县公宇文宪高喝一声。数十北周军齐声称是，一拥而上向高孝瓘扑来，高孝瓘用目光扫了他们一眼。彼时的阳光正盛，北周军见面具下的高孝瓘的眼中竟泛着骇人的红色，犹似深山里真正的豺狼，一个个皆是下意识地向后退了一步。高孝瓘趁着他们局促不安的当口，又一枪朝他们搠去。周兵亦举剑相抗，可哪里还来得及？高孝瓘再度拍了一下马背，将长枪夹于自己的手臂之中，取过背上的弓箭，镇定地拉开弓，三箭齐发，直射周军军士的胸膛，只听惨叫声倒地声一片，在这空旷的营地中回旋复回旋。

高孝瓘直奔洛阳城下，仰头看了眼这巍峨高峻的城阙，见城墙上有四五士兵来回巡视，便高呼一声："快开城门！"

城上的士兵显然也惊异于这一身打扮的高孝瓘，再加上经过方才的一番酣战，他的铠甲上几乎已经全部被鲜血染透，但并不以为意。高孝瓘抬手，取下了他的铁皮面具，再喊道："我是兰陵王高孝瓘！快开城门！"

城门已开，高孝瓘没有片刻的歇息，立即让洛阳守将手下的两千士兵跟着他冲出城去。北周军营地已然是被那五百精兵搅得一团乱，此刻后有兰陵王的另两千五百人，前有洛阳城的二千人，夹于虎兕之间，很快就全盘崩溃，众军丢盔卸甲，狼狈不堪。主帅宇文宪拼死领着残兵杀出重围，高孝瓘举起了弓，搭上箭，瞄准了宇文宪所骑的白马，刚要拉紧弓弦，蓦地又放下了。英雄惜英雄，这宇文宪是周文帝宇文泰的儿子，也是一名难得的将才。他年，愿在疆场上光明正大地决一雌雄！高孝瓘在心中默默地言道。

这一场邙山大捷，不仅保住了洛阳，更是给了一向以武力扬名天下的宇文氏王朝以沉重的一击。《北史》上这样记载了周军退兵的情形，"丢营弃寨，自邙山至谷水，三十里中，军资器械，弥满川泽"。

四

当高孝瓘率军回到京都邺城的时候，皇帝高湛亲自于城门口相迎。这位皇帝在登基伊始并不失为是一位明君,任人为才,提拔忠良,并常派身边亲近之人深入民间,了解百姓疾苦。可这样的日子并没有持续多久,高湛最倚重的大臣,侍中和士开屡谏谗言,劝高湛远离朝政,尽情享乐,并定期奉上从各地网罗过来的美貌女子。高湛竟日渐沉迷在温香暖玉、美酒佳宴之中,逐渐将国事抛于九霄之外。

与此同时,和士开彻底把持朝政,淫乱后宫,设计令高湛杀死了素来与自己有嫌隙的永安王高浚与上党王高涣。高孝瓘的长兄河南王高孝瑜亦因为直言进谏被这一对昏君贼臣所逼杀。朝内大臣俱是三缄其口,无人敢再忤逆了他们。

高孝瓘是惧怕他这位叔父的,从他的长兄无端遭来杀祸之日起他便怕他。仅仅是怕,而不是恨。尽管死的人是他的至亲,可他与高孝瑜,有的只是疏离,疏离到高孝瑜死后才一年有余的今日,他竟想不起来高孝瑜生得是怎样的模样。高孝瓘双膝跪地,恭谨地叩首,接过皇帝捧来的酒盏的时候,他还是未敢抬头,怀着忐忑的心饮尽了这杯酒。他品尝不出这酒是什么味道,他惯常不爱饮酒,好与不好于他,都是一样的。

"贤侄,快起来吧!你是我大齐的忠良大才,这一仗打得漂亮。你想要什么赏赐,尽管对叔父说!"高湛伸出手来将高孝瓘扶了起来,握住他的手慢慢地朝前走。高孝瓘仍不敢看他,这话说得太过亲昵,也太过虚伪。高湛将他带到了含昌殿,向随侍的内监使了个眼色,内监会意,须臾之间便将数十个穿着清一色洋红色镶金边襦裙的妙龄少女领了进来。那些少女俱是天姿国色,双目顾盼生辉间一股风流之态慢慢地流出。

"这些都是给你的,贤侄,你可看得上眼?"高湛似笑非笑地问道。

有一股红晕不由自主地涌现在了高孝瓘脸上。他已经成婚,绝不是什么不谙男女之事的少年儿郎。可他对男女之事又是一直保持着庄重的态度,似这样突然间赐给他的福气,他自认消受不起。可这终究是皇帝的赏赐,拒绝了皇帝的赏赐,有时候也是意味着拒绝了生的机会。况且,他又是怎样的一位皇帝! 高孝瓘左右为难间,又朝着那些女子望了一眼。火红色的衣裙好似是真正熊熊的大火,烧得他的脑子有些困顿。

半晌,他又屈膝于地,恭谨地言道:"臣荷蒙圣恩,自当谨守职分,不敢有辜陛下。纵有犬马微功，不过是借天子洪福齐天。这些女子光艳动人，臣自是欢喜。可臣家中已有新婚之妻，臣恐一时间进得这众多佳人，会令她心中不悦，还望陛下谅解。"

高孝瓘字字斟酌地讲着这每一个字，并且尽可能地使他的语气显得温和谦卑。过了良久都没有听到皇帝的说话之声，高孝瓘将头低得更下了些，还是早春时节，他却觉得脊背上已然是渗出了涔涔汗珠。他有些悔了，想这话是不是说得太过于直白了。可是很快，他就听到了皇帝朗然的笑声："想不到在疆场上如此冷静果决的勇猛将军竟然还会惧内？"

高孝瓘并不做回答，也算是默认了。高湛抬了抬手要他起身，话语中带着几分调笑与不屑："也罢也罢。不过，朕拿出来的东西从来也没有收回去的道理。你若不要，赏赐给你手下的将士们也就罢了！"

高孝瓘松下了一口气，起身走到那群女子中间，忽然拉住了中间一人的手，伸手托起她的下巴，细细将她打量了一番，旋而又揽住了她那纤细的腰肢，顺势将她揽在了自己的怀中，女子花容失色，却不敢做半点的挣扎。高孝瓘的眼眸中淌出了些贪婪不羁的神色。他猛地又放开了她，向高湛行礼拜道："臣虽不敢独享美色，却更不敢拂了陛下的一片美意。这最美的一个，臣就收下了。"

高湛的脸上再度流出了几分笑意，却又带了几分莫名的安心。他走过去拍了拍他的肩膀，看他两弯柳叶细眉恰到好处地长在他白皙清爽的脸面上，便不由自主地盯了两眼："依朕看，贤侄，你生得可比她美多了，难怪在战场上你要戴那狰狞的铁面了。"

高孝瓘的心中淌出了一股令他不舒服的感觉，他是厌恶别人评价他的容貌的，容貌不是他能够决定得了的，他能争取的，就只有战功。然而他的脸上却并不露喜愠，只屈身行了个礼，恭谨地退下了。

五

走出宫门的时候，阳光正照向了他，他用手挡了一挡这有些刺眼的光，一跃上了侍卫牵过的高头白马,直奔回府。他很想念他的妻子郑氏,他离开邺城去援救洛阳的时候,才与她成亲三天。三天,就足以将这个女子深深地植入他的心里。郑氏在一清早就在府中等他,见到他的时候,她笑得恬淡柔和:"夫君,那对未燃尽的红烛我舍不得点,只等着你回来。"高孝瓘轻轻挽过她的手,只说了简单的一个字:"好。"

剪烛西窗,共话相思,那一晚,犹胜他们的新婚之夜。郑氏这年不过才是二七年华,单纯可爱,转眸娇笑间柔情似水。她问他在重重的刀剑中穿梭之时可会害怕?她说有一晚她梦见了他,他朝着她笑,可是旋即印入她眼帘的却是一个个鲜血淋漓的身躯,她唯恐再见不到他。

高孝瓘转眼向她,双目交触中,投以她一个慰藉的眼神,他揽过她的肩膀,低语道:"为了大齐,我愿意舍了这条命去,为了你,哪怕我已一脚踏入了阎王殿,也会冲出重围,回来见你。"

郑氏心中一暖,险些要落下泪来。多么好听的一句话,有他这句话,今生,达也相随,穷也相随,生也相随,死也相随。她不知道为什么会想到这个死字,她还年少,他亦是风华正茂。或许,在这乱世,每一个人的心都是彷徨不定的,就算手握天下如皇帝,也会时时忧心着有朝一日会被人夺了他的权去。

河清四年二月,兰陵王高孝瓘上疏皇帝高湛,请他恩准其改名为"肃",并起字"长恭"。名与字都是恭谨谦逊之意,高孝瓘这般做,无非是向皇帝表明他的忠心不贰。他自小就见多了宫闱倾轧、权谋斗争,他懂得怎样去保护自己。他屡屡请缨,在疆场上出生入死,原不过是为了争一口气,他无法改变他的出身,却能改变他自己。他要得到他想要的一切,尊敬、荣誉,甚至是权力。

可是就在他一次次奔赴战地的时候,他看到了饿殍遍地、尸横遍野的惨状,他恨极了这乱世,他很想结束这一场场似乎永远也打不尽的仗。他不再只是为了自己而战,而是为了千千万万个自己而战。后来他娶了郑氏王妃,他的心中又多了一份牵挂。他要活着,不只要躲避明枪,更要躲避暗箭。他要把一颗炙热而忠诚的心双手捧于皇帝,他要他安心,他安心,他便安全。高湛是在御榻上看这份奏疏的。他扬脸高声笑道:"好一个聪明的小子!"

　　高湛出声让内侍去把和士开叫进来,丝毫不避讳眼前这番旖旎香艳的场景。和士开低弓着身子,眼角却不由自主地向榻上的两个几乎是赤身裸露的女子瞥去。高湛将奏疏往和士开的怀里一扔,漫不经心地说:"告诉兰陵王,他所请的朕都准了。还有,命他领司州牧,赏百金!"

　　和士开连连称是,刚要告退,又见高湛看着那两个女子,对他说:"喜欢便拿去吧!"

　　同年三月,太史令奏报皇帝,天现彗星,有除旧迎新之相。高湛遂应天意,将皇位传于九岁的皇太子高纬,改元天统,自称太上皇,仍握军政大权。天统二年,高湛以出言不逊、意图谋反之罪,虐杀高长恭三兄、河间王高孝琬。天统四年,高湛驾崩于京都邺城皇宫,年三十二,谥号武成皇帝。

　　年少的皇帝高纬自小为高湛溺爱,性格乖戾,好玩嗜杀,长成之后,好色荒淫比其父有过之而无不及。彼时的朝堂,被和士开、陆令萱、韩长鸾等一群奸邪小人把持,一股衰败腐朽之气慢慢弥漫开来,高纬却浑然不觉,在莺歌燕舞中享受着雾里看花的乐趣。然而北周却在几代父子兄弟前赴后继的传承之下日渐强大,乃至有了要一统天下之志。

　　彼时的高长恭已经官拜大司马、尚书令,并领青州、瀛洲刺史,成了令北周军唯一忌惮的将军。

六

　　暮色已浓,烛光照射在高长恭微蹙着的眉间,忧愁两分,倦容满面,可纵然是这样,也掩盖不住那俏若明月的脸容。他伸手拨弄着琴弦,琴声沉重,如大雨倾盆之前的一声闷雷,没来由地让人的心一阵绞痛。突然,琴声戛然而止。高长恭抬头,眼光中是鲜见的茫然无措:"弦断了……"

　　"线断了可以换呀!夫君的琴声好听极了。"

　　"好听吗?"高长恭轻握住王妃的手,如同呓语般地低语,在问她,又似在问自己，问琴声，又似在问别的。皇帝刚刚下了一道旨意给他，说北周将领齐王宇文宪已经攻占重城柏社，在向姚襄逼近，命他即刻领兵接应老将军斛律光，解围城之困。高长恭目光所及之处，正是那一卷明黄色的圣旨。郑氏将头靠在了他的肩膀上，他每一次的出征，于她而言，都是一段难忍的苦痛与劳心。

"夫君要平安回来。"无论他将要面对怎样的敌人，她对他说的，总也只是这一句话。

"你放心便是！"他的话，亦是这般的简短有力。

武平二年的这一仗打得尤为激烈，高长恭固然是军中悍将，宇文宪也不是泛泛之辈，何况早些年受了邙山之役的耻辱，这次的再度交手，更是存了几分复仇的意思。这场旷日持久之战打了一年有余，北周军劳师远征，到底也没能占到什么便宜。姚襄之战对他们而言，小胜即败，何况最终是以和谈告终。那宇文宪是北周文皇帝宇文泰的儿子，是近支宗师，又好文善武，故而很小的时候就官拜骠骑大将军，独当一面。此刻的他于营帐外望着湛蓝的天空，深深地叹了一口气。

卒子出帐拿了件外氅披到了他的身上，宇文宪摆了摆手，自顾自地又上前走了好几步。蓦地，天空落下了几滴雪珠，掉入他脖颈的时候，有些钻心的凉意。他不得不承认他又一次败给了兰陵王，就算这几年他屡胜齐军，但只要输于兰陵王，一切关于他的神话顷刻间就会烟消云散，一切加于他身上的荣光转眼也会黯然下去。他搓了搓有些冰寒的手，他畏惧兰陵王，恨他，但同时，他也真心地钦佩他。此生，能遇对手如兰陵王者，便也是足够。他转身，尽管嗓音有些沙哑，但仍是坚决而平静的语气："撤兵！"

那一年的春天来得格外早，才二月里，便已然是春光融融，百花齐盛。高长恭率军回朝的那日，全城的百姓几乎一齐出动迎接，欢呼之声响彻云霄，似乎这日的天比之过往也要明媚很多。高长恭单手握住马缰绳，面上带着恰到好处的浅浅微笑。昔时一笑倾城如李夫人，不过是以色侍君王的小小女子，而今的兰陵王高长恭，却以非常战功，取了倾城百姓之心。

七

　　齐宫的宴席一直到子时时分还未有散去的迹象。大殿中的烛灯和夜明珠的光芒照射在那些精致雕琢着的金银器皿上，有些叫人发晕。高长恭举杯饮酒，那酒入口清甜，入脾却极为热烈，几杯下肚便已是有几分醉意了。他原是最不喜欢参加这种宴席的，杯中酒再美，都不如他家中的一盏淡淡的清茶。每逢从战场上回来，他只想着直奔回家。可皇帝的旨意是他无法拒绝的，何况，他是得胜的将军，理应去接受百官的朝拜。

　　他直目向前，殿中舞姬的舞姿太过妖娆绮丽。不知怎的，他的脑中反复出现的却是他手下的将士咽气前的一缕凄凉而眷恋的神情。视线迷蒙中，见皇帝正径直向自己走来，他赶忙站起身来相迎，皇帝伸手拍拍他的肩膀让他坐下，拿过内侍手上捧着的酒壶，往案上的杯中斟了七八分满，端至高长恭的面前，话语和缓："朕敬兄长一杯。兄长连年征战，辛苦了！"

　　高长恭被高纬这称呼唬了一大跳，他依稀记得好像很多年前，高纬唤过自己一声"堂兄"。可那也只是堂兄而已。他虽常年领兵在外，却也知道高纬这喜怒不定的性子。于是便也不说什么，只是接过这酒杯，一饮而尽。高纬的脸上露着叫人捉摸不透的诡异笑容，他又上前走了两步，跪坐于高长恭的身边，内侍立刻会意地在他的面前添了一副碗筷。

　　"兄长，你听这曲子好听吗？"高纬见面前的一道凤尾鱼翅烧得极是诱人，便夹了一筷子放入自己嘴中，侧头朝着高长恭说道。

　　这曲子并非只是寻常的丝竹管弦之声。初奏的时候还只是婉转轻腻如春雨时节的清风微拂过树叶的簌簌之音，可是很快，却愈来愈激烈，鼓声擂动，兼有编钟和竹箫之声，宛若战场上刀与剑碰撞之时所激起的火苗在空中爆燃的声响。接着，钟声渐绝，箫声却越加浓烈，鼓声亦不停歇。细细听来，又好似有马蹄踏在湿润的黄土上的"噗噗"水声。蓦地，乐声戛然而止。十数位乐手起身，依次排成两列，不约而同地双膝跪地，异口同声地高喊道：

"祝兰陵王殿下长乐未央,万事遂愿!"

高长恭倏地站起身来,长拜言道:"陛下,这是……"

"《兰陵王入阵乐》。是朕让他们去编排的,算是给兄长的礼物了!"

说罢便向他们一摆手,乐人再度行礼,退下。高纬拉着高长恭的手坐了下来,见他衣服的肩膀处有一个褶子印,便出手替他抹平了些,脸上的表情还是不甚让人笃定。他把玩着这双精雕而成的楠木筷子,似乎是无意识地问了一句:"朕常闻周人彪悍,兄长打仗常常身先士卒,孤身犯险,倒是不害怕吗?若不慎为人所伤,那该如何是好?"

高长恭这时候已然有了五六分的醉意,又听得皇帝一口一声唤他"兄长",心中已是对他有了些亲厚之感,便不假思索道:"臣身为高氏血脉,为我高家家事,理当鞠躬尽瘁,虽死无恨。"

"家事?是吗?"高纬神色一凛,徒然一变色,像被尖针狠狠地扎了一下,猛地站起身来。家事?家事……他的脑中反复回旋着高长恭说的这两个字。他不由得重新开始审视他,不错!他也是高氏直系子孙,自己呼他"兄长",原不过是有些拉拢利用之心,未想,他竟也是有野心的!高纬恨恨地将自己的衣摆握于手心,只觉发热发麻了才又慢慢地松开。

八

高长恭回府的时候,已经是拂晓时分了。雨是在后半夜才下起来的,没人预料得到的一场大雨。王府门口的小厮撑着把大油布伞在外头站了许久,见主人下了车,便赶紧迎了上去。彼时的大雨正是倾盆,高长恭一把推开了为他撑伞的人,才不过走了两步,浑身已是被打得湿透。小厮们不知是发生了什么,纵使忧心,仍是面面相觑着不敢上前。

"夫君,这是怎么了?"郑氏平日里就睡得轻浅,今朝更是不到卯时就起身等在正堂之中,此时见他独自一人如此狼狈地进去,登时奔上前去惊呼道。高长恭见着她,勉强挤出了一丝安慰的笑,他将双手握住了她的手,他告诉她,他说了一句不该说的话。郑氏忙叫侍婢去拿件干净的衣裳来,自己扶着他坐到了软垫之上,伸手替他拭去额头的水珠,她感受到他的身子在微微地发颤,双眼黯淡,全不似往昔那般自信与坦然。她有些害怕,害怕中又带着几分的不解:"可是……夫君说得也并没有错啊!"

高长恭露出了一丝苦涩的笑,没有错又怎样,皇帝觉得你错了,有理也是枉然。他的心在这一刻已然是有了别的打算:"无论我变成什么样子,你都会永远地相信我吗?"

"是!我当然相信。"

高长恭轻轻地弯一下嘴角,将头靠在了郑氏的肩膀上,闭上眼睛,须臾,便听到他并不太均匀的轻轻鼾声。他累了,身体的劳累尚还能承受,心累,真的是很苦很苦的。郑氏示意赶来的侍婢噤声,让丈夫睡在自己的怀中,哪怕,只有那一刻的安心,那也是好的。

从这以后的一年多,朝野之人都明显地感觉到兰陵王的变化,他变得暴躁,小气,更重要的是,变得贪财。高长恭身居宰辅之位,又有皇帝的多番赏赐,可是这些日子以来,却常常可见来王府络绎不绝的送礼的人群,他们公开地行贿,而兰陵王也来者不拒,甚至是利用手中的权力公然卖官。

他是白天无限风光,万人都欲巴结的宗室将军,却常常在深夜里独自一人执壶滥饮,他散落的头发遮盖住了他的双眼,让他全然看不出眼前的景物。他有时觉得自己卑鄙无耻透了,旋即,他又一丝侥幸的豁然,这不是他真正的他,他的心依然还是像他十五岁初次出征时那样清透正直。可是,连他自己也无法保证这个假面会永远只是一个假面,因为他隐隐已经觉察到了那样任性贪婪给他带来的心灵上的快感。他为有这样的感觉而感到羞愧和不可思议。

他起身前行了几步,听不远处传来了声声沉闷的鸦声,如地府中的一缕缕向人索命的幽魂的嘶鸣声,寒澈人心。这昏鸦盘桓于兰陵王府中,也盘桓于齐宫的含昌殿的上空,这叫声如此凄厉,以至于将殿中袅袅的丝竹之声都盖了过去。

九

  高纬睁开了一对迷离的眼睛,那瞳仁外有一圈明显的血丝,他顺手将手边的金边白瓷茶壶砸到了地上。突兀的响声将殿中的乐手们吓了一跳,音阶一乱,便都下跪叩首不迭。锋利的瓷片将高纬的手掌划开了一个大口子,他于是更加恼怒,向一旁侍立的几个身材高大的内侍望了一望。那些人是何等机敏,瞬时就冲上前去将乐手们连拉带拽地拖了出去。

  大殿中瞬时安静了不少,外头的鸦啼声也仿佛是轻了些许。陆令萱轻咳了一声站起身来走到了皇帝跟前,腻声安慰了皇帝一番。她本是皇帝的乳母,又兼是皇后穆氏的义母,皇帝对她言听计从,已然是后宫之主,无冕皇太后,宫中人皆呼她为"太姬"。高纬轻哼了一声,面孔有些抽搐:"近来诸事不畅,北周军不安分,连江南的陈国竟也敢在我边境蠢蠢欲动。朕难得享受一点欢愉,谁料都给这群蠢东西给破坏了!"

  陆令萱取出袖中的帕子,小心翼翼地帮着高纬包扎好伤口,眉毛轻挑,语气中满是不屑与蔑然:"陛下心心念念的好兄长,怎么真到了国家危难的当口,倒是安坐在府里享清福了呢?"

  "太姬是说兰陵王?您真以为他是个能打仗的?你看他如今这个样子,朕放心我大齐数十万的军队交到他的手里吗?"

  陆令萱思了须臾,屏退了殿内的闲杂人等,只留下了高纬的一个心腹内侍和太医院令徐之范,稍稍站起了些将黛青色绣貔貅坐垫移上了一些,压低了声音沉沉言道:"陛下真以为兰陵王是这样的人?您觉得一个人会在那么短的时间内改变他的性子、修养和智慧吗?臣是个女流之辈,尚且能一眼洞穿他自污以蛰伏待机的险恶用心,陛下乃聪慧之主,理应是早有主意了吧?"

  高纬诡异一笑,他是在顷刻之间就明白了陆令萱的话。陆令萱说得对,他是聪慧的,过分地聪慧,过分地多疑,也过分地阴狠。他侧头见徐之范正襟危坐,两撇八字胡上还沾染着方才饮酒时所粘上的渍迹,眼睛并不敢朝前看,只低头瞧着自己摆放于膝上的双手发着愣。

"徐太医知道这是什么酒吗?这是长寿酒,是取去年秋日里开到最后的菊花酿成的,清香甘甜,入口三日味道犹盘旋口内不退。朕平日里最爱这酒。"

徐之范方想开口说话,却听得高纬轻轻地笑出了声,不疾不徐说道:"你看到前番朕去禁苑打猎,猎到的那只鸩鸟了吗?说也奇怪,鸩鸟多是在岭南一带出没,想不到居然死在朕的手里,都说鸩鸟不详,可朕偏就喜欢,特别是它紫色的羽毛,真的是美呵!"

徐之范尚还不解其意,只是实话实言道:"陛下,鸩鸟羽毛虽美,却又剧毒,陛下应小心为上啊!"

高纬颇不以为意,指着那酒壶说:"徐太医你说,如果将鸩鸟的羽毛浸于这长寿酒中,会不会是色香味俱全啊!朕听说兰陵王近来身体欠佳,若将这样的酒赐予他喝。你说,他会不会高兴啊?"

徐之范就是再木讷,也不会听不出皇帝这话里头的意思,他的两只手不由自主地握在了一起,虽是五月天气,可他额上的汗水正慢慢地沿着面颊流到了脖颈之处。他忽地站起身,屈膝跪地,像是下定了极大的决心,抱着视死如归般的语调说道:"陛下请开恩,兰陵王殿下纵然有过,但请陛下看在殿下曾为大齐立下过汗马功劳的份上,从轻发落吧。"

陆令萱情不自禁地嗤笑了一声:"陛下您看到了吧!就连宫里这一个小小的太医院令都敢不要命地来为兰陵王求情,更不消说是他手下跟了他十数年的将士了。他们若联合起来造您的反,您的江山可会安在?"

高纬怒极,脸面涨得绯红,伸脚狠狠地踩在了徐之范的手上,呵斥道:"好个大胆的徐之范!兰陵王若是无福消受这酒,朕就把这福气给你,不只是你,外加上你们全家一起。你觉得怎么样?"

徐之范面白如蜡,内衫紧紧地贴在了他的后背上,一连叩了十数个响头:"陛下!臣无意冒犯陛下!请陛下恕罪!臣……臣遵旨就是,臣遵旨就是!"

高纬心满意足地和陆令萱交换了一个眼神,旋而又补充了一句:"挑个好日子!后天是端午佳节,就后天吧!"

十

尉相愿是第二日的巳时时分来到兰陵王府的。他是兰陵王的副将,在邙山、姚襄等战中立下过汗马之功,只是这些日子以来,兰陵王有意与旧部疏远,故而往来也逐渐少了。他走得很急,连发冠都没来得及用簪子插紧,他的面色很差,步履又快又沉,几乎是闯进正堂的。他来不及寒暄,甚至也来不及行礼问安,只是简单明了地说了一句话:"殿下,皇帝要杀您。"

高长恭的神色有那么一瞬间的惊动,不过很快又淡然如常,他招呼尉相愿坐下,还让身边的小丫头去准备茶点。他穿着轻简的素色长衫,是再平常不过的打扮,让人乍一看,还只当他是位饱读诗书的儒生。他抬起头,亦只问了一句话,比尉相愿更为简短:"什么时候?"

尉相愿的声音有些发颤,他想尽可能地用一种婉转的方式告诉他,可很快又改变了主意,婉转也好,直接也罢,说的都是同一个意思,何必费这个心神去绕这个弯:"听徐太医说,是……是明天。"

"端午佳节,真是个好日子啊!尉副将,那日你的话应验了,是我自作自受。"

"殿下何苦这般讲?您明知道皇帝杀您绝不是这个原因。末将只要您一句话,如果您愿意,末将马上集结手下弟兄们,杀入皇宫,擒拿昏君贼臣,扶您即位!"

几个月前,尉相愿就来找过高长恭,问他这般公然敛财是不是为了要自保。高长恭默认了。尉相愿又对他说这样做是危险的,因为这会给皇帝一个借口,一个想要置他于死地却苦寻不到的借口。昔时之言一语中的。高长恭苦笑了一下。他相信尉相愿和将士们对他的忠心,他也相信这样翻天覆地的事对他们而言并不是什么了不得的难事。可是,他不愿意。

高长恭苦笑了一下,握住了尉相愿的手,郑重地摇了摇头说,若尉相愿还记得昔日征战沙场的同袍之情,就只要为他去做一件事——让将士们永远地记住他,记住他是那个在营地里与他们一起分瓜烤鱼,畅说古今的高将军。

尉相愿猛地抽开了手,站起身来:"殿下!这么多年来,陈国畏缩南方不敢进,周军虽常常来犯,却也未占到多大的便宜。您以为靠的是谁?是那荒淫暴虐的皇帝,还是那祸乱朝纲的女侍中陆令萱?您一旦不明不白地死了,我大齐岂不是就成了令人屠宰的俎上鱼肉了吗?殿下,您可要想清楚啊!"

大齐!他是大齐神武皇帝高欢的孙子,文襄皇帝高澄的儿子,文宣皇帝高洋的侄子,他是大齐的皇子皇孙。可那又能怎么样呢?大齐从来没有给过他任何的东西,有的只是无尽的忐忑与恐惧。他以为他可以靠自己的双手为大齐,为百姓打下一个太平江山。可是他错了,高纬不值得他付出忠心。

可是,纵然高纬再不配成为一个君主,以臣反君,他还是做不到。他已自污过一次,他不愿意再有第二次。他珍惜他的命,更珍惜他的名。过去他舍名而取命,结果是损了他的名,也保不住他的命。现在,相反而行,或许,还能给后世留下一个美名。他再一次笑,坦然而又谦和:"该来的终究会来,躲不掉,也跑不了。尉副将,你回去吧!今天这话,但愿你不要再同第二个人讲起了。"

尉相愿还想再说些什么,定睛所见的,却只有高长恭愈行愈远的颀长身影。他意识到,他劝不住他。就像在战场上,他要孤军奋战,他要夜探奇袭,也没有人可以说服得了他。他是倔强的,执拗的,他只做他决定了的事情,成了,他自高兴,败了,他连一丝叹息都不会有。

他见到那杯漂亮的长寿酒是在第二天的午后,五月的微风中夹杂的是夏天慵懒的气味。春天是播种,秋天是收获,夏天,是万物茁壮成长的季节,最是蓬勃欣荣。他是在夏天来到这个世界的,在另一个夏天结束他的生命,周而复始,人生到头来,不过也就是广袤天地间的一个小小的轮回罢了。

他端起这酒,方要一口饮下,忽地被一双手盖住了杯口,那是他再熟悉不过的一双手了。郑氏打扮得如同她初归时那样,华丽而又庄重。她勾住他的手臂,望向他的神情,也还是彼时那般纯净和深情。

"对不起。高肃一生清白忠贞,今日皇帝不明所以地杀我,是他负我,不是我负他。将来，不论我入碧落还是黄泉，都自认对得起高氏的列祖列宗！"

"一定要这样吗？夫君功高，必然为人所嫉。陛下听信一面之言，夫君若能当面向陛下解释，说不定还有转圜的余地，你们毕竟是……毕竟是兄弟啊！"

高长恭凄然一笑，将酒杯拿得更紧了一些："你是如此聪慧，如此明理的女子。你何苦让我自取其辱？倒不如，痛痛快快地死！当我穿上战袍的那一天，我就没想过会平平安安地活一辈子。"

说毕，高长恭便举杯一饮而尽。他是向来能喝酒的，却未想到这酒是如此之烈，喝完已经感觉到了天旋地转之感。不过，这样也好，这样，就感觉不到痛苦，就像每天晚上进入梦乡的那一刻一般。只是，这一次，再不会有醒来的那一天。

高肃小论：他要的不过是最平凡的亲情

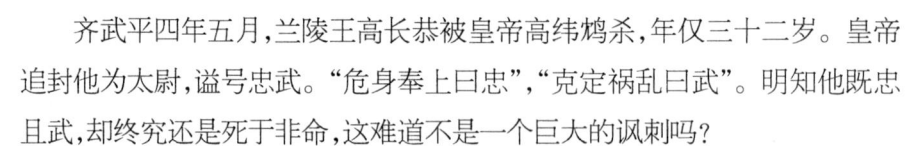

齐武平四年五月，兰陵王高长恭被皇帝高纬鸩杀，年仅三十二岁。皇帝追封他为太尉，谥号忠武。"危身奉上曰忠"，"克定祸乱曰武"。明知他既忠且武，却终究还是死于非命，这难道不是一个巨大的讽刺吗？

兰陵王逝后，北齐便再无真正的忠臣良将。隆化元年，北周军败北齐于平阳，周帝宇文邕乘胜追击，攻破重城晋阳。齐军统帅高阿那肱临阵脱逃，转而投向周军。高纬见情势不妙，转而禅位于皇太子高恒，妄图以太上皇的身份逃避周军剿杀。隆化六年二月，周军在攻下信都后，俘虏了高纬、高恒、高孝珩等人。齐亡，周国统一北方。

北齐是历史上出名的"禽兽王朝"。几代皇帝皆有好玩、枉杀、乱伦等恶名。高长恭身处期间，却仍能保有清白狷介的品格实为不易。不过，彼时的北齐王朝已经千疮百孔，文臣缄口不言，武将畏畏缩缩，莫消说是人才济济的北周，就算是一群草莽之士，恐也能轻而易举地将其推倒。

英雄造时势，可毕竟只有一个兰陵王。纵然他没有死于权力斗争，怕是在战场上也难以逃脱小人的陷害与杀戮。自古以来，为臣不易，为将则更难。有多少少年人怀着出将入相的美好希望投身军营,可能够如愿的终究能有几个呢?大多是马革裹尸,死于敌人之手或误中暗箭,死于奸人之手。前者也许更悲壮一些,可身死魂灭,"死"才是最本质的东西。

高长恭生于权臣之家,长于帝王之家。本可以像他的兄弟子侄们一样过着无忧无虑的贵族生活,糊涂一生,懵懂一世。可生母的低微让他过于自卑,所以他太渴望别人,尤其是亲人的认可了。正是这种渴望,让他敢于孤军奋战,就算豁出了性命也要保得北齐江山。

他以为高湛册封他为兰陵王,给了他数不清的财富和美女,是真正承认了他的身份,将他当作了自己的亲人。他感恩戴德,从此更是毫无保留地对他们父子保持着忠诚不贰的态度。所以尽管到了后来他明白高湛不过是个滥杀无辜,凶残暴虐之主,对于他也无非只是存了几分表面客套的利用之心,但他仍旧愿意死心塌地地受他差遣。

之后的高纬如法炮制父亲对高长恭的态度。他给了他军权,给了他财富和美女,甚至像一个弟弟一般地依赖着他。这份所谓信赖让高长恭突然就卸下了背负多年的沉重包袱,仿佛真的从这个弟弟那里找寻到了他一直求而不得的亲情,所以,他才会那样脱口而出,国事,也是高家家事。

这"家事"二字,触碰到了高纬的那根敏感的神经。从这一刻开始,他就动了杀心,甚至等不及榨干高长恭所有的剩余价值。这一点,高长恭很快就明白了。他想用"自污"的想法消除皇帝的野心。然而帝王之心,终究深不可测。宁可错杀三千,不让一人漏网,这就是他们的逻辑。

后世人常想,如果当年的高长恭真能听部下所言夺位篡权,是否北齐的历史终将不同?可惜这个假设原本就是一个伪命题。因为高长恭绝对不会这样做,甚至从来不曾这样想过。尽管所处乱世,尽管北齐皇室"变态"者居多,但高长恭所奉行的仍旧是中国最传统的儒家思想。而儒家思想最讲究的就是"尊王"与"忠君"。高长恭懂得这个道理,所以他信奉的观念始终是,宁人负我,我不负人。

在事后诸葛们的眼里,这样的观念未免太过矫情和迂腐。可在极度遵循礼教,也相信因果报应和前世今生的高长恭眼里,这样的选择其实是最好的选择。他宁愿以生命为代价,让世人记住他的好,也不要为了权力而违背自己的心。事实上,他也的确是做到了。

如果没有陆令萱和和士开的从中挑拨,高纬不会那么早地对高长恭下手,至少他会等到一个更有利的时机,选择一个更容易服众的借口。但是时机也好,借口也罢,都不是最重要的事情。自古以来,能够真正左右帝王心思的,从来都只有帝王一个人。

第八章 文武双全，物情所向

两朝皇帝的血脉，给他带来的是荣，还是忧？他天姿英迈，文武双全，深得朝野人心，却始终克己复礼，谨然处事。倘若那最后的杀戮是他逃脱不了的命运，他是该坦然地接受，还是倾其所有地奋力抗争？

一

"湛湛青天，以昭我心。仰不愧天，俯不愧地。长孙无忌窃弄威权，构陷良善，宗庙有灵，当族灭不久！"

那日天降大雪，刺目的白色深深地伤了人们的眼。这是永徽四年的第一场雪，天寒地冻，长安的人家多是闭门不出，静静地躲在家里，坐在炕上喝着热腾腾的米粥取暖。就在这一日，吴王李恪以谋反之罪为皇帝李治下令自尽。

他是谦谦君子，也是仁人贤王，可亦是个有血肉之躯的普通人。他无法吞下他所有的冤屈，平静地赴死。当他说出了那句震人心魄的诅咒之后，拔出那柄太宗皇帝亲赐的宝剑，在府中那两棵开得娇艳的桃花树下，舞出了一段令在场所有人都惊赞不已、终生难忘的剑。桃花的花瓣洒满了他的衣襟，紧紧地贴在那里，就算是他宛若游龙般地上下穿梭的时候，它们都没有离开他。锐利的剑锋那样决绝地划过了他的脖颈，鲜血泉流，将这一片的白雪浸透。

二

桃花依旧在,清风思当年。

当年,雄心勃勃的晋王杨广登基为帝,在短时间内建东都,开运河,巡边防,想要成就像秦始皇那样的千秋霸业。那个时候的他一定不会想到,终了,他并没有成为嬴政,反而成为了胡亥。同样死于心腹之手,他的王朝同样二世而亡。取代他的,是他的表亲,唐国公李渊一家。历史的相似有时候的确会惊人得令人恐惧。九年之后,在皇宫的北门,李渊次子李世民以迅雷不及掩耳之势率部射杀了他的一兄一弟,旋即又逼父逊位。想来哪怕是再无心机的人在此时都会情不自禁地慨叹一声:太像了!

幸好,仅仅也只是像而已。李世民终究不是杨广,也永远不会去走杨广走过的路。他和杨广是不同的,大唐和大隋也是不同的。可他并不会刻意地撇清他与杨广的关系,他原就是他的表叔,血缘无法改变。更重要的是,他的外孙是他的儿子。

他还记得这孩子刚刚出生的时候,他正在准备对薛举的军队做最后的反攻,那晚,他梦见在大风暴雨之中,有一只闪着金色光芒的麒麟从天而降,旋即一抹五色彩虹升起,四周尽是阡陌交通、鸡犬相闻的田园人家。清风拂面,醉人心肠。李世民在微笑中醒来,大觉这是个极好的兆头。果然,在经过三日三夜不停歇的追击之后,终于将曾经不可一世的薛举军队全数剿灭,为后来的洛阳之战一箭双雕地除去王世充、窦建德,统一全国奠定了一个坚实的基础。

可是当他得胜回京,最令他狂喜的不是那数不尽的奖赏和册封,而是他的三子的出世。杨公主以亡国帝女的身份嫁于李世民,是缘分,是注定,是宿命,是剪不断理还乱的前世纠葛。李世民紧紧地握住了她的手,每看她一眼,都是一次新的悸动,双目互视中,已胜过万语千言。她问:"二哥可曾见过恪儿。恪儿很听话,从来也不会吵闹。"

李世民似稚童学语般地重复了一声这个对他来说还有些陌生的名字。他笑："这个名字念起来真好听。等他长大以后，必定也能在沙场上建功立业，克敌制胜！"

　　杨公主亦笑："克敌制胜是二哥的事情。我们的孩儿只需恪谨天命，便可平安一世。"

　　"恪儿。"李世民再度念了一下这两个字。恪儿，原是"恪谨天命"之意。天命？他蓦地将杨公主拥入怀中道："天命本是愚人哄骗愚人的无稽之谈，我从来不会遵循天命，只会去试着改变它。"

　　"二哥是天上的麒麟，可以主宰天命，而恪儿，只是人间最平凡的一头小鹿，唯有遵循天命，他才能好好地活着。"

　　活着。杨公主在说这话的时候，必然不会想到，李恪这一生，会活得如此精彩，也如此悲壮。

三

　　当李恪还是一个五六岁的孩童的时候，他一跃骑上一匹白色的小马驹，拉开小弓，射落了天上飞翔的鹰。李世民欢喜极了，将他抱于自己的马上，握着他的手和他一起拉开了一把强弓。箭射出的速度比风还要快几分，不偏不倚地中了一只猛虎的眼睛，又是"刷刷"两箭，猛虎登时倒地，动弹不得了。

　　李世民大笑着问他怎么竟一点都不害怕。李恪回头瞧他，他的一双眼睛水汪汪般清透，却又暗藏着一份同他一样的坚忍。他说有父亲在，他如何会害怕得起来呢。李世民又笑，他调转马头，一手揽住孩子，一手握着缰绳，只有风不断地在他们的耳边低语。

　　可也正是这一双手，也正是这一把弓，在玄武门犯下了让他终生无法释怀的罪。后来李世民回忆起行动前的那天早晨，回忆起李恪向他投来的眼神和他说过的话，他就会暗暗地告诉自己，纵然这是他永远也无法弥补的遗憾，但是他绝对不会后悔。就算不为了天下万民，为了爱他的女人们，为了他爱的孩子们，就算再给他百次机会，他也会做同样的选择。

那日，他将李恪抱于膝上，他很喜欢看李恪的这双眼睛，他觉得很奇怪，他有不少的儿子，却唯有李恪的眼神能让他感到安慰。他不知道这是不是因为李恪特殊的血脉，可是他在与杨公主的第二个儿子身上却没有找到这种感觉。后来他才渐渐明白，或许李恪原本就是另一个他自己。李恪像他，像到连他自己都觉得心惊。

他说："恪儿，父亲待会要去拿一件很重要的东西。"

"这件东西是父亲的吗？"李世民的心深深地一颤动。他握住李恪的双手，那双手还那样小。孩子才八岁，可他的这个问题却让李世民无从回答，因为这是李世民从来也不会去问自己的。江山皇位，是不是原本就是属于他自己而无需去抢夺的呢？是呀！从长安到洛阳，从王世充到刘黑闼，哪一个地方不是他领兵去占据的？哪一个敌人不是由他去降服的？李建成也好，李元吉也罢，有谁能比他更配拥有这大唐天子的名号呢？

李世民这才明白，他并不是个无欲无求的圣人，也不是个道德完美的君子。当他的僚属们一齐劝他起事的时候，他是狂喜的，他那膨胀着的野心终于可以宣泄出来了。他将李恪放了下来，蹲下身子，将手搭在孩子的肩膀上，犹似对他的一位重要的幕僚般认真地说道："它是父亲的，它从来就属于父亲。只是现在在别人的手中。待会，父亲就把它重新拿回来。"

"那父亲可得快点了呀！孩儿在家等着父王回来，好不好？"李恪一笑，嘴角露出了两个甜甜的酒窝。

李世民告诉自己一定要回来，活着。他推开门，虽只是清晨，可盛夏的日头仍旧照得他汗水直流。他骑上马，身后跟着的是他的生死下属。他们中有些人甚至从他还是太原公子的时候就陪在他的身边，陪他走过了许许多多的路，生路，死路，直到陪着他一同走向那金銮宝殿，目送着器宇轩昂的他穿戴着皇帝的衮冕，迈着从容自信的步子坐上了他梦寐以求的龙座，帮着他挑起江山之重，看着他威风凛凛地站于城头向得胜而归的军队们挥动手臂，听着他被四野的民族首领心悦诚服地高呼为"天可汗"。

四

　　唐朝贞观七年,当十五岁的李恪立于李世民面前侃论古今的时候,李世民竟徒然对他升腾起了一丝愧疚的感觉。这么些年来,他对这孩子的关爱实在是太少了。国事之余,就算他要关心孩子们的学业,所重视的也只是他的三个嫡子。太子承乾自是不必说,越王李泰颇有文学慧根,常有妙语跃然纸上,令他欣然若狂,至于晋王李治,因为年纪小,故而便索性将他养在宫中,随时督教。

　　李世民不得不承认,他有时候的确会想不起李恪来,可这绝不证明他就忘了有这样的一个儿子。相反的,他一直都藏在他心灵的最深处。因为他时常会让他想起自己年轻的时候,谁人不希望自己永远年轻呢?

　　他仔细地打量了他一眼,只见他身上穿着一件绛紫色捻金丝麒麟长衫,腰上系着一根厚重的宝石玉带,面部朗朗如明月,双眼炯炯似明星。他的身上,有他的英武之姿,也有杨家人特有的温润之态。李恪抬头问道:"孩儿讲得可都对?是不是孩儿的学问还不够出色?"

　　不够出色吗?李世民摇了摇头,就算再挑剔的父亲也无法找出他的错儿来。他沉思片刻,方才说道:"恪儿,朕想让你即日前往安州赴任。"

　　"那孩儿一定好好做这齐州都督,不会辜负父亲的期望的。李恪的脸上洋溢着自信无惧的笑容,那是少年人不羁的活力与冲劲。这让李世民感到欣慰,却又有些感到失落。亲王都督一方是国法,纵然他是一国天子,也不得不违背这国法。这份任命诏书在他这里压了两年之久,直到再不能压下去了。父子之情是一种牵绊,足以让他的心为之发颤。李世民走到李恪的面前,说自己相信他,相信他足以做好一州长官,相信他绝对不会让他失望。

　　李恪虽说聪慧,却也难读懂李世民心中的所想。离京赴任,这是他早就已经准备好的,差的也只是此刻他手中握着的这一卷诏令。他不是没有怀着一份骨肉分离的怅然,只是这一份怅然很快就被即将要去地方独当一面、大试身手的快意所取代。他不想在京城当一个无所事事的王子,他要为政一方,造福一方。那才是他的幸福呀。他躬身向着李世民深深一拜,算是做了最后的告别。

"恪儿……要好好照顾自个儿的身子,也……不要太过劳累了。"就在他踏出殿门的一瞬间,李世民脱口言道。

他从来也没有对任何一个即将赴任的官员说过这样的话。可李恪,不是普通的官员呀！李恪是他的儿子,是那个从小就能用他闪亮的眼神投给自己无限慰藉的儿子呵！李世民确实爱每一个孩子,爱承乾,爱泰儿和治儿,也爱其他庶出的儿子们,当然,还有女儿们。可他对李恪的这种父子之情,无关政权,也不是爱屋及乌。只是因为李恪太像他自己了,不论是外貌还是性情。虽然他不确定,这到底是福还是祸。

李恪转过头去。他略有些惊异于李世民这样的嘱咐之语。他虽从来就没有怀疑过李世民作为一位父亲对他的爱,可于他而言,李世民更多是君王,对于君王,唯有敬,唯有尊。他颔了颔首,只道一句:"父亲亦是。"

内侍恭敬地将刚泡好的一壶清茶端了上来,茶香四溢,不容分说地就往人的脾胃里钻去,像是要在人尚未觉得不适之前就洗尽人满心满身的疲惫。内侍将倒好的一杯茶捧到了李世民的面前。那茶原是极醇厚的,可此刻于他而言,却索然无味,才饮了两口,便不耐烦地将它放了下来。

"父子至亲,朕如何不想经常见着他呢？只是,名分既定,不得不如此。不然,定会有无穷无尽的风暴降临到他的身上,朕绝对不能害了他。"李世民目视着前方,喃喃地自言道。

内侍们面面相觑,都退到一旁不敢言说。彼时李世民还不到四十岁,正是春秋鼎盛之时,自然不会如此早地考虑他的身后之事。可他确实是真的在李恪才十五岁的时候,就已经对他的前途命运有了一丝的担忧,只是这担忧云淡风轻,转头便能忘怀。

五

昔去雪如花,今来花似雪。

李恪再度回京,是在第二年的早春,那漫山开遍缤纷之花的时节。齐州山灵水秀,自古就是圣人云集之所,那里民风淳朴,亦是个富饶之地。李恪喜欢那里,他这齐州都督,做得风风火火,有声有色,以至于当他接到遣他回京的旨意的时候,心中却有了几分的不情愿。他是想长安了,想长安的家,长安的亲人,可是齐州,又何尝不是他的另一个家呢?他想着这一年不过是小试牛刀,他还要大展宏图一番呢!

　　可惜,终他一生他再也没有再到过齐州。贞观八年,李世民下旨让他遥领益州大都督,让亲王遥领地方都督,这是一个先例,是李世民为李恪开的先例。那是当他再度见到李恪,听过他娓娓而谈齐州的风貌人情,看过他如游龙布雨般地舞动长剑的时候决定的。有谁会不喜欢这样一个文武双全的孩子时时在自己的身边呢?所以这样一待,便又是三年有余。贞观十年末,李恪上表请求回地方任职。

　　那日,父子二人谈及历史,谈及秦末楚汉之争,李世民问他对项羽其人是如何看的。李恪不假思索地便道:"是一个英雄。"

　　英雄?!李世民并不震惊他这个简单明了的评价,他只是震惊他和自己的判断竟如出一辙。不过他在面上仍装作一副若无其事的样子,有心要考问他,于是又说道:"英雄吗?可撇去他最后的失败不言,他每攻陷一城便将所有人屠杀殆尽,比起刘邦的约法三章来,他还配得上是个英雄吗?"

　　"如何配不上呢?用现人的思维去考量古人,这对于他们而言原本就是不公平的。那时的人们以屠城为军事习惯,所以不能说是项羽太残暴,只能说刘邦太聪明了。父亲,孩儿说得对吗?"

　　那一年,李恪十八岁。李世民蓦地想起自己十八岁的时候,面对山河破碎、黎民流离,面对隋帝苦苦相逼,便当机立断地劝父起兵,如天降奇兵般地迅速占领长安,以代王杨侑为帝,遥尊隋帝为太上皇。

　　就在这一年,他迎娶了杨公主,第二年,便生下了李恪,那是他们的第一个孩子。李世民忽然觉得有些遗憾于李恪没有长在乱世,若是,想也是一代英豪,不过他转念又庆幸自己给了他和他的兄弟们一个太平江山,不必让他们和他一样在箭雨中艰苦创业。

　　"那你呢?恪儿,你愿意做项羽,还是做刘邦呢?"

"陛下,臣绝无这样的能力,亦无这样的野心。"李世民听他变了对自己的称呼,也觉他这一问实在是唐突。项羽刘邦打了四年,为的不就是争夺这天下王位?他这样问李恪,不是明摆着在试探李恪有无执掌江山之意吗?可李恪绝不是有心的,若仅仅凭着李恪才能德行超众就起疑,这岂非是太荒唐也太不公平了?

他走上前去,抚了抚李恪的肩,笑着说:"恪儿,你的心太过敏感,也太过沉重了,把你的心放宽一些,那样,你会过得舒服许多,你明白吗?"

李恪望了望他,旋而慢慢地点了点头。他想他的父亲真的是一个了不起的帝王,他可以轻而易举地看透每一个臣子的心思,当然,也包括他的。父皇能够看出他光芒耀人的自信外表下面所藏着的那份不足为外人道的苦楚。他常常会想起他离世的母亲和那个已经化作云烟的杨氏王朝,想起他那位雄才大略,霸气横溢的外祖,终是因为太过性急,太过孤傲,结果才使得良臣寒心,百姓怨怼,义士揭竿,最后只落得身死国灭,万人唾弃。他为他感到可惜,可很快又会觉得困惑,他是以什么身份在发出这可惜的慨叹之声,是前隋遗珠,还是大唐亲王?他觉得可笑,可笑中又透着无限苍凉。他昂首望天,青天祥云,白鹭振翅。

六

唐贞观十一年,李恪受封吴王,之官安州。临行之时,李世民曾手书一封信给他,信中谈到他与李恪"外为君臣之忠,内有父子之孝",他要他无论在什么情况之下都要戒骄戒躁,勤勉处事。同时,他再一次提及了他对李恪的不舍之情,"汝方违膝下,凄恋何已"。凄恋是一种很孤独的情感,可是纵使要承受这般孤独,他也不得不再度放手。他心里的顾虑并没有消退,他知道李恪久留京城总有一天会遭到大臣的非议的,现在他主动要求去赴任,总比到万不得已的时候派他去要好得多。因为这是他们共同的责任,是无法抗拒的。

后来当那件事发生之后，李恪重读这封信的时候，他不由得再度感佩起父亲的未卜先知之能，仿佛他已经预料到了他这次去安州为官并不会似当年齐州那般顺利。他觉得自己愧对了父亲对他的信赖，甚至一度认为他不可能再拥有这份信赖。他视这信赖若珍宝，可惜，他却曾经亲手扔开了它，一意孤行。

　　这一年的年末，长安城中上至皇帝，下至百姓都沉浸于一片迎新的喜悦之中。贞观以来，政治清明，百姓安康，虽还未能与前隋鼎盛时期相比，到底也算是难得的治世了。可是御史柳范的这封不期而至的弹劾的奏章却犹如一盆凉水，结结实实地浇透了李世民的全身，将他的好心情全部冲刷殆尽。

　　"臣闻得安州都督、吴王殿下近些日子以来不理政事，沉迷狩猎，毁坏田地。陛下，田地乃百姓生存之本，若无田地，百姓便无生活来源，无生活来源，便人心思动，后果不堪设想。还请陛下彻查此事！"

　　李世民一听见安州都督的名字已是一惊，后又听闻他居然沉迷于狩猎而误了正事，不禁更加惊讶，便迫不及待地打开奏章来看，上面清清楚楚地记录了李恪近两个月来的斑斑劣迹，详细得让他连怀疑的理由都没有。他紧皱眉头，看看柳范一脸严肃、略带有忧虑的表情，忽觉得心在怦怦地乱跳，经历过数不清的大风大浪的他竟在这个时候感觉到了一种极为沉重的压力。看完这份奏章，他先是惊，随后，不是怒，却是忧。因为他自认为是完全了解这个儿子的，他不是一个随性胡为的人。

　　四年前，他将李恪派往齐州的时候就知道，李恪是完全可以去胜任整个地方的长官的，而且事实也证明，实年不过才十五岁的李恪就有明察秋毫的能力和恩威并施的王者之气。而今天的李恪，不止年岁增长了些许，又是初到安州，又如何会如此地不知轻重呢？想必是事出有因。

　　可是，李世民又怎能将他心里的这些话都一一地告诉群臣们呢？他了解李恪，他们又怎会了解呢？他承认，所有的一切都完全是他的臆测而已，臆测又怎能算数呢？况且，柳范的话句句说到了重点上，想必自己不立即表态，就算柳范不再咄咄逼人，像魏征、王珪这样的直言谏臣必定也不会善罢甘休的。

　　群臣都屏息等待着皇帝的发落，大殿里鸦雀无声，就连侍立在一旁的宦官们也都大气不敢出一声。李世民再度低头看着柳范,再看看其他的大臣。忽然竟觉怒火中烧起来,便将折子狠狠地甩在了案上,站起身来,大声地斥责道:"朕命权万纪为齐州长史,是知他刚直不阿,能面刺吾儿。如今看来,竟是朕看走了眼。朕定会好好地承办他的!"

群臣一听这话,均是一惊,谁都没有想到,李世民竟会将过错全部推到了长史的身上,却只言未提吴王。这样明显的包庇,哪怕是个瞎子聋子也能看得出、听得出。魏征刚想上前一步说话,先前跪在地上的柳范就抢先开了口:"陛下怎能不分青红皂白地就认为都是权长史的不是呢?陛下难道忘记了吗?当年,连房相尚且不能劝阻陛下狩猎,更何况是权长史呢?请陛下明断。"

李世民一听这话,心中的怒气就更加膨胀开来无法控制了,竟然连这样的陈年旧账都搬出来了,这群大臣,这些年来果然是将他们都宠坏了,自己允许他们直言进谏,谁知他们却完全将君臣之礼无视了。堂堂一国之君,要奖赏谁,要惩治谁,竟要听他们的摆布,他们想怎样就能怎样,自己想怎样却要受百般地限制。李世民觉得,自己这皇帝当得也是够窝囊的了。倒不如像隋炀帝那样,独断专行,那才叫痛快!想到这儿,他忽然又被自己的想法吓了一跳。他的脑子霎时间混乱不堪,他紧握着拳头,咬了咬嘴唇,几乎是咬牙切齿地说:"朕疲了,无心再议此事!众臣先退下吧!"

李世民回到宫殿,想了许久许久,想今日在朝堂之上,终是他有些蛮横了,就算是他有心为李恪开脱,也太过急迫了些。如今,是不想严惩也不行的了。恪儿,你怎能如此糊涂!你知不知道,你这真的是给朕出了好大的一个难题呵!李世民苦笑了一下,便立刻提笔写下旨意,减少李恪一半封户,并且褫夺其安州都督官位,令其马上回京待罪。李世民故意加重了对他的处罚,一来是做给谏官们看的,二来也是真想给这儿子一些教训,他想叫这儿子知道,若不能及时约束自己的行为,哪怕是他的学问人品再佳,也无法担起大任来。爱之深责之切,李世民在这儿子身上给予了多大的希望,只有他自己明白。

七

可是,当李世民亲眼看到李恪的时候,却无论如何都无法说出他早已酝酿过的申斥之辞。还不到一年,他与之前几乎是判若两人,李世民一眼就看出了他的憔悴与不安。过去,无论在什么样的情况之下,李恪的眼神中透出的始终是自信的目光,而现在,这种目光不见了,取而代之的是颓丧与迷茫。这种神情,不由得让李世民的忧心又多了一层,他渐渐开始怀疑起自己的决策,他想,自己为了堵上那群老臣的口而对李恪的惩处是不是太过严厉了些。

李恪屈膝而跪,说他辜负了陛下的信赖,甘愿接受任何的惩处。他这话说得很轻,并无多少的底气,不是说他没有认错的诚心和勇气,只是他无法肯定他是否能够得到原谅和宽恕。在他知道将来有一天要去地方为官之日起,他就发誓要做一个受百姓爱戴的好官。可有些事情,并非是他能够控制,也并非是他能够想得到的。他的心中如同扣心泣血般疼痛。他并非如李世民忧心的那样没有自制力。他是喜好打猎,却远没有到痴迷的地步,况安州政务繁忙,他也不可能放下正事而只知玩乐。可是柳范诏书中所说的确实并非虚假之言。有些事情,除非是有着感同身受的默契,不然,是绝不会明白得了的。

"朕都听说了。杨氏与你鹣鲽情深。她的死,让你受挫不小吧!"

李恪蓦然一怔,不由自主地抬头望了父亲一眼,父子俩的目光撞到了一起,李恪慌忙地又看向了别处。吴王妃杨氏自贞观七年于归,如今,不过才是五个年头。一朝身死,怎不会引得他的绵绵思念和惋惜。他放纵自己于碧海青山之中,用他的箭射落天上苍鹰,为的就是要将她忘却。只是令他没有想到的是,他还来不及忘,却先令百姓家的田地受了难。当地官员和百姓对他的微词他并非是不在意,只是情到深处,哀到恸时,根本就有一股让人眼盲耳聋的神秘推力使他完全将这一切忘记。

幸而还有一个权万纪在他的身边,李世民当初在朝堂之上大骂权万纪失职,确实是冤了他的。权万纪辅弼李恪十数年,李恪和他在一起的时光要远比和他父亲的要多得多。在人前人后,他总呼权万纪一声"先生"。权万纪的话,他是听得进去的。权万纪曾经以一个长者的身份深切地与他恳谈过一次,自打那次以后,他也真的是不去狩猎,安心在府中处理政事,并且也派人去安抚了那里的农户。只不过,几乎是与此同时,李世民将他罚俸免官的圣旨也跟着到了。

"臣无意辩解,错了就是错了。臣知错,今后,定不会再犯了。"这话说得已然比方才要坚定许多。李世民欣慰地点点头,任性任情,重性重情,又知错能改,无怪乎他要做自己的孩儿,这性子,还真的是随了自己的。

"朕明白,朕心中自有打算。这次回京,好好地修整修整自己,这书,还是要好好地读,武也不要荒废了。朕不会对你失望的,是你自己,不要让自己失望,懂吗?"

李恪以首触地,郑重一叩首。

银汉斜横,星光灿烂。这一夜,父子长谈至天明。

八

两个月后,李世民复李恪安州都督,暂居长安。那是贞观十二年,大唐一片蒸蒸日上之气,百姓日不拾遗为私,夜不闭户防贼,人人向善,个个友好,那是一首和谐的治世欢乐。可百姓这样,大唐宫廷之中又是那样。魏王李泰恃才傲物,又有父亲宠信,不断地结交朝臣,妄图取太子之位而代之。而李世民见太子承乾行为放纵,不合体制,也渐渐存了废立之意。而远在齐州的齐王李祐也暗暗存了些许的天下之志。这样的纷乱杂陈终于在五年后的贞观十七年全部爆发。这是贞观一朝的转折点,李世民晚年做出的诸多错误抉择也正是受了这一年发生的诸多事情的刺激所致。

贞观十七年年初,一代直臣、李世民的明臣魏征逝世。二月,齐州都督、齐王李祐杀长史权万纪,与其部下梁猛彪、燕弘亮等起兵谋反。李世民震怒之余派兵部尚书李勣、兵曹参军杜行敏带兵平叛。三月,李祐被押解回京,为李世民赐死。李祐在京的亲信纥干承基在狱中写下血书向朝廷密报太子亦早有反意。三月末,李世民剿灭皇太子李承乾、大将军侯君集、驸马都尉杜荷等人的篡权团伙,杀侯君集、杜荷等,废承乾为庶人,流放黔州。四月,李世民再贬向为其看重的四子魏王李泰,降其为东莱王,贬往坞乡。

这一系列的事情处理得极为迅速,叫人目不暇接,朝廷内外瞬时空出了许多险要的位置,其中最为重要的就是储君人选。而这一切,对于同在京城的安州都督、吴王李恪来说,却似乎是没有多大的意义。他已在贞观十五年迎娶了萧氏为妻。萧王妃出身兰陵,与前隋萧皇后同宗,论辈分该算是他的表妹。萧氏瑰姿艳丽,貌比洛神,好文喜画,尤善骑射,李恪与之志同道合,琴瑟和鸣,人人都道之为天作良配。

那李承乾和李泰李祐,虽是李恪的哥哥弟弟,可到底不是胞兄胞弟,又不常见面,要说有多么大的不舍情感,那是矫情的话,至多也不过是有一份惋惜在。与他们相比,倒是他的老师权万纪的死更加让他痛心。权力是一块刚从油锅里捞出的金子,闪亮诱人,万人歆羡,可惜一不小心就会灼烧自己,也累及旁人。李恪畏惧这烫手的权力,只想尽可能远地逃离它。只不过,匹夫无罪,怀璧其罪,纵使他有意躲避权力,可那手握朝政大权之人最终还是无法放过他。这个人,是李世民的内兄,太尉长孙无忌。

长孙无忌原也并不甚将吴王放在眼里,这倒不是因为他无德无才,不足挂齿,而是因为他的身份。他的母亲虽说是身份尊贵的前隋公主,可究竟不是李世民的正妻,换言之,李恪是庶子。在那个极重名分的年月里,嫡庶之别是相当大的。李恪是无论如何都构不成对太子的威胁的。直到有一日夜晚,李世民召他进宫议事时说了一些话,正是这一些话,让他从此深嫉李恪,以至于当李世民崩逝后,他罗织了李恪种种罪名,终将李恪置于死地。

九

"辅机,当日,就是在这里,你劝朕立雉奴为太子,朕听从了你的意见。

可是,雉奴懦弱,朕恐其不能挑起神器之重。吴王李恪英勇果敢,才华横溢,与朕如出一辙。朕想改立他为太子,不知你意下如何。"

长孙无忌一听李世民这话,心蓦然凉了半截。他暗自想着,自李承乾和李泰双双被贬,立嫡三子晋王李治为太子才不到三个月。他由不得在心中暗责自己竟然没有看透李世民的心思。看来当时李世民在决定立晋王时的犹疑,并不全是有三个儿子图谋不轨的打击,更多的是为了李恪,他原来早已有意立李恪为储了。长孙无忌在心中仔仔细细地将李恪审视了一遍。说实话,撇开一切私心杂念,他不得不承认,李世民对李恪"英勇果敢,才华横溢"八个字的评价也实在是恰到好处。可是,他不能答应,哪怕连一丝的动摇也不能有。

"陛下怎会有此念头?太子殿下仁厚慈悲,正是守成之君啊!储君乃国之根本,根本一动,必将大乱,陛下不可不思之再三啊!"

"不是有你这个国之栋梁吗?乱不了的!"

"立嫡以长不以贤,立子以贵不以长。陛下难道忘了这最基本的继承原则了吗?太子殿下正是陛下的嫡长子,当仁不让!"

"难道就因为恪儿不是你的亲外甥吗?你的度量就那么小吗?恪儿不是那种任人唯亲的人,将来,说不准你还得倚仗着他呢!"

长孙无忌见李世民的语气急促,心知他已经动了怒气。如果不是这等关乎国家和他自己命运的大事的话,他早已经一切都听凭李世民的了。可是,这次,绝不行!他抬起头,深深地吸了一口气。这话,他本是不愿意说的,但也许,只有这话可以扭转乾坤了!

"陛下难道忘记了吴王身上还流着隋朝杨家的血吗?"

李世民不由自主地瘫倒在椅子上,他不可否认,长孙无忌的这句话对于他而言,实在是太有杀伤力了。他不是没有想到过他会据理力争,却没有料到他竟会这样一针见血地击中了李恪的软肋。可是,荒唐的是,这根本不是李恪的错。更荒唐的是,他竟然无从去反驳。

长孙无忌见李世民被自己逼得哑口无言,心里又觉得十分不忍和歉意。他再度叩首,言语是一如既往的有力:"陛下恕罪!臣绝不是有意冲撞陛下的。臣所说的顾虑陛下不能不考虑啊!吴王殿下的人品才干固然是无可挑剔,可是,陛下您想想,庶子再加上有隋朝血统,天下不可能不存疑啊!如今政治清明,社会稳定,求的就是一个'正'字啊!太子虽说仁懦了些,可到底是陛下的嫡子。在治世,君王的名分可比能力更重要啊!"

长孙无忌这番话极为恳挚,字字发自肺腑。李世民不得不承认他的话持之有故,言之有理。他何尝不知道名分的重要性?他这样殚精竭虑地治理他的江山,为的不也是"正名"吗?他有嫡子的身份,有这群忠诚的文臣武将,尚且还这样如履薄冰,不敢肯定是否真的已经做到名正言顺。那么恪儿呢?他能顶得住来自百官和百姓的压力吗?将来,他的皇位必将是满布荆棘的,一旦坐上去,无外乎是两种结局。要么是用高压政策消除一切反对的声音,要么就是毫无作为,任底下的大臣牵着走。这两种结局都要比李治登基为帝糟糕得多,也不是他所乐意见到的。

李世民无可奈何地摇了摇头,他知道,这场辩论,他已经是彻底输给了长孙无忌。其实他原先督教和培养李恪是为了让他做一个周公般的辅政贤王的,只是世事难料,太子李治并不是他心仪的储君。他提议李恪也绝不是心血来潮,更不是退而求其次。他承认他和长孙无忌,和其他关陇贵族们一样看重储君的出身,若李恪为嫡子,别说是李承乾和李治,就连李泰也未必比得过他。这就是命运,是李恪一出生就无法改变的残忍命运。

他本是绝不相信命运一说的,若他真的屈从于命运,他就不会冒着巨大的风险打玄武门这一仗了。可他能为自己争取,却没有足够的力量去为李恪争取。李恪在他心目中确实是最好的接班人,可最好的却未必能够得到所有人的认可。何况,李治也是他从小疼爱的儿子,他也不愿意让他去承受太大的压力。而且,十七年过去了,他再也没有当年那种拍案而起的豪情了。人都会老迈,都会觉得疲惫的,而李世民,已经经走上了这老迈疲惫之路了。

十

第二日,李世民将李恪叫至身边,开口便问道:"恪儿,你愿意成为大唐的未来君主吗？"

这话问得太过直白，也太过唐突，话一出口，连李世民自己都觉得有些后悔了。长孙无忌那几乎是无懈可击的说辞让他有理由相信，这个假设成立的可能性实在是太小太小了。他不知道自己为何还要以这样的问题来问李恪，除了在他们父子两人的心中再添上些许不必要的烦恼之外还能怎么样呢？可是，话已出口，一如外头这倾盆之雨，又怎么能够指望天上的云朵再将它们收回去呢？

李恪的心被猛地撞击了一下，余音袅袅，继而渐渐沉寂下来。君主之位，那样地高高在上。对于他而言，那是一个禁地，是他永远也进不去，甚至不奢望去看一眼的禁地。他的脸上，依旧是那样平静的微笑，淡淡地，却极坦诚地说："臣愿意，但是，臣不能。"

一句话，简简单单的八个字，道尽了他最真实的心境。他是如此坦诚，毫不拐弯抹角。"愿意"两字，说得那样直白，他甚至不去考虑，李世民这样问是不是为了试探他，是不是已经对他起了某种猜忌之心。他只是觉得，他不能去欺骗眼前这个给了他生命的人。生于帝王之家，他可以感受到权力赋予帝王的那种万人之上的归属感。他却一直在逃避权力，可这也未必代表他就真的不喜欢权力。他不是许由，也不是介子推，他并没有那么清高。

李世民在问这话的时候，并无意去试探李恪，也不是真的要以破釜沉舟之势给予李恪这最高的权力。他抑或是一时兴起，抑或是为了给自己再找一个没有选择他的理由。因为他几乎认定了李恪会说不愿意，没有一个皇子会在皇帝和太子都健在的时候那么轻易地就承认自己"愿意"成为一国之君。即使当年已经决定要在玄武门起事的情况下，他都没有说过自己的愿望就是要做这天下之主。可是，李恪太坦诚了，坦诚得让他有些不知所措。如果李恪没有说"不能"，那么他就不知道接下去该说什么了。这个"不能"让他安心，却也让他心疼。他能给李恪的太少了，不是他不愿意，而是，他也"不能"。

李世民情不自禁地再度望向李恪的眼睛，李恪的眼神中寻不到愤世的情绪，嫉俗的仇恨。他的浑身只散发出一股恬静若水的气息。可他绝不是那种对礼教鞭挞的，想要去冲破层层桎梏的人，相反的，他一直都积极地信奉着这种礼教。他是率性的,纯真的。李世民一恍惚,仿若还是十七年前,在准备打他生命中最重要的那场仗的时候,李恪对他说,"孩儿在家等着父亲回来"。

"父子之情,源出于心。恪儿,朕与你先有父子之情,后才有君臣之义。朕想以一个父亲之心给予你朕最想给予你的那个位置,可是朕亦是皇帝,皇帝的顾虑比父亲的多太多了。朕生时可以护你无虞,朕百年之后,一切都得要靠你自己。好在,太子天性仁厚,想也不会出大乱的。"李世民动情言说,几乎是要落下泪来。他其实弄不清楚为什么在他这么多的儿子中,他唯有对李恪会如此的不放心。李恪论才干不输李泰,论品性不逊李治。他唯恐将来李恪会犯下与自己同样的罪过,这个罪的名字就叫做"怀璧之罪"。李世民太厌恶这个词了,他在与长孙无忌深谈过后再面对李恪之时,这四字真的犹如一条魅影一般窜到了他的面前,让他再度忆起武德年间那一段段不堪回首的岁月。

李恪绝非是不谙世事的愚人,他明白父亲的顾虑和忧心,明白父亲对自己的那份拳拳眷爱之心,他为着这份心而感动。他是爱他的父亲的,可他太过早慧,他的身世又让他太过敏感于君臣权力的关系,所以他们之间才似永远都有一层隔膜在。可刚才的那一句"愿意"是他的坦率之语,分明又只是单纯地将他当成了自己的父亲。李恪的心思太过深邃,可这绝不是他的心机。他有他的无奈和矛盾,且都无法宣之于口,哪怕是对与他情深意厚的王妃,怕也是不能够的。

他从小就明白,父亲要撑起整个天下,父亲不止他一个孩子。他有着众多的兄弟姐妹,他从不去争,去抢夺这份爱。尽管,他是那么渴望去得到。他不会刻意在众人面前表现自己。只是,他的锋芒是谁都不可能去掩盖的,包括他自己,也不能阻止他才华的外露。他本想只在他的父亲心中占据一个很小很小的位置,却不料,他的父亲对他的爱和他对其他孩子的爱一样的深刻。甚至,有过之而无不及。这,让他喜悦,让他感动。他默默地在心头起誓,永远永远,都不会负了这份爱与信赖。

他抬头,低声地,却极其坚定地说:"请父亲放心。"

他想说的是,请父亲放心,他会是个孝顺的儿子,友爱的兄长,忠君的臣子。他将父亲的希望看得比他自己的生命更重要。可他终究没有将这话说出来，他觉得父亲是懂得他的，要不，他是不会问自己这样的问题，也不会对自己说那样的话。他一直都是这个样子的，他不喜欢讲太多不必要的话。了解他的人，他自不必多言，不了解他的人，他更不屑多言。正如他交友一般，他认真地对待每一个人，却不爱与他们深交，只是一旦交上了，便是不可动摇的依赖和信任。

李世民走过去，拍了拍李恪的肩膀，他说："对你，朕怎会不放心？"

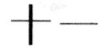

十一

唐贞观十八年，吴王妃萧氏在长安诞下了李恪的长子。李恪惊喜地给他起名"李仁"。他想这孩子生于治世，将来必将长于盛世。至仁至义，大仁大善，这就是李恪对他最大的期望。血脉真的是非常奇特的东西，这么小的一个孩子，成为了他生命的延续。李恪看着儿子，看他正甜甜地睡着，那样无忧无虑，小小的舌头时不时会舔舔自己小小的嘴巴。李恪被他逗得乐了，俯下身子，轻轻地吻了一下他的额头，小心翼翼地将他抱在了自己的怀里。孩子睡得很沉，竟全无觉察出来，只是那长长的一对睫毛在微微地颤动着。

李恪重新又将孩子放入摇篮之中，携着王妃萧氏的手一齐坐了下来。萧氏明媚的脸上洋溢着初为人母时的骄傲与欣喜。她不是个唯唯诺诺、以夫为天的小女子。她与李恪成亲，是看上了他的人品才华，他是她得以托付终身的丈夫。她轻轻弯弯嘴角，那对深深的酒窝衬得她愈发得娇俏可爱。

"贤妻，谢谢你给了我这人世间最大的快乐。"

"三郎，但愿五十年后，当你皱纹满面，当我银发披肩，我们还能坐在此处，相依相携，坦诚相对。"

"五十年，好长！但是，请你相信我，一定会有这么一天的。"李恪真挚地说道。就算是你已银发披肩，你依旧是我当初在马上回头时所见的那个英姿勃发的美丽姑娘！光阴带不走的是我们彼此心中初见时的那一份记忆。

慈父相护,贤妻相守,爱子相伴,人生若此,夫复何求!那一段日子,是李恪一生中最快乐,最难忘的日子。可惜,一切美好的东西都无法长留于人的身边,愈想留住,愈难留住,就像手心里的沙,会想方设法地从人的指缝间慢慢地流出来。

十二

唐贞观二十三年五月,李世民于长安郊外的终南山翠微宫中崩逝,时年五十岁,庙号太宗,安葬昭陵。

风木之悲,是剜心剔骨般的苦痛。白幡飘荡,狠狠地勒紧了人们的心,刺目的白色在毫不留情地告诉人们,世间一切的炫丽到头来亦不过是要化为质朴的本真。新皇李治在太宗灵前泣不成声,几欲昏厥,群臣无不感动落泪,幸得一纯孝之君。吴王李恪伏拜于地,心痛难忍,他记得李世民临终之前,拉着他的手,只对他说了一句话,他说:"恪儿,你要好好地活着。"

这是一位父亲对他的爱子最后的眷恋和关怀之情。

这句话,这几日一直反反复复地在他的脑海中出现,让他日不能食,夜不能寐。他不像新皇那样会如此强烈地表达他的感情,即使是在此万人哀恸的时刻,他所做的也只是默默地垂泪。

礼毕,自新皇李治起身后,李恪猛地觉头晕目眩,脑中轰然作响,险些就要摔倒在地,幸而有一双手及时扶住了他。那人的面容与他有六七分的相似,只是眉目间少了一分沉稳,多了一分不羁。他是李恪的胞弟,李世民的六子李愔,封爵蜀王,任虢州刺史。这兄弟两人的性子差异太大,以至于不只当时的人,连后代人阅读史书时也会不由自主地多看两眼。

李世民曾盛赞李恪"英果类我",也曾怒责李愔"禽兽不如"。可若单以此来判断李愔是个多么不堪的人,这对他来说显然又是不公平的。李愔身上那些贵公子的习性是当时王公子弟普遍都有的。或许,正是因为李恪在李世民的心目中有着太好的印象,才会让他不自觉地以对李恪的要求来对待李愔。李愔挽着李恪的臂膀，在他的耳边轻声说道："兄长的面色怎会如此骇人？待会得叫个太医好好瞧瞧才好啊！"

李恪勉强挤出了一丝安慰的笑，慢慢地放开了李愔的手。可就是在此时，他胸口的疼痛又增加了几分，喉头阻塞得难受，一低头，便有鲜血染在了他那麻布孝服上。

"兄长，你到底怎么了？"李愔这样一惊呼，便立刻引得殿中人的注意。

旋即便有五六个朝臣走至李恪的身边，几乎是异口同声地言道："先皇已去，请殿下节哀保重！"

李恪自贞观十八年就去安州就任大都督。其休养恤民，安富济贫，薄征缓刑，又常深入民间探问百姓疾苦。百姓莫不真心敬他服他。一时间，吴王美名远播，天下皆称之为"贤王"。

李恪向他们摆了摆手，血的气味已不再浓重，他挺了挺身子，眼神中透着他一贯的倔强和坚韧。李治上前两步对近旁的两名内侍说："还不快扶吴王去内殿歇息。"

"多谢陛下，臣无事。"李恪面上的病容已不复方才的那样严重，他俯身长拜，话语谦和平静，又透着一股子对皇权的敬畏之意，对李治如此，当年对李世民亦是如此。他离皇权曾经也只有那样的一步之遥，他也曾伸手就能触碰到这龙座，可这龙座是如此冰凉，冰凉得让他起了阵阵寒噤。他懂得了，龙座是不可能用来爱的。他与坐在龙座上的亲人，哪怕是父亲，是弟弟，终究也是不能够单纯地论父子兄弟之情的。他的谨慎不是故作姿态，而只是一种习惯，一种皇室子弟的教养。

可是有的时候，一个人的罪孽不是他做了什么，而是他没有做什么之前就已经犯了人的大忌。贞观二十三年，李治下诏称吴王李恪，器宇冲邈，谦冲宏博，拜之为正一品司空，并让其兼领梁州都督。永徽二年，又授之以太子太傅之职。这些虽为崇官，却亦是表明了这位年轻的皇帝对他这位才智绝人、颇有威信的皇兄基本的态度。他只能给他至高的荣誉和地位，却无法给他辅佐帝王的权力。或许，他对他一开始就是忌惮的，只不过是他伪装得太好，外人所见到的，都不过是一个仁厚得有些懦弱的皇帝。

但即使是这样，这对于李恪而言，又何尝不是最好的归宿。他愿意携妻带子,在远离京都的地方好好地做一位受百姓爱戴的都督,百姓面上的笑意,就是这天上最明亮的星辰,照亮了他前行的路,他坚信自己可以沿着这星辰的光芒义无反顾地走下去,走到人生终点的悬崖峭壁旁,向人间投下一个属于他的温暖人心的眼神后平静地离开。

可正如李世民当年所说的那样,最好的,未必能得到所有人的认可。最好的结局,往往不是真正的结局。跨越千年,我们已经无从知晓若是没有长孙无忌,吴王是否可以逃过这似乎已经注定了的结局。可是一切的偶然都是由必然孕育而来。贞观十七年,李世民提议以李恪取代李治为储君被长孙无忌断然阻止之后,史书上用以下几字来形容长孙无忌对李恪的态度,"故无忌常恶之"。不知道李恪是不是能够觉察得到这份深深的嫉恶。我想,依照李恪这样的才干辩悟,应该是知晓的,尤其是始终保护着他的父亲故去之后,在朝堂之上,他与长孙无忌共占着三公之位之时,哪怕他是在离京都遥远的安州,他也必然会感受得到有一双眼在一刻不停地盯着他,等待着他出错。

十三

这样一等,便是三年有余。三年,对一个急于想要除去他心腹之患的人来说,已经算是够久的了。长孙无忌等到了一个契机,他选择尽可能充分地利用这个契机。可在他接到房遗直的这份密报的时候,他并不曾想到那么多。奏报说太宗皇帝十七女高阳公主因对情夫辩机和尚之死怀恨在心,不但在灵前"哭而不哀",还常与一众皇室宗亲聚在一起议论朝政,诽谤大臣,更有甚者,还扬言要拥兵入皇宫,废去当今天子,谋立荆王李元景为皇帝。

"谋反又能怎么样呢?就凭他们这几个人,还想反了天不成?况那房遗直原本便与他们不睦久矣,这奏报说得也未必就是实情了。"长孙无忌不屑一顾地把它扔在了一旁,可就在这奏报与桌案触碰的声音响起的时候,他的心蓦地重重地跳了一下,一道灵光迅速地划过了他的脑海。这谋反之事,为十恶之首,古往今来,凡是沾染上这个罪名的人,任凭他是皇亲国戚也好,功臣良将也罢,便只有一种结局。若小鱼小虾可以牵引出那苍鹰坠地,怕倒也算得上是功德一件了。

唐永徽四年元月,当李恪与家眷一起回京述职的时候,怕是无论如何也不会想到,这一来,竟再无回去的可能,又或者说,他回去得太过彻底,回到了来时的地方,回到了一切纠葛和烦恼都不曾发生的地方。一场审讯正在秘密地进行,一场惊心炮制的大案亦即将揭开它的真容。

"驸马与高阳公主是否召集了众皇室贵戚,想要意图谋反,逼陛下退位?"

"是!可是……可是,我们都只是随口说说罢了。根本就没做出任何的行动!我们也没那么大的本事呀!"

"你们通常是在哪里聚会的?"

"都是在遗爱府中。其……其实也就那么三两次。"

"三两次,也足够可以成事了吧!除了你与高阳公主,还有些什么人啊?"

"有……荆王殿下,有丹阳公主和驸马薛都尉,还有巴陵公主和驸马柴都尉。就……就这些了。"

"是吗?驸马怎会如此健忘,说完了从犯,怎么竟会把主犯给漏了呢?驸马若是想活命的话,就不要再替此人隐瞒了吧!你看那纥干承基,当初要不是告发了太子,现在又怎还会好好地活着呢?"

房遗爱禁不住如此的咄咄逼问,他生于富贵之家,长于富贵之家,自然比一般人要惜命得多。这严冬的寒气使他的双腿不住地发抖,他的脑子中此刻只有唯一的声音,活着,活着……要活着,就一定要顺着他们的思路去想、去说。他们既要一个主犯,而今唯一能做的,就是要给他们一个主犯。这个人,要位高权重,要震得住他们,这个人,要是连他们也不敢动的。

房遗爱并没有思忖太久,他稳了稳心绪,异常坚定地说道:"还有……还有吴王殿下。"

最后的那四个字,他几乎是一字一顿地清晰地说出来的,好像是唯恐他们听不到似的。那坐在一旁的执笔小吏一听到这话,惊得连笔都握不住了。

笔顺着案卷掉到了地上,案卷的空白处立刻多了几滴黑墨,他赶紧捡了起来,有些不知所措地望着主审官员。为了证明这四个字的价值,房遗爱又是如此这般地说了好一通的故事。这故事,自然是漏洞百出,可这并不能妨碍他们的事,他们要的,仅仅只是这个名字。

房遗爱是幼稚的,亦是可怜的,或许他至死也不会想到这谋反的罪名究竟意味着什么。从古到今,有多少纥干承基?又有多少为谋反牵连至死的无辜者?的确,吴王在宗室朝堂之中的威望怕是真的无可动摇,但是一旦牵连上了谋反之案,又能有多少人会说一句话?不是不愿,而是不想做此等徒劳无功之事。况且,长孙一系又是如此霸道,霸道到连皇帝都要让他们几分。

永徽四年的这一场鹅毛大雪很快就盖住了大地的落叶尘埃。在那沾满了鲜血的长剑落地的那一瞬,李恪用仅存着的一丝气力握住了王妃萧氏的手,他告诉她,无论多苦多难,她都要活着,不为他活,为她自己而活。五十年后的约定,他已爽约,若她还不能赴,他就算在碧落天地间,也永世难安。萧氏颔首,那再简单不过的动作,却几乎穷尽了她毕生的力。

女子并非是柔弱的化身,女子一旦坚强,她的意志只会比浊世须眉更为强大。泪尽,再不得流。萧氏起身,她望着四周的卫士和前来传下死亡之令的内侍,这样刺人的目光是他们所抵挡不住的。他们纷纷跪地,那是惧怕,是敬畏,是怜悯,是对送别的怅惘,是对是非的困惑,百感交集的情绪中,唯独没有的是本应对谋逆之人所有的不屑和憎恶。

李恪小论:他是贤王,却永远改变不了历史

唐永徽四年二月初二日,吴王李恪在长安被冤而死,年三十四。永徽六年,李治废黜皇后王氏,立昭仪武氏为后,不久,便借武氏之力,先后除去了长孙无忌、褚遂良、韩瑗、来济等顾命大臣,并流放其族,开始将最高权力集中于自己的手中。李恪临死之前的预言终于成真。光宅元年三月,武太后临朝称制,天授元年九月,登基为帝,改国号为周,定都洛阳。

不知道李世民泉下得知他拼死打下的大唐王朝的命脉会有十数年的中断时,会不会后悔自己当年所做的这个看似面面俱到的稳妥决定?会不会在怅然慨叹之下假设彼时李恪还活着,一切都不会发生?

李恪没有当上皇帝其实是可惜了的,因为只要他登基,所谓"红妆时代"就很难再出现了,大唐王朝很有可能会直接从贞观过渡到开元。不过这个假设是很难成立的,因为只要有嫡子在,那些占据着朝堂大半的关陇贵族们就不会允许一个留有前隋血统的庶子来承继大统,哪怕他为皇帝所钟意。

论才干,李恪自是当得起史书给他的这个"贤"字的。两唐书及《大唐新语》等书都称李恪有文武之才,这简单的四个字实在不是个简单的评价。须知在那个时候,文要的是过目能诵,锦绣文章信手拈来。武要的不仅是娴熟的骑术剑术,而且,更重要的是要深谙兵法以尽可能达到"不战而屈人之兵"的效果。能被见多识广而又极为挑剔的史学家冠以这样评价的,显然不是个泛泛之辈。

《旧唐书》在总结太宗诸皇子时写道,"太宗诸子,吴王恪,濮王泰最贤,皆以才干辩悟,为长孙无忌所嫉"。将李恪置于李泰之前,应当不只是凭着长幼顺序,因为嫡子的地位是远远高过庶子的。论威望,李恪应当也是有的。他生前"地亲望高,中外所向",死后"绝天下望,海内冤之"。

这样看来,倘若在那个时候,有如此文武双全,精明能干,又颇得仁心的贤王在,是不是唐朝的江山真的可能不改颜色?要回答这个问题,我们不妨先来看在武氏当政时所发生的两件所谓叛乱之案。

第一件的主角是那位被骆宾王捧为"皇唐旧臣,公侯冢子"的英国公徐敬业。徐敬业在任柳州司马的时候,曾经打着恢复李唐神器的名义招兵买马,逼武氏还政,并令骆宾王写了一篇气势恢宏的讨武檄文,高呼"且看今日之域中,竟是谁家天下"。可惜他的军队战斗力不足,只坚持了两个月余就被朝廷军所灭,徐敬业在逃亡高丽的途中,被他的部下所杀。

第二件的主角李世民的第八子越王李贞。史书上记载他"善骑射,涉文史,有吏干",虽然比不上李恪,但也绝不是个庸碌之徒。垂拱四年,李贞秘密联络包括韩王李元嘉、霍王李元轨等李氏宗亲共同起兵以扶持皇帝李旦正位。诸王虽口头允诺,但最后真正响应他的就只有他的长子琅琊王李冲。

父子两路在准备不充分的情况下匆匆行动,兵败被杀。

这两件事失败的共同原因当然不是所要做的事情不够名正言顺,而是平心而论,不论李治在位,还是武氏临朝的这段时期,大唐总体是沿着贞观之治的好势头,国运是蒸蒸日上的,人们大多已经安于现状了。他们判断一个重要决定该不该做的首要考量应当是这件事做了会有什么益处,不做又会有什么弊端。当年越王所联络的那些宗室,大多已是习惯了锦衣荣华的生活,且在他们的性命并没有受到武氏威胁的情况下,不愿跟着越王贸然起兵的心态是可以理解的。至于百姓,只要他们的生活不受打扰,能过着吃穿不愁的日子,那个坐于金銮宝殿之上发号施令的人究竟是谁,对他们而言,根本就没那么重要。

所以,就算李恪还活着,就算他起兵反武,他的结局,是不会和李贞、徐敬业有什么不同的。这是一个时代所必须经历的一个过程,不是凭着某一个人就能改变得了的。说到底,武氏的权力是她的丈夫李治给她的,是李治屡屡让她参与朝政,甚至在遗诏中也将处理重大军国大事的权力交给了她。

李治其实绝不是《新唐书》中所说的"昏童",也不是李世民一直认为的一个"仁懦"之人,相反,他有心机,有胆识,有魄力。他比李承乾、李泰多一份沉稳,比李恪多一份名分,所以在刀光剑影的贞观十七年他能够全身而退,入主东宫。他以"废王立武"为跳板,不动声色地以旧换新,在朝堂上扶植起自己的势力。他信赖武氏,不仅在于她是他最亲密的妻子,更重要的是她是一个女人。皇帝是要有人辅佐的,与其让权臣外戚干政,不如让皇帝的母亲参与。

可是,他和他父亲一样,自认为是在深思熟虑之下做了一个万无一失的决定。可这个决定在实施的过程中却都出了错。李世民不会想到他的儿子会让庶母成为皇后,李治更不会想到,一个女人竟真的能成为君临天下的帝王。

就在武氏太后临朝的光宅元年,李恪的三个儿子被赦免回京。长子李仁(李千里)于长安三年封成王,拜左金吾大将军,兼领益州大都督。三子李琨历任缁州、卫州、郑州、梁州、幽州刺史,恩惠百姓,政绩斐然。神龙元年追封张掖王,开元十七年追封吴王。四子李璄于神龙元年封归政王,任宗正卿。其中以李琨一脉为最荣,子孙多有为宰相高官者,青史留名。

第九章 母为子纲，生不逢时

他是出类拔萃的皇室英才，却因那惟妙惟肖的流言蜚语与强势的母亲反目成仇。那一场精心策划的谋反冤案，生生地将他拽入深不见底的迷潭。而他以为的太平与安定，终究是可望而不可及的水月镜花。

一

严冬的长安，枝头的树叶都已然落尽，空空落落，叫人看着颇觉可怜。天寒水急，风静猿啼。路上留下了一条条深深的车辙印记。拥旌仗钺，华盖顶天，那是皇室不可仿效的威仪。昭陵这一行并不甚顺利，出发时还是晴空万照，到半路竟狂风暴雨大作，车队只得于城外庙宇中避了半日。以至于如今还得夜间行路才能到达前方馆驿。

驾车人不敢太过于急促，因为车上不只是坐着大唐王朝的至尊皇帝，还坐着那已经怀有八个月身孕的皇后武氏。武皇后这一年已经是三十三岁，方额广颐，黛娥蝉鬓，在华衣的衬托下显得贵气无比，脸上露着平和而慈爱的笑。她又一次要成为母亲了，她想起了她的第二个孩子，那位安静得连哭声都是细声细气的小公主。她死了，死在了她与废皇后王氏的权力斗争之中，她还那样小，甚至是连乳名都没有来得及起。皇后觉得自己愧对这个孩子，却从不后悔。自古宫廷深苑，无不都是充斥着无数的阴谋与诡计。你死我活，非此即彼，就是这个样子。女儿，若以你之死，能够换得母亲一世荣耀，换得手足一生平安，那或许，也是不枉的了。武皇后抚了抚她隆得很高的腹部。失此得之，上天还算是待她不薄。孩子，你的出现让母亲惴惴不安的心得到了安宁。母亲谢谢你。

唐永徽五年十二月,李贤在帝后往昭陵拜祭的路上提前出世。昭陵,是他们的祖父,一代英武帝王太宗李世民的长眠之地。后来李治常说,贤儿的聪明睿智是昭陵的灵气所给。而武皇后也在心中暗自地叹息,早知道会有这许多的事情发生,倒不如当初不受那样大的痛苦把他生下。成王败寇,优胜劣汰,这是自然界自诞生人类之日起的必然规律。李贤的出生更加巩固了武氏的皇后地位。她终于得到了她自十四岁入宫以来想要得到的一切,而皇帝也因此彻底地摆脱了贞观遗臣的阴影。想他自太宗二子鹬蚌之争中得利,登上皇位之后,杀其兄,贬其舅,废其妻,幽其女,其老辣狠厉的手腕丝毫不亚于其父,想李世民当初忧心忡忡地感叹"雉奴仁懦"之时,大抵根本不可能想到会有如今这情形。

二

显庆元年,李治顺应臣下之请,废长子李忠储君之位,改立其与武氏的长子、李贤的五哥李弘为太子。这一场风暴,来得快,去得也快。等到李贤记事的时候,朝堂上基本上是恢复了平静。李贤年岁尚小,长得清秀可爱又聪明伶俐。所有的诗书只需读过一遍就能一字不差地复述出来。

李弘虽也聪慧,但更为准确地说,是勤奋。此时,他正拿着书,默默地记在心中。李贤扭过头去,眨着明亮黝黑的眼睛,目光深邃得叫人看不到尽头。他将那小小的手盖在了翻开的书页上,玩笑着说道:"五哥,今儿我宫里的赵道生从外头大街上淘弄了许多时新的玩意儿来,一起去瞧瞧吧!"

李弘将书从李贤的手下抽了出来,面上带着兄长对弱弟发自天性的宠溺:"这可不行,明儿父亲还要亲自过问功课呢。若是背不出来,那可就不好了。"

李贤霎时觉得好没意思,赌了气似地一个人跑出去了。盛夏时节,外头的蝉鸣略有些吵人,烈日从浓密的树叶下钻了下来,在地上投下了一片斑斑点点。李贤拭了拭从他额上淌下的汗珠,跑回自己的宫殿玩了一整日的皮影积木。而李弘则在书房里读了一整日的书，这般的刻苦用心终是换得了第二日在皇帝面前的一番流利背诵。

轮到问李贤时，他歪歪脑袋，侃侃而谈："子夏曰：'贤贤易色，贤贤易色……'"

李贤一连重复了好几遍，李治只疑他是忘了下面的话，倒也不愠不怒，只怀着无比温和的声音问他为什么要一直重复这两句。

"因为……因为孩儿喜欢这两句话呀！贤贤易色，说的是我们只应注重别人的品德，不要在意他的相貌。孩儿一定会与贤人为友，也做一个贤人。父亲，您说好不好呀？"

李治连连颔首，那份沉沉的怜子之爱如这夏日里的温热气息般包裹着他的心。这两个儿子，一个有仁君之德，一个有辅臣之才，如此君臣，何愁大唐不能出现又一个贞观之治。这一年，李弘七岁，李贤五岁。他们如同在肥沃的土壤中孕育出来的两棵挺直繁茂的树苗，只盼着有朝一日，他们能够长成真正的参天大树，为天下的百姓避下所有风霜雷雨，为他们撑起一片湛蓝的天空。

可惜，历史的奇妙之处就在于它的多变。那些原本可以攀上高耸山峰的人们，却在瞬间就被从更高处落下的巨石砸落到了崖下的淤泥深潭，连再卑微的蚂蚁鸦雀都敢在他们的身上肆意啄食。这个道理，李治本该是清楚的，他不会忘记当年他的三哥李恪有怎样"中外所向"的名望，却在"海内冤之"的舆论下被他以谋反罪论处。李弘和李贤后来的悲剧，仿佛就是上天对他当年所为的报复和控诉。

三

上元二年，皇太子李弘于洛阳行宫暴毙，年仅二十四岁。李贤后来在流放地巴州回忆起当年的情形，依旧是泪光闪闪，可是心中却有着一缕本不该有的对于李弘早亡的庆幸之感。五哥，幸而你不曾活到如今，不曾看见我高祖、太宗所创的大唐江山即将改了姓氏,改了颜色!还是,因为你早有预料,才会弃了这阴阳颠倒的荒唐尘世,驾鹤去了那无忧无愁的碧落之处?

李弘之死是大唐王朝史上的一个谜团,不只是困扰着后世的代代好事者,也困扰着当时身在其中的李贤。李贤不明白,就算他兄长的身子不似他那般康健,自小也是小疾不断,可怎么会离去的如此地迅速,甚至于他们兄弟二人还来不及道一声最后的别离。而且,死的时间还特别的蹊跷,因为在不多久以前,李治就曾经向大臣们宣告,自己欲将皇位传授给太子李弘。现在,他死了。这无上的旨意显然已经变成了毫无意义的空文。生前无法实现的心愿,唯有死后追授了。唐上元元年四月,唐皇李治加太子李弘为皇帝,谥号"孝敬"。故后人常以"孝敬皇帝"呼之。可皇帝也好,太子也罢,所有的,终究不过只是一个名号而已。

李贤的脑海中常浮现这个可怕的念头,他想竭尽所能地将它除去,可它已经存在了。就像一颗生于人体内的毒瘤,无论你多么渴望摆脱它,可终究也不过是徒劳一场,并且还会时时给予你无法言说的痛,提醒着你,它在。李贤很快就从宫内外的流言中听到了那些同他心中的可怕念头相同的传言。说武皇后贪恋权力,恐太子即位要失了其万人之上的地位,故而便以毒酒鸩杀之。

在每一个夜色朦胧的晚上,李贤时常会透过窗户看到漫天闪烁的星星,每一次的闪烁都仿佛在刺痛着他的双眼,让他的视线在瞬间朦胧不清,看不见景物,也看不见人心。他想要去触碰一下母亲的心,去试试那颗心是不是真的冰凉得一丝温度也无。

他想起来在那一日,他那惯常温和仁孝的五哥第一次在母亲面前显出了他的脾性。他说义阳公主和宣城公主也是父亲的亲女,是他的姐姐,是身份尊贵的大唐公主,缘何要幽闭她们十数年,如今,她们已是近三十老处女,在不见天日的黑暗和孤独中慢慢地消耗着她们本该炫丽的生命。他请求母亲释放她们,许嫁于人。武皇后听着听着,便粗暴地打断了他的话:"枭氏①是我大唐罪妇,罪妇之女,岂还有公主尊号?让她们出嫁?也行,就以侍卫

---

① 武皇后厌恶废妃萧氏,便将其姓改为"枭"。

配之,亦算是当了门户!"

武皇后随手一指,便为她们点了终身之依。母债女还,多么不公!多么荒唐!况且,她们的母亲不过只是输了一场女人间的斗争,输了一个薄情寡义的帝王丈夫,哪里是犯了什么要累及子女的重大罪恶?李弘和李贤都没有见过废淑妃萧氏,但从小亦在老宫人们不经意的言谈中大致知晓了那个曾经宠冠后宫的风华绝代的女人。波动月影消,镜碎繁花逝。佳人已走,只留下三个稚子幼女在尘世苦伤以及一段摧人心肝的曾经传奇。

李弘受了此事刺激,大病一场,在病中,他曾握着李贤的手,皱眉感叹了一句:"六弟,这个太子,愚兄做得真累!可是,再累,再苦,也得做着,因为……这个位置,是父亲给的,父亲的信赖,愚兄得担!"

四

当李贤在金銮宝殿之上,双膝下跪接过那太子金印,接受百官臣僚朝拜的时候,他的脑中不断地重复着这话,一遍一遍,那金印,原是那么沉重,他得好好地收着,绝不能让任何人掠夺了去,就算那个给了他生命的母亲,也不能。若真的要偿还这母子恩情,那得用他的命,而不能是这权力。李贤知道,要与他的母亲斗法,最要紧的是保存实力,韬光养晦,欲速不达,得稳稳地一步步走。近来他史书读得多,尤其是范晔所编的《后汉书》,常将之放于引枕之下,日读数卷仍不感疲倦。

读史可以明智,读史可以静心,读史亦可以使人免去许多的猜忌和防范。李贤是聪明的,可这聪明里多少是带着一些无可奈何的。唐上元六月初三日,皇太子李贤上书皇帝要求仿南梁昭明太子,开展史书的编撰和校对。皇子领衔进行文字工作,在大唐已有先例。先帝太宗于秦王时期就曾召集十八学士品文论道,李治四哥濮王李泰亦曾召集文士编集《括地志》,以增加政治资本。而李贤倾尽权力去做,后来流传于世的就是他对长读的《后汉书》的校注。与他共理文事的主要有东宫左庶子张大安、东宫洗马刘纳言等一大批文学大才。李贤从小得他们的教诲,长成之后又与他们同席谈论,虽不过双十青年,学问却已逼近当世大儒,提笔批注便已是游刃有余。

融既饥困,乃悔而叹息,谓友人曰:"'古人有言:左手据天下之图,右手到其喉,愚夫不为'。所以然者,生贵于天下也。今以曲俗呎尺之羞,灭无赀之躯,殆非老、庄所为也。"

李贤读到这段话的时候,是夜色阑珊的夜晚。秋日的夜带着一分凉意,倒也不似严寒时那样叫人难以忍耐。幸而有秋日存在,要不然,人们要怎样去忍受从酷热的夏日到刺骨的冬日的转变呢?李贤把酒而阅,清酒中倒映着他在烛灯摇曳下的专心致志的庄重神情。马融于贫穷困苦之中仍然看重自己的个人价值,珍惜才华,保存自身,以期宏图大展之时。李贤望着这被灯照得有些晃眼的文字,沾墨提笔写下,臣贤案:言不以名害其生者。

他亦要爱惜自己的身,愈是在刀箭横飞的时候,他愈是要爱惜自己。他不知道那在朝堂之上威风凛凛的母亲究竟对他的五哥做了什么。他不问,不听,不查。不是他不想,而是他不敢。一望朝廷,看那裴炎、许敬宗们是什么样的小人,他们的心里唯有那高高在上的天后娘娘,连皇帝姑且不放在心上,更何况是他这个太子。他只能忍耐,唯有忍耐。待到他手握权力之柄的那一日,他定要叫他们付出代价!总有那么一天,是的,他会等到那么一天。

可那一天,是如此遥远,远到再也不可能在李贤的生命中出现了。当一支两支箭刺入他的胸膛的时候,他忍住了疼,默默地将它们拔出,紧紧地捂着自己流血的伤口,不让任何人看出。可是,当如雨的箭一同向他袭来的时候,他再忍耐不住,他将那沾着他的血迹的箭用力地射了出去。可谁能料到,箭竟然还能反弹回来。这一次,直中了他的心脏,他倒下的身子,再未能起来。李贤常想,若一切可以再来一次的话,他会不会忍耐更久,忍耐更长一些呢?他不知道,谁知道呢?一切悲剧的原因都在于一切都不能重来。

五

李贤记不清楚他是何时听到有关于他身世的流言的,他只晓得,当他真正开始重视这流言,并且开始试图细细探寻的时候,这流言已经如这恼人的烈阳般地照遍了皇宫的每一个角落,甚至他觉得东宫外那棵老槐树上那两只雀鸟也在嘀嘀咕咕地说着这流言。流言说他的母亲并非是当今的武氏天后娘娘,而是十数年前已经死了的他的姨母韩国夫人。韩国夫人的模样,他永远都不会忘记,那应该称不上是一位美人,因为母亲很美,而韩国夫人的容貌是比不过母亲的。可是,李贤很喜欢她,或者,正是因为她不是那样的美,才不会像他那样美的母亲一般难以亲近。

在他年岁还不大的时候,姨母就常常进宫,有好一段时间还长住在宫里。姨母经常抱他于自己的膝上,抚着他的头唤他一声"贤儿",他很喜欢听这声声的"贤儿"之音。韩国夫人是第二个叫他"贤儿"的女人,另外一个便是他的母亲,可母亲是叫不出那股子温柔劲儿的,母亲于他,更多是严厉,总有些疏离的样子。故而比之她而言,姨母的这一声"贤儿"要叫他欢喜得多。李贤记得,姨母不是对他所有的兄弟都那么亲昵的,比如她叫他的五哥是"太子殿下",而叫比他小一岁的七弟是"周王殿下"。这样称呼上的差别,由不得让李贤生出了一两分的得意来。

称呼,是很重要的。

可是,大约也就是出于这称呼上的差别,再加上李治与韩国夫人间的那段不可言明的情愫,才使得这流言有了广为传诵的土壤。李贤本是对这流言嗤之以鼻,然而,在每一日的黎明时分,他难以入眠之时,他就会斜靠在榻上慢慢地想,想那一年当姨母过世的消息传来的时候,他是多么悲痛,想更早的时候就有人说姨母是为母亲所害,想母亲对他的三个同胞兄弟仿佛要比对他亲厚得多,想父亲那日在大明宫外的长廊上与他说起韩国夫人时的那一声慨叹:"那真是个好女人呵。"

想着想着,他便被这流言说服了。当流言被人坚定地相信的时候,它就自然而然地进化成了事实。事实,是不依照人的意愿而存在着的。

这个"事实"令他痛苦,令他失去了他向来冷静而智慧的头脑,他变得冲动、暴躁,甚至于一度沉迷于酒色之中。他的内心是慌乱的,这慌乱中虽带着明知不可为而为之的内疚之感,可那厌恶,乃至愤恨偏又是那样强烈。而那在高堂珠帘之下正襟听政的女人纵使真的不是他的亲生母亲,毕竟也是他的亲人,是她的荣耀给了他这无上的储君的荣耀,他又怎么能够真的对她存厌恶愤恨之情呢?这样的矛盾真如在他冷若冰霜的腹内迅速地倒进了一壶烈酒,烧得他几近发狂。

终于在某一日的欢宴过后,李贤于沉醉之中脱口言道:"牝鸡司晨,国将不国!天后临朝,大唐危矣!"

这样指名道姓的非难自然而然地流进了有心人的耳朵里,并通过有心人的嘴巴传到了应该传到的那个人那里去。武皇后的面上不见喜愠,她那握着朱笔的手慢悠悠地在奏折上写下了一个字的批注。她摆了摆手,吩咐近旁的婢女去喊太子过来。她真的是个很厉害的女人,有气魄,有胆识,有能力,更重要的是,能忍。作为一个作壁上观的旁观者,这一场母子斗法的戏码当然是格外的好看,可若是身在其中,却各人都有着各人的无可奈何了。

武皇后冷冷地问道:"太子,近来宫内颇有些于你不善的流言传出,你可知?"

李贤听这话的口气虽是淡淡的,却有股子浓烈的焦灼之味在里头,他平望前方,依礼长拜,话语谦谦:"臣本非善人,亦不指望会有善语传出。天后日理万机,切莫因臣之事伤神,不值。"

武皇后听他此语刺心得厉害,由不得抬头去望了他一眼。平心而论,在她所生的四子中,李弘虽仁,性子却弱。李显①是个顽童,并无所长。李旦谦恭好学,可于政事处,却不堪大用。唯有李贤,有文武之才,监国之能,可于她,却总也合不上拍。她是喜欢李贤的,因为这四子中,唯有李贤像她。可这一个"像",能让两人同心协力,共图大计,却也能让人生出既瑜何亮之感。对于武皇后而言,随着时间的推移,尤其是当李贤做了储君,著书监国,显出非常之才,赢得朝野齐声赞誉之时,她与李贤的关系越来越趋近于后者了。

"为人子者,私下议论诽谤母亲,你也是从小读着先贤经典长大的,书上教你怎么做的,而你又是怎么做的?"

母亲?李贤不禁在心里写下了这大大的两个字。他的心中热血窜涌,

---

① 李贤七弟、八弟曾多次改名。为了阅读顺畅,故全文都称他们为"李显"、"李旦"。

脱口而出："母亲教孩儿遵人子之道，难道忘了自己也该遵人妻之道吗？父亲尚在，这朝政缘何会落入母亲一人手中？母亲亦非不晓史书的无知妇人，这汉朝吕太后的事，您不该不知道吧？"

六

　　尴尬而又可怕的寂静！武皇后头上那支黄金五凤衔珠的步摇在慢悠悠地晃动着，她的心在不停地抽搐着。好一个李家的孝顺儿孙！她殚精竭虑，夙夜匪懈，不全是为着他们的江山？原来，到头来不过只换得他这样的几句话？她失望、痛苦、愤怒！她用力地将案上几十本奏折掷于地上。婢女们早已经抖抖索索地匍匐于地不敢出声。好久好久，武皇后方才又坐了下来，低低地说道："贤儿，在你眼里，母亲竟是这般人物吗？"

　　李贤的心中此时多少已是有了些悔意了。可这一声"贤儿"偏偏又在此刻响起，由不得又唤起了他对另外一个女人的思念之情。姨母，救救贤儿，救救贤儿！贤儿已经分不出对错，辨不清是非了！您告诉贤儿，该怎么办？是要集结如今尚还不扎实的东宫势力将权力从母亲那里夺过来吗？会成功吗？即使成功了，贤儿能做得比母亲好吗？这一句句无声的拷问，一如那熊熊的火焰之球，在李贤的心中来来回回地翻滚着。待他再度恢复神色的时候，他发现，他的整个身子都仿佛是被燃烧殆尽了一般，唯有那硕果仅存的心，还在身不由己地跳动着。

　　李贤屈膝而跪，喉咙中发出的声音连他自己都觉得并不真实，他轻轻地叫了一声："母亲。"

　　武皇后走了下来，那条正红色对襟襦裙拖在地上。她伸手将李贤扶了起来，手上的握笔处生着厚厚的一层老茧，上面还沾着些许朱红色的墨迹。她握着李贤的手，让他坐到了自个儿的身边。这一日，她对他说了很多很多，说起永徽五年的冬季，长安下了一场大雨，那雨极大，竟然深深地压折了松树的枝条。她不会忘了这一天，因为这是她的贤儿出生的日子，永徽五年,腊月二十九日。

她说贤儿只有五六个月的时候,有一日,忽地将喝下去的奶全都吐了出来,再喂他时,只是不住地咳嗽,哭声不绝。太医也说不清楚这是因何而起,只说若再这样吃不了东西,恐有性命之危。武皇后说她当时就接过了乳母手中抱着的贤儿,斥退了太医,将他紧紧地搂在怀里。整整一个晚上,一动也没有动,直到贤儿终于安静了下来,面色也恢复如常。她亲自喂了他奶水喝,他喝了,喝得很香甜,喝完,又沉沉地睡下了。

她的话语中是鲜见的温柔:"贤儿,母亲这一生只给一人喂过奶,连你的小妹妹都没有……"

武皇后说到此处,由不得牵动了心中那一根最柔软的神经,她低头的那一刻,李贤看到了她的眼角涌动着的泪花。他震惊了,原来母亲竟也会流泪。那么强硬的一个女人。是的,再强硬,她也是个女人,是个母亲。李贤感动了,他的心中曾经做出的许多他非母亲亲生的设想,在这样的一个故事中已变得不堪一击。

走出武皇后寝殿的时候,他看见,漆黑的空中,一颗星星迅疾划过,待到再想细细看时,便只剩下了一条看不到尽头的白光。李贤在这晚之后便不再相信那些已经被他认定为是事实的流言了。他的心终是慢悠悠地平静了下来,他感到轻松了一些。只可惜,这样的平静与轻松并没有持续多久。他与母亲之间的裂痕才刚有了一些恢复的可能就因为一个人的出现而被撕扯得永远失去了恢复的可能。

七

那个人,名叫明崇俨。明崇俨其人生得丰神俊朗,貌似谪仙。起先不过是个小小的地方县丞,后来在机缘巧合之中竟以所谓的神功法术将皇帝的头疼顽疾治好了,从此以后平步青云,不仅可以随意地出入皇宫,而且丝毫也没有依礼避讳天后和诸国夫人。明崇俨自称通晓各路神仙,有着相面之能,可他绝对不是个真正的方外之人,因为方外之人是不会对权力争斗感兴趣的。事实上,他不仅是感兴趣,而且还参与到了其中。

李贤向来是厌烦这些穿着佛道外衣,暗地里做的却是些上不得台面的卑鄙勾当的人。他并没有掩饰对于明崇俨的恶感。有一回,他当面斥责他为"小人",让他离皇宫远一些。明崇俨恭敬地朝太子一拜,也并未说话。他对着太子的背影深深地望了一眼,心中已然暗暗地打定了主意。李贤饱读诗书,亦是看过宫廷之中的那些是是非非的,是不该不知道宁得罪君子,不招惹小人的道理。明崇俨就是如李贤所说的那种"小人",而且还是能够在"大人"面前指手画脚的小人。

"母亲,您不能再相信那明崇俨的话了!他根本就是个假道士,伪君子,光会凭着那张嘴说些个似是而非的话语来哄骗人……"李贤笔直地站在那里,据实而陈道。武皇后不以为意,颇有些不耐烦地伸手阻断了他的话。她想她的这个儿子怎会处处都与她对着来。明崇俨是她所看中的人,也希望可以得到李贤的看重。

她反诘:"你是在怀疑母亲的识人之能?母亲是不会看错人的。再说,他的确是看好了你父亲多年的顽疾。这难道还不足以说明他是真有能耐的吗?"

李贤摇摇头,他几乎是用尽了全身的力气说道:"这个人若是留着绝对就是大唐社稷的祸害。明崇俨不除,国无宁日!"

"身为一国的储君,心胸居然是如此狭窄,如此容不下个人才!将来,如何能够做一个贤明的皇帝!"武皇后亦是疾言厉色地瞪着李贤道。她还想再说些什么,外头的小内侍就对她说,明大夫正在殿外候见。武皇后的嘴角刚刚升起了一种企盼的微笑,一望见李贤还在身旁,这种微笑立马被收住了。她厌烦地打发李贤下去。李贤轻"哼"了一声,转身就离开了。在殿外,他撞见了明崇俨对他似笑非笑的古怪眼神。很多年以后,当他面临死亡的侵袭的时候,他才明白,那是一种可以置人于死地的胜利者的眼神。

李贤不知道明崇俨对武皇后说了些什么,他只知道,打这以后,他与母亲的关系就更加恶劣了。他甚至很少能够单独与母亲谈话,他只是隔三差五地从母亲的侍婢那里收到诸如《少阳正范》、《孝子传》等教人从善的书。

他恨透了这些书,恨透了明崇俨,他甚至对他亲近的侍从赵道生扬言一定要杀明崇俨以解心头之恨。

李贤当然不会杀人,这不只是出于他皇太子的身份,更是出于他骨子中的温厚和善良。他纵使真的如自己所言恨透了这个人,也不会去无故地肆意掠夺那人的生命。可是明崇俨却真的死了,就在他从皇宫出来回到自己府邸的时候被人用长枪从前胸捅到后背,血溅五步。据说,当时目睹明崇俨死相的百姓无不呕吐不止,噩梦不断。

朝廷大臣无端被人所杀,这不能不引起李治和武皇后的重视。武皇后的心头一紧,是他,一定是他!他终于还是忍不住出手了。李贤,她的亲儿子。武皇后记得,她最后一次见明崇俨是为了让他看看他的三个儿子的命相。明崇俨毫不顾忌地直言说,英王貌似太宗,相王人品贵重,而说到太子,却说他不堪重用。武皇后当时也并未全放在心上,如今看来,竟全是真的。

他一定是有所风闻,一定是心存恐惧,杀人灭口!武皇后咬牙切齿地握紧了拳头,似乎是下定了决心般地在心中说道,这个儿子,再不能留了!他是虎,是一只吃人的虎,早晚都会将她的亲信,甚至是她自己连肉带骨地吃个干净!武皇后连夜召集了黄门侍郎裴炎、御史大夫高智周、中书侍郎薛元超等人,要他们彻查明崇俨被害一案,她说不论此案牵涉到什么人,都要查到底。大约是怕他们还听不懂她的意思,武皇后又说道:"哪怕这个人是储君!"

裴炎等人是何等会看人眼色,怎会不明白天后哪怕只是一个无意识的动作呢?他们明白,并且也尽心竭力地去做了。他们果真是能干的,没过了多久,他们就将天后所要的一切都送到了她的面前。据东宫侍从赵道生言,太子曾不止一次地对他讲要除去明崇俨,并且还通过他收买了一个江湖刺客,在途中将其劫杀。这其实是一份明眼人都能看得出问题的奏折。说太子是主谋,可却没有任何直接而有力的证据,那赵道生不过是个奴仆,他的一面之词又怎么能够说服世人呢?她起身吩咐:"传裴炎!"

武皇后这日在殿内同裴炎整整谈了两个多时辰,两人都是明白人,明白人与明白人谈话,自然是如鱼得水,一拍即合。历史没有记载裴炎是否得了武皇后的某种暗示和许诺,却记载了接下来所发生的那惊心动魄的一幕幕。

八

"(裴炎等人)于东宫马坊搜得皁甲数百领,以为反具。"

史书上说的是皇太子李贤图谋不轨,意欲谋反。谋反,这两个字实在是太重了。帝王可以用最博大的胸怀容忍任何人犯下的任何罪行,唯有这谋反一罪,是万万不能够被容忍的!就算这个人在不久的将来会成为执掌生死大权的皇帝,但是在这个将来来到之前,哪怕相隔仅仅是一日,他的生死依旧是掌握在别人的手中。

李贤很快就被软禁于东宫之内,他抬眼,望那破墙而出的大槐树枝叶,他想自己这生怕是再难像它们一样看那外头的风光无限了。原来,这就是他一直在等待的结局,早在他入主东宫的那一日,就已经是注定了的结果。母亲,您终究还是下手了!杀了贤儿,您那通往权力巅峰的山路上就能够一马平川了吗?您会再想用什么样的方式来对待七弟和八弟?是不是我们生来就是要成为您争权的筹码?可您没有想到,这个筹码也会有长大的一天,也会有自己的思想和对是非的判断能力,也会成为您的绊脚石。为了除去这个绊脚石,您就用您的权威,将贤儿陷入了这不忠不孝,不义不仁的境地!您何忍!何忍!李贤深深地在心中呐喊,声声血泪。

可武皇后听不到,那张赐令太子自裁的圣旨是她亲拟的,只差一枚玉玺,只差一点点。贤儿,莫怪母亲狠,怪只怪,你不该投胎做了我的孩儿,既做了,又不该如此不听话!她的手伸进了锦盒之中,几乎已经是触碰到了那冰凉的玉玺。

"贤儿,贤儿……"武皇后听到了那声声凄惶又无力的呼喊,那是来自榻上的,她的丈夫,天皇李治的声音。李治是在听说了李贤的事情后又病倒的。武皇后走过去,坐到了李治的旁边,轻轻抚拍着他的后背,用帕子拭去他额上沁出的滴滴汗珠。李治忽地死死抓住武皇后的手,"媚娘,你放了贤儿吧!不要杀他……"

第九章 母为子纲，生不逢时

媚娘，武皇后心头拂过一丝的惊诧，他已经有多少年没有这样叫过她了。她其实是并不甚喜欢这个名字，因为这总能让她想起她生命中的另外一个男人，一个同样也是皇帝的男人。她思忖着扶李治坐起了些，他是她的庶子、情人、恩人、男人。他的话，她是在意的。

只是她到底不是一个普通的女人，她有着异常坚毅和顽强的心，她尽可能使她的语调和缓一些，可她的话，却终究叫人觉得冰凉："为人臣子，却心怀逆谋，天地不容，陛下应当大义灭亲，不宜轻赦！"

"贤儿是朕的孩儿。朕了解他，他不会的。媚娘，到底是怎么回事，你心里应当比朕要清楚！你是他的母亲，你怎么能够忍心？"李治吃力地喘着气说道，那因为过分激动而涨得通红的面庞不停地在抽搐着。武皇后连忙端起一旁的一杯清水，服侍着他喝了下去。她让他靠在自己的怀中。

她重重地叹了一口气："那就缓一缓吧！让大理寺的人再好好地去查查。陛下不要误会了。妾也深爱贤儿，并不比陛下少。"

那张真正决定了李贤命运的圣旨，是在一年以后下达的。每天度日如年，如今，恍然已是百年期。唐开耀元年年末，天皇天后下旨，将已经被废为庶人的李贤迁往巴州安置，来府邸宣旨的内侍扬着高傲的头颅，尖声诵读着。

李贤接过圣旨，风吹进了他单薄的衣衫中，他却不觉得有多少的寒意。他只觉得可笑，既是谋反的罪名，既是法不容赦，既已经褫夺了他那皇太子的封号，那为什么还要叫他活着。巴州地处偏远，瘴气横生，反正都是一死，又何必去拐这个弯呢？从树梢上飘来了几片带着白雪的枯叶，他将它们握在了手心里。我们，都是一样的，你们为这槐树所弃，而我，又是为谁所弃？

他忽地上前走了几步，喊住了那缩着脖子、拼命搓着双手的内侍，他说想在走之前再见一眼……见一眼他的父亲。

那内侍没有回头，他停了须臾，是在思考该对他作什么样的称呼。他到底还是未敢直呼他的名字，他叫了他一声"殿下"。他说："殿下，不必了。陛下身体欠安，还是请殿下收拾收拾，早日动身吧！"

李贤没有再说什么，他进了屋，将几片枯叶放入了那盛满了清水的瓷盘中。他坐了下来，痴痴地望着它们将满盘水渐渐地染得污浊……

九

　　李贤全家走的时候,来送他们的只有两个人,他的七弟太子李显和八弟相王李旦。两人都是百姓装扮,单人轻骑而来。城外的风沙格外的大,这一日,天空中还飘洒下了鹅毛般的大雪。长安,已经有多少年没有下过这样大的雪了呵!李显和李旦一路上唤着"六哥"而来。李贤忙叫车夫停下来,携着妻子儿女下了车。

　　李贤屈膝而跪拜道:"罪人李贤参拜太子殿下,相王殿下。"

　　二人忙地对视一眼,不约而同地一齐跪了下来。目目相对,眼神中流淌着的是同胞手足之间无法替代的真情。李显用手擦着不断从眼眶里涌出来的泪水,他抽泣着,断断续续地说道:"五哥死了,六哥……如今,你又要走……我们兄弟,会再有……再有见面的日子吗?"

　　李贤不答。他明知道那是再不能够的了,却不敢讲,不忍讲。可是再不敢,再不忍,到底也是不能改变的了。

　　李旦脱下身上所穿的棕黄色虎皮披风,披于李贤身上道:"幸而弟为六哥准备了些御寒的衣物,母亲她……她太心狠了……"

　　李贤苦笑了一下,摇了摇头。李旦亦不再说下去,将拴于马上的包裹交到了嫂嫂房氏的手中,又抱起了那最小的一个孩子守义。守义不过才两岁有余,还不知道发生了什么,李旦于他,似还有些陌生,但他好像天生就不怕生似的,"咯咯"一笑着环住了李旦的脖子。李旦的心中泛起了一股难言的酸楚之气,他将守义抱得更紧了,转身便对李贤言道:"父亲和母亲总有一日会明白六哥的冤情的,到时候……"

　　"到时候,弟一定会把这太子的位子还给六哥的。六哥,你会怪弟抢占了这太子之位吗?"李显紧接着道。

　　李贤不语,他忽然很想念他的五哥,他想他从五哥那里接过这太子的宝座的时候,心中可曾也涌现过一丝的这样类似于是愧怍的感觉?他不记得了,他只知道,当他做了这太子以后,他就很想好好地去做,将来成为一位像皇祖一样英明神武的君王。他从未想过要让给任何人。可如今,这到底还是不再属于他了。

李贤在心中胡乱思索着,却沉默着久久不语。很多年以后,当李显在房州过着忧心内疚、朝不保夕的流放生活的时候,有一日,他突然回忆起当年他六哥的这沉默,他想在那个时候,六哥就应该已经预料出他们的未来了。

"既明且哲,以保其身,夙夜匪懈,以事一人。"这是李贤对弟弟们说的最后一句话。说完,他就将手从弟弟们的手中抽了出来,头也不回地上了马车。

马车在雪地里慢悠悠地,摇摇晃晃地行驶着。李显和李旦兄弟在那里留下了两对深深的足印。不知又是过了多久,他们才又跨上了各自的白马,互不说话,一路狂奔,似在发泄着那再控制不住的情绪。

李显一回到东宫就提笔向天皇上了一份表文,以兄弟之义、父子之情要求朝廷改善李贤的吃穿用度,他故意隐去了他与八弟亲自送别李贤的场景,只说是遣使者去看,他说李贤全家和仆从都是衣着单薄,叫人看着心疼。这份表文被清代的董诰、阮元等加以《请给庶人衣服表》的题目,收录于他们所编写的《全唐文》之中,流传万世。

大约是这份表文起了重要的作用,大约是李治和武皇后对这个儿子还没有完全地放下,李贤在巴州的生活虽然艰难,但勉强还可以安心地度日。李贤在巴州潜心读书教子,钻研学问,天气好的时候,也常常去附近的木门寺中,和那里的方丈们翻晒经文,切磋佛道,日子过得倒也平静安和。他不愿再去想长安、洛阳,再去想权力、亲情。他只想在这个地方,慢慢地消磨完他的一生。

可惜,就是这样的企望都像挣脱树枝的叶一样,飞向远方,再也无法触及。唐弘道元年十二月丁巳,大唐王朝第三位君主李治崩逝,享年五十六岁,谥号大圣大弘孝皇帝,庙号高宗,安葬乾陵。

十

　　李治出殡的那日，新皇李显一身重孝地跪于灵前，久久痛哭着不肯起身。大臣们都以其为孝子仁君。李显看着棺木中父亲安详慈爱的表情，又一次嚎啕大哭。他想起父亲临终前紧紧地抓着他的手，告诉他，即位之后，不能独断，凡军国大事有不决者，都要听从母后的处断。李显说他会的，请父亲放心。李治点了点头，那只拉着李显的手慢慢地松开了。李治仰面而卧，他的口内喃喃低语着。这话，李显和武皇后都听到了。他唤的是——贤儿。

　　李治崩后，李显曾经在武皇后面前有意无意地提过一次李贤。可武皇后是多么敏锐之人，只一眼就能洞穿了他的心思。她呵斥他道："难道你也要学那乱臣贼子吗？"

　　李显不说话，他几乎是浑身颤抖地匍匐于地，连说不敢。武皇后皱了皱眉，他实在是太不像个君王了，可有谁像呢？李贤吗？不过是"像"而已，他永远，也别再想踏入皇家的门槛，不管是生，还是死。

　　李治驾崩的消息是在来年，也就是嗣圣元年一月才传到巴州的。那日，李贤正握着五岁的守义的手写字，消息传来，笔应声而落，墨汁溅到了他与守义的衣襟上。守义抬头，看到父亲的眼泪如泉般地涌出，有一滴正落到他的臂上，冰凉的泪。李贤双手搂住孩子说："孩子，你再也见不到你的祖父了。"

　　守义疑惑地眨巴着眼睛："可是儿本来就没有见过祖父呀！"李贤说："你见过的，只是你不记得了。你的祖父很喜欢你，很喜欢你的……"

　　守义听着李贤絮絮叨叨地说了很多的话，大多都是他听不懂的话。他觉得没意思，最后，便在李贤的怀里安静地睡着了。李贤低头看孩子慢慢抖动着的睫毛，轻轻地吻了下他的额头，将他抱到榻上躺了下来。月光从窗外头照了进来，在潮湿的地上印出了一片光亮。李贤走过去，看那漆黑天空中一轮又大又圆的月。想起今日当是十六了,他稽首而立,默默地在心中念着:父亲,原谅贤儿未能送您最后一程。幸而有七弟八弟和小妹在……七弟该已登基了罢。七弟憨直,他会好好当这个皇帝的。一切关于权力的纷争,终于是结束了。

一切,远还没有结束。唐嗣圣元年二月,宰相裴炎密告武太后,说皇帝扬言要让其岳丈韦玄贞为相,说即是将天下都让给他,那又如何!武太后当即拍案,说此子昏庸,不堪为帝,欲废而再立。次日早朝时分,早已经接到太后旨意的禁卫军们冲上乾元殿,将端坐在龙椅之上的皇帝李显押了下来。李显还未将一切弄清,就见武太后从珠帘后面阔步至前,近旁的女官清脆而响亮的声音传了出来,陈列了皇帝李显的数条罪状,废除其皇帝身份,降为庐陵王,遣往房州安置。李显瘫倒在地,但还在负隅顽抗着。他说这不过是气话,他怎么可能真的不要这江山呢?

"气话?君无戏言的道理,你竟然不知晓吗?"武太后自陛阶而下,锐利的目光俯视着李显。李显将头紧紧地埋了下去,他不敢再说一句,直到被卫士们边推边请地出了殿外,他的头都没能再抬一下。李显的皇帝之路就这样做到了头。这天,距离他穿上龙袍,高抬着双腿坐上那个他皇祖皇父坐过的龙椅,不过是短短的三十六天。

谁为嗣君?这个本没有什么异议的问题却引得朝野的一片喧嚣。武太后没有想到,要求李贤继位的呼声竟是与他的幼子,被封为相王的李旦不相上下。她想他们是对的。李贤之才确实是高过李旦数倍,可是对的又怎么样呢?这数十年来,若她真的按部就班地做每一件所谓"对"的事情,那她早不知是要被这皇宫吞噬多少次了,哪能如此干净利落地行废立皇帝之权?权力这东西,它是魔,一旦与它走得近了,它就会牢牢地缠着你,直到将你也变成了和它一样的魔。

十一

这日,武太后召集了宰相裴炎和左金吾将军丘神绩。她说,国不可一日无君，依礼依法该立先帝八子，相王李旦为帝，可近来她却听得许多风语，说相王长于深宫，没有君王气魄，倒是已被贬为庶人的六子李贤有天子之才，她问他们怎么看。

裴炎拿着笏板弯腰躬身拜了一拜，他并没有回答武太后的问题，反问武太后知不知道最近长安城中的娃娃们爱唱一首童谣，据说，这首童谣是一名从巴州而来的商贩教他们的。他问武太后有没有兴趣听。

武太后抬了抬手，裴炎旋即从口内清晰地吐了这几句："种瓜黄台下，瓜熟子离离。一摘使瓜好，再摘令瓜稀。三摘尚自可，摘绝抱蔓归。"

"什么意思？"武太后凝重的眼神露出了一丝狐疑的表情。裴炎立刻从袖中取出了一张薄薄的纸，双手呈递了上去。

武太后连念了两遍，嘴角露出了一丝难以名状的冷笑。摘瓜？这摘的算是什么瓜？他是要告诉世人，这摘瓜之人赶尽杀绝的心是多么歹毒，多么为人不齿吗？谁是摘瓜人，谁又是这满腹冤屈、任人宰割的瓜？他在暗示些什么？这已经不算是暗示了罢，稍微有些脑子的人都能读出这诗中所藏着的那一颗躁动不安的狂啸的心。他还真的是她生的好儿子？处于那样的穷乡之中竟还有办法搞这些招买人心的伎俩！

"逆子！"武太后将这纸紧紧地捏成了团儿，甩到了地上，用力之大，让她的手臂都隐隐发麻。

裴炎和丘神绩二人忙跪倒在地，那团纸就在他们的脚下，可他们谁都没敢望一眼，更不敢用手去触摸。裴炎用颤颤巍巍的声音道："请太后暂息雷霆之怒！或许……或许这并不是六殿下所写……"

裴炎的这句话，彻底浇灭了武太后心中对于李贤的最后一丝怜意。想当年李贤被废巴州，亦有他的一分力在，他又怎么能够让李贤有被赦返京、卷土重来、戴上那天子冠冕的机会？裴炎与李贤既无深仇，也无大恨。只是，在权力面前，他也成了魔。可惜，他这个魔，到底还是斗不过那个魔的。这个道理，直到裴炎卷入徐敬业的谋反之案，在狱中叫天不应、叫地不灵的时候，才明白。

"邱将军，你马上动身前往巴州，该怎么办，就怎么办吧！"武太后转过身去，如常地走出了大殿，并没有听见丘神绩回应她的那个"是"字。殿外的桃

222

花树上停着一对雀,交头接耳地在说些什么,这场景似曾相识。直到她快要走到寝殿的时候,她才想起,当年李弘逝后,她也看到过差不多模样的两只鸟儿。

裴炎和丘神绩二人并排走着,丘神绩憋了半天方才忍不住问裴炎:"太后这最后的一句话究竟是什么意思?"

裴炎将笏板插入了腰际,并不经意地说:"太后不是说了嘛,'该怎么办,就怎么办'。邱将军是个聪明人,心里自然明白。"

丘神绩半晌才唯唯诺诺地说道:"可六殿下毕竟是太后的亲儿子,末将……末将下不了手……"

裴炎捻须而笑:"那就是将军的事情了,太后既将此事托付了你,那便是对你的信赖。"说毕,他又补了一句,"六殿下喜欢喝桑落酒……自小就喜欢。"

十二

次日,丘神绩便受了太后旨意,以检校李贤宅邸、防范外贼的名义来到巴州。下马的时候,他情不自禁地向东边看了一眼,旭日东升,朝阳染红了天边的层层白云。

"末将左金吾将军丘神绩见过六殿下。"

李贤受了他这个大礼后,方才问他的来意。丘神绩又向他一拜,说太后有话要对他说,请殿下移步至别院详谈。李贤见丘神绩神情肃然,就只带了个仆人而来,心下便已是明了大半。他说了个"好"字,才跨出了门槛一步,便被他的妻子房氏叫住了:"明允,你还会回来吗?今日……是守义的生辰。"

李贤回身跑过去抱住了房氏瘦小的身子,他问她守义是否还在睡觉。她说,是的,守义睡得很香。他说他这就放心了。房氏拉住了李贤的手,恋恋不舍地再问道:"义儿醒后,能再见到你吗?"

李贤不说话,见丘神绩站在门外,身穿着一身黑色的盔甲,小时候姨母逗他:"贤儿怕不怕那阴间的黑白无常呀?"李贤摇摇脑袋,闪着明媚的双眼:"贤儿不怕!黑白无常只会找那些恶人。贤儿永远都不会做恶人的,所以贤儿不怕。"可是,这个世上是没有什么绝对的善恶的。即使从来没有做过恶事,该来的无常之鬼,还是会找上门来的。此时的丘神绩,就多么像那面目狰狞的黑无常呵!

"将军可以说了,太后究竟为何事遣你而来?"

空荡荡的屋中只留下了他们两个人,风从那关得并不严实的门中偷偷地溜了进来,好似要为这一段历史做一个见证似的。可惜,风无言,纵使是见了,仍无法将这一切都记录下来。历史给我们留下的,永远都只是结果。这是由于历史尚还有一颗悲悯之心,因为对于一段悲剧而言,过程远比结果要残忍得多。

"太后说新皇才登基没有几日,近来却很有些贼子在打着六殿下的名头欲行那谋逆之事,这于社稷江山,是很不利的。"

"那太后究竟想怎样?她没有派将军去灭了那些不法之徒吗?"

"末将可以灭掉一个两个,却无法灭掉百个千个。扬汤止沸,莫若釜底抽薪。殿下潜心研习过《后汉书》,这个道理,应当比末将更加清楚不过吧!"

"贤已与庶民百姓无异,若是将军在暗示说贤就是那搅局的柴薪的话,那将军怕是多虑了。"

"这是殿下自个儿所认为的,太后心中却未必是如此想的。太后既让末将来这一趟,末将就不能不对她老人家有所交代。"

"太后是铁了心不想让贤再活于这世上受苦了,是不是?"

"请殿下莫要叫末将为难!"

李贤别过脸去,冰凉的砖墙勉强挡住了他几乎就要瘫软下来的身子。他的心像被无数的车轮碾压而过,却再感受不到一丝疼痛的滋味了。他的双目婆娑,却不是为着生或者是死。他忽然又开始相信当年的那种种谣言了,或者说是他宁愿相信那个叫人千里迢迢来传达他的死期的女人不是他的母亲。可是不是,如今对他而言,又有什么意义呢?他只知道,她正在洛阳行宫中,翘首期盼着他死的消息。他死了,她就能安心了,她就能做那独揽朝纲的太后娘娘了。权力,权力!她一生所追求的,不就是这权力二字吗?他死了,还有他的弟妹们,难道她真的坐得上那沾满了他们鲜血的权力之位吗?

李贤转脸问:"陛下好吗?"

丘神绩点点头,拍了拍那黑色盔甲上沾着的灰尘:"陛下生性恬淡,长居深宫,凡事还是太后管得多。不过,人多说如今陛下的年纪与高宗陛下登基时相仿。想来将来,也能成为一位像高宗陛下一般的圣君。"

这话,如同一声春雷般地在李贤身边炸开了,方才丘神绩说第一句话的时候,他就有所怀疑,现在,他几乎已是确认了。他猛地抓住了丘神绩的衣袖,急迫地高声问道:"当今天子是谁?"

丘神绩愣了一下,便赶忙向东拜了一拜道:"自然是太后幼子,殿下的八弟,原相王殿下。"

"那我七弟呢?"李贤的面色已然变得惨白。

丘神绩慢悠悠地,淡淡地说道:"庐陵王殿下今日动身前往房州。"

李贤忽然朗声而笑,笑得叫人心惊胆战。好!好一位雷霆手腕的太后!她终是没能放过我们中的任何一个。不!她怎么会甘心仅当一位太后,怕我大唐,即将要出一位前无古人的女皇陛下了吧!可惜贤儿不能等到这一天了,不能对您下拜磕头,道一声"陛下万岁"了!您让贤儿死,贤儿就如了您的愿。生养之恩,贤儿用血还您。愿生生世世,你我再无瓜葛!

十三

"六殿下?"丘神绩见李贤许久不语,便叫道,这声音中,很是带着些催促的意味。

"这样称呼一个将死的庶人,将军您不觉得委屈吗?直呼贤的名字就好了。"

丘神绩依旧是冷若冰霜的模样:"殿下永远是高祖太宗的子孙,末将……不敢!"

"那就请将军给我这高祖太宗的子孙留下最后的一丝尊严吧!"

丘神绩不说话,这沉默是无声的拒绝。李贤明白了,他上前走了两步,他生着一对浓密的剑眉,天然的一股英气轻透而出,胡须微有些卷曲,那是李氏皇族鲜卑血统的象征,他的头发束起,却没有戴冠,只用一根麻绳扎着。他嘴角露出的是一缕难以言说的苦涩:"太后要你亲眼看着我死吗?"

丘神绩不回答他,他打开门,从门外侍立着的仆从手中取来了一袋酒,又走进来,将它递到了李贤的手中,李贤尚未打开,便已然闻到了那股清幽的香味。那是他幼年就熟悉的气味。桑之未落,其叶沃若。桑之落矣,其黄而陨。桑落酒,如今听来,这并不是个十分吉利的名字。李贤记得,他第一次喝这桑落酒的时候,不过才八岁。

那是龙朔二年,是他的五哥李弘第二次监国的一年。那一年,皇帝李治和皇后武氏带着他七岁的七弟和出世不久的八弟以及一众的文臣武将巡行洛阳。李贤留在了长安,算是给李弘做伴。一日,天还未暗的时候,李贤拿着一个白色的瓷壶,神秘兮兮地来找李弘,说是他让赵道生去皇宫的酒窖里偷偷地舀了一壶桑落酒来,要和李弘一块尝尝。

李弘忙拉着李贤坐下说:"要是父皇母后知道了,准要说你!六弟,你胡闹!"

李贤咯咯一笑,靠近了李弘道:"五哥是监国,凡事都有五哥担着,我才不怕呢!五哥不喝,这壶酒可都是我的了。"

说毕,便将酒倒在了案上的小茶杯中,咕咕饮下,连说味道妙极,边说边还用眼睛瞟瞟身边的李弘。李弘撇撇嘴,也拿了只小茶杯,夺过李贤手中的酒壶说道:"我可不愿白担了这罪名!"

兄弟俩相视一笑,不消半个时辰就差不多将这壶桑落酒喝尽了。两人的脸上都是红扑扑的,很是可爱。李贤虽然比李弘小了两岁有余,长得却和李弘差不多高,加之容貌原本就生得有七八分相像,远远看去,倒真像是一对双生金童。李贤挽着兄长的手臂说:"这么好喝的酒,别说是被父皇母后说了,就算是有毒,我也要尝一尝。"

李弘赶忙捂着他的嘴嗔道:"胡说八道!"

五哥,你看,弟并没有胡说啊!就算有毒,弟也会喝的。我们很快就能再见面了,九年了,若再见,五哥,你可还会认得我?我们都是一样的人,父亲的信赖,我们谁也未能担起。李贤打开了酒袋,饮下了第一口酒,还是记忆中的味道,一样清香,一样让人欲罢不能。

"邱将军,请告知太后,就说贤谢谢她还记得这桑落酒。"

"回六殿下,这是裴相嘱咐末将的。"

"那就……请将军替贤谢谢裴相。"

喉头已经觉出了有一丝血腥之气,李贤释然一笑,仰头将酒一饮而尽。一切的开始,都由结束而起。一切的结束,便意味着一切的开始。

李贤小论:天纵英才,却奈何生于皇室

唐朝文明元年二月末,高宗李治七子李贤于巴州自尽,年仅三十一岁。消息传回洛阳,朝野皆惊。武太后于洛阳显福门外领文武百官为李贤举哀,放声而哭,俨然是一位痛失爱子的孤弱母亲。

四月,武太后下诏,贬丘神绩为叠州刺史,旋又被召回,复拜为左金吾将军,追封李贤为雍王。灵柩在那黄沙尘土飞扬的异乡被草草掩埋,雍王妃房氏与子女仍居巴州。六年后,武太后受皇帝李旦禅让,在百官的簇拥之下坐上了那千百年来都是由男人掌控的皇帝的宝座,改国号为"周",登基为帝。这一年,武皇六十六岁,距离她第一次踏入长安皇宫,已经过去了整整五十四年。

十五年后,太子李显继位,复唐国号,改元神龙。神龙二年,追赠雍王李贤为司徒,改葬乾陵。景云二年,皇帝李旦复其皇太子位,谥号"章怀"。敬慎高明,法度明大曰"章",执义扬善,慈仁短折曰"怀"。"章怀"二字,是李贤一生的写照,是历史给予他最为公正的评价。

从李贤死后到临淄王李隆基称帝的这段时间里,武太后、太平公主、上官婉儿、韦皇后、安乐公主等一群皇室女子在政治舞台上各展身手,这是中国历史上独一无二的时代,史家称之为"女祸"。假如那个时候李贤还活着,

还会有那样一声声阴柔之音在朝堂上响起吗？我们不妨将视线移转到李贤自绝巴州的那一年。

那年，李显被废，最好的皇帝人选不是李旦，而是李贤。他不像李显那样荒唐，不像李旦那样无能，甚至也不像李弘那样仁懦，他像的是他的祖父，太宗文皇帝。他文武皆通，他对《后汉书》做的注解被后人称为"章怀注"，其所著的《列藩正论》、《春宫要录》、《修身要览》等书籍在当时亦被广为流传。在李弘活着的时候，他就已经接触到了政事，《旧唐书》上说他"处事明审，为时论所称"。《新唐书》上说他"决尤明审，朝廷称焉"，可见他做事老道，颇得仁心。更重要的是，他还有一颗仁心，"唐年韵德，章怀最仁"，这是历史给他的评价。

他若能返回长安继承大统，自然会是一位让百姓爱戴的好君王。那么武太后就永远只能是武太后，而不会成为后来的"则天大圣皇帝"。那么后起的那些宫廷女子自然也找不到一个可以效仿的对象，所谓的"红妆时代"也就不可能出现在唐朝的历史中。取而代之的，会是一个如贞观、开元一般的祥和盛世。

其实，事实上，当时已经有人提出了要奉李贤为帝的建议。可是，他却死了，死在了酷吏邱神绩的手中，死在了遥远的巴州。

当然，邱神绩不过是个替罪的羔羊，他没有胆量自作主张地杀死一位在朝臣百姓中都有很高名望的皇子，哪怕这位皇子身背着谋反的罪名，哪怕他已被废为庶人。可谁又能料定他不会成为最后的赢家？往前看，唐高祖在乱世争雄中即位，唐太宗在弑兄杀弟中即位，唐高宗在鹬蚌相争中即位。往后看，庐陵王李显也几乎在一夕之间从一个形同囚徒的藩王一跃成为东宫太子。他这么做，自然是受了武氏的某种明示或是暗示。

不知道在彼时那个牡丹花盛开的时节，当武氏太后在洛阳为李贤举哀的时候，面上所露出的悲伤到底有几分真情，几分假意。倘全为真情，她不可能只追封其王爵，而不复其太子之号，更不可能将他收葬于荒僻的巴州，可倘全为假意，她也大可不必如此大张旗鼓地率众来做这个秀。也许，我们不能将她单纯地想象成一个女人，或是一个母亲，以女人和母亲的脆弱的心替她感受这份晚年丧子的痛，而是要以一个政治家的眼光来看她。政治是冷漠的，政治也是不分男女的。我们应该去相信，她有一颗可以同时包容这真情和假意的心。

武氏是一位出色的政治家，她完成了从贞观到开元的过度，是一个不错的帝王。后世人对她的非议，一半是因为她篡夺了李氏的江山，可是对于今天的人们来讲，已经没必要去在意这个了。李氏是正统吗？他们何尝不是夺了杨氏的天下？而杨氏，又何尝不是夺了北周宇文氏的江山？谁为正统？能让时代前进，能使百姓富足的人，就是正统。

至于另一半，正如骆宾王在讨武檄文中说的，"残害忠良"，"杀姊屠兄"，"燕啄皇孙"。这就是"横看成岭侧成峰，远近高低各不同"的问题了，从武氏对立面来看，杀的自是忠良，自是亲人，可从武氏的角度看，杀的不过只是她的政敌，政治事务不管对与错，成者为王，败者寇。

也许这样说，对李贤是不公平的。他并没有做错什么，唯一的错，可能就是他生错了时代，可是生不逢时，又岂是他能够决定的？好在，历史终究还是将他的事迹留给了我们，尽管只是在一卷卷没有生命的史书之中，让我们给予他足够的爱与敬重，让我们记住他是一个什么样的人。正如他的名字——贤，正如他的表字——明允。